邂逅

厚公——著

黄河出版传媒集团

阳光出版社

图书在版编目（CIP）数据

邂逅 / 厚公著. -- 银川：阳光出版社，2025.1.
ISBN 978-7-5525-7733-4

Ⅰ.Ⅰ267

中国国家版本馆CIP数据核字第2025B9L746号

邂逅   厚公 著

责任编辑 林 薇
封面设计 圣立文化
责任印制 岳建宁

黄河出版传媒集团
阳 光 出 版 社 出版发行

出 版 人 薛文斌
地   址 宁夏银川市北京东路139号出版大厦（750001）
网   址 http://www.ygchbs.com
网上书店 http://shop129132959.taobao.com
电子信箱 yangguangchubanshe@163.com
邮购电话 0951-5014139
经   销 全国新华书店
印刷装订 四川金邦印务有限公司
印刷委托书号 （宁）0031801

开   本 880mm×1230mm 1/32
印   张 7.75
字   数 180千字
版   次 2025年1月第1版
印   次 2025年1月第1次印刷
书   号 ISBN 978-7-5525-7733-4
定   价 56.00元

小河悠悠润我心

税清静

缘于文学，认识厚公是在十余年前的黄龙溪，那是一个以水为主题的古镇，有历史文化，更有流水潺潺。厚公以其散文、诗词走进我的视线。他酷爱文学，自幼饱读诗书，成年又长期从事记者、编辑工作，与文字打交道，加上丰富的人生阅历，善于观察勤于思考的良好习惯，流畅生动的笔力，使他的文学创作得心应手，游刃有余。他在这条道路上越走越远，先后创作发表了数百篇作品，还出版了散文集《自然的美丽》和诗词集《西蜀流韵》等。

我们在大地上行走，山水赋予我们的既是自然，也是禅意。我喜欢山水，除了岷江，成都周边有很多河流小溪，在溪流岸边，可以捡到被岁月洗礼的卵石，可以把双脚踩进缓缓的流水中，让冰凉的流水撩拨你内心深处的情愫，望着跳跃的河水从上游而来，又唱着歌儿欢快地奔向下游而去，你会涌上无限感慨。读着厚公的《邂逅》，感觉有汩汩暖流流过心头，于是就想到了这个标题：小河悠悠润我心。

"悠悠"表示时间或空间的久远、漫长，如"天长地久"。人活着，好像一条河流，起自祖先的源流，受自然之美的熏陶，感受四季风霜雨雪的变化，水儿积少成多，从此处流向彼处，带着泥土的颜色，带着草儿的芬芳，潇洒地随着时光漫步，自由地沿着河床前进，闪转腾挪，展现出自己的风姿。每个人都像一条河流，写作者像一条河流，散文作家则更像漫无规则的河流，在洋洋洒洒的流淌之美中，度过书写的人生。转眼之间，厚公已经七十出头，还初心不改，情怀未变，文学之笔永不放弃。所以与其说邂逅的是人，不如说邂逅的是文学。

散文家是自然之河。越贴近自然的作品越真实，越透露自我世界的散文，越能赢得更多的读者。《邂逅》一书，共收集厚公散文四十四篇，分别编为"邂逅""孤灯夜语""怀古觅踪""情寄山川""书香雅趣""茶·安闲""遥祭"七个篇章。文章有短有长，各自独立成章，书信体、日记体、随心所至，有感而发，短短几笔，寥寥数语，有话则长，无话则短，生动活泼，形式多样，集腋成裘。这些短篇文章的特点是思想容量大，含金量高。而现今有些人下笔，动辄万言，长而空泛，大而无当，长篇大论，照抄史料，难以卒读，白白浪费自己和他人的时间。何如这些短篇文章，涓涓细流，切中肯綮，耐人咀嚼，犹如盛夏时节，一杯香茶，品咂有味，齿颊留香，沁入心底，荡人情肠。

散文家是语言之河。中国是文学大国，浩如烟海的文字世界里，散文之美自古至今都在擦亮读者的眼睛。散文的语言变化，给读者带来多重审美体验。厚公善于诗词，故《邂逅》语言有其显著特色，行云流水中妙笔生花、笔走龙蛇里娓娓道来，既有阳春白雪也能奇文共赏，信手拈来诸多金句。诸如《谁人系缆》中："尘缘如烟，浅淡痕残，疼痛回首，几番缱绻，千重云水，叠嶂山峦"；又如《春天的遐想》里："风过无影，湖面留下涟漪，曲过留音，思绪尽是回忆"；再如《静悟》里："累了把心靠岸，错了不要后悔；苦了才懂得满足，痛了才享受生活，伤了才明白坚强；从中感悟顺其自然，岂不美哉也"；又如其《岁月咏》中写道："吃茶读闲书，茶润书无声；听雨看落花，花去雨有声。""最是人间留不住，朱颜辞镜花辞树。"等等，这些不只是鸡汤，还充满了禅意，就像其《听雨记》所写道："听雨，其实就是听心。一滴一答，都是与心私语，与心对话。一落一溅，亦是从动到静的极致下洞见……"谈天说地，评古论今，春花秋月，风情万里，除了诗意，还有雅趣和愁绪。

散文家是思想之河。思想作为散文的精髓，向读者传递着散文之骨。"日月如梭，青春易逝。不知不觉中，我们已踏入怀旧的年华。"我喜欢倾听流水的声音，春夏秋冬昼夜不息。每一个写作者都是一条河流，在散文作家队伍里，这些河流一样的写作者，既保持着与外界的融通，又保持着自己的个性。《邂逅》除了对"某人"邂逅以后的大量离愁别绪，他还寄情山水，其"怀古觅踪""情寄山川"等章节都有较多的体现。一壶天水，烹遍风霜雨雪；数盏清醇，品尽秋月春花。句句中肯之言，字字珠玑之珍，持之以恒，终成长卷。

人活一世，草木一秋，天涯那么长，人生那么短，但只要有文学河流的滋润，哪怕时光短暂，也要像花草一样灿烂。

是为序。

2024年6月于成都

税清静，四川射洪人，研究生学历，中国作协会员。出版有《大瓦山》《乌蒙磅礴》《梦回三国》等。获中国作家鄂尔多斯、紫香槐、童话里的世界等数十种文学奖项，文章多次入选"学习强国"学习平台、《南方周末》、"深圳十大好书"。

目 录
CONTENTS

邂逅

孤灯夜语

怀古觅踪

情寄山川

书香雅趣

茶·安闲

遥 祭

邂逅

邂　逅

一、遥念

一次不经意的邂逅，心中从此就有了一个兰。

兰，你是我写不完的诗句，来打发凄凉无望的时光。我在寂寞中领略到的宁静，就在唐诗宋词里面徜徉，进入我的稚弱善感的心扉。让我在茫茫人海之中，与你相识。我想这就是缘分吧。如果出现一点小意外，我们就会擦肩而过。生活，就是这么奇妙这么美妙，让我再一次去寻找迷失的自我。

心与心的距离到底有多远？像蓝天上飘白云，清风里闻花香，并非遥不可及。而这份情，就是才下眉头、却上心头的处处有你。其实，能够触摸到灵魂并得到回应，只不过是一种微妙的感觉。就像幸福，也是一种感觉一样。这感觉，是徐徐拂面的清风，是润物无声的点点春雨。有了兰，我今生的孤寂，才有了遥远的慰藉。那感伤落寞的心情将成为深沉激动的美丽。在文字里读你，读你微笑如初的心动，读那笔端的潺潺心声，于每个清晨，第一缕阳光，温润花蕊中的露珠之时，欣喜着那滴纯，忘忧着心底氤氲的碧波。那蒹葭之思，在这般寂静里得以安暖，让这般淡淡心曲，织画一幅梦幻的紫竹林，在此，谈及往事，静静去温润眉间的痴念，那时仅有一个你一个我，在文里，让念想尽情在此放飞，如痴如醉，缠绵起舞。

有的人能够触及我内心最深处的点点温柔，似一股暖流润了心、甜了生活。而有的人却只能在我心灵的边缘徘徊，不能走进我的内心半步。所能体会的是月移花影，云淡风轻，真的涉身其中了，恐怕也会生出些微妙的遗憾。因为生活，总是有些遗憾需要我们去填补，到了那一天你将携带着丰收的生命的果粒，牢记着它们的苦涩或甘甜。随着那飘坠的落叶消隐，去吟唱生命真实的清歌。

生命的旅途是何等的漫不经心而又艰辛，让人生尽情地享有这短暂的、属于自己、忘记外界的纠缠与牵绊。相知了，会有心灵的共鸣与碰撞，这便是默契。于是便找到了那一伸手就可以触摸到的距离，好像没有一丝一毫的间隙，彼此紧紧契合的，是舍不得的情怀。那更是懂得，人生得一知己的感觉便油然而生，那种相拥、相惜的心情也就随之而来了，去找回人生的温柔与宁静。

有了牵着念着的人，也许只盼望看一眼心中那个令自己魂牵梦萦和懂得的人到底是一个怎样的人。有了这样的向往，便有了那日思夜想的一处相思、两处闲愁的臆动。心灵的交融和感知，终是有所顾忌，即便全心全意，有时也不一定得到欢喜与懂得。那喜欢的，那懂得的，有时也因为有了更进一步的了解，缺少了那层神秘而变得虚无缥缈。所以，我宁愿在这份懂得的背后沉默良久，只因为怕失去了这份喜欢。只要彼此默默珍惜，就是生活里的感动。

突然觉得人生历程这般的山长水远，谁又会费尽心思地去懂你，你又可以为谁带来欢喜呢？而遇到一个这样懂自己的人，怎能不当作心中最重要的那个人来珍惜呢？

如果有人理解了这份意和情，那就是所谓的知音。哪怕是水中望月雾里看花，终是有了诗一样的心情。许多年之后，可能就会有了朴素的心情，知道所谓的爱情并非想象中的完美无缺，但可能仍然会以曼妙的心情去对待，哪怕只是在自己的内心深处，去向往、追求。

人与人的喜欢与懂得，其实是一种感觉。在相识的最初，若按捺住激动的灵魂，也许今夜我就不会在思念里沉沦。可惜我不是圣人，不能清心寡欲。因为静默，你永远不会了解我蕴藏了怎样深沉如海的感情，放下贪欲之后的怡然。

假如爱情可以解释，你我的相遇，可以重新安排。那么，生活就会比较容易。我终于能将你忘记。然而，这不是随便传说的故事。也不是明天才要上演的戏剧。我无法找出原稿，然后，将你一笔抹去。

然而岁月的流逝并未改变我多愁善感的性格，却使我内心平添了一份淡定与理性，更对这一切有了新的理解，有人说过所有的爱情都是从难忘开始到遗忘结束，我不否认也不肯定这句话。

然而人生苦短，情缘易逝，又有多少痴男怨女愿用一生去换回那份曾经拥有的深爱，至情至切又怎能流逝怎能遗忘？一直相信，缘由心生，心由缘起，缘分并不是在每一个人的心里都能引起共鸣，那些性情相近、性格相近的人才会产生有缘的共鸣，这样的相遇，定然会溅起火花，为每一对能有缘成为恋人的知音祝福。即使有一天他们一转身不能看到对方，但我仍然相信在某个雨天依然会留恋，留恋那份相遇的美好。

你不是真的离去，你始终在我心底，忘了痛或许可以，忘了你却并不容易。当一个人必须独自埋葬自己满心痛苦怨恨之情的时候，我是多么寂寞啊！

夜，如一幅淡笔柔烟的水墨画，渐渐地舒展开来，挥洒自如的意境，潜藏着苦涩，淡淡地，被清风吹散开来。恍惚中，水墨中闪过一丝清亮，如灵动的游丝在水墨里翕动，那是我流的一滴泪，一滴相思泪。夜，再也没有了浪漫的气息，也没有了迷人的情怀。

　　夜，漫过一丝冰凉，蔓延开来，笼罩了白天的笑靥，落寞的思绪和惆怅像帐篷一样撑开。一股淡淡的忧伤散发出来，浸润心灵的每一个角落，留下淡淡的痕迹，抹不去，挥不掉。

　　夜，已经承受不了文字的渲染，容颜被淡淡的清风吹皱。夜，不想回忆白天的伤痛，悄悄地收敛心事。遮住了憔悴的容颜，却遮不住忧伤，遮不住生命的寂寞。

　　人生宛如是一场戏。台上流年似水，台下日月穿梭。水袖空舞，掩盖住此去经年。蓦然回首，谁会听我声若杜宇？谁会怜我攒眉千度？谁会懂我情深几许？于是，读懂了桃李缤纷、菊香梅艳的繁华背后，寂寞与哀愁总是交错叠生，或许，情爱就是那徐徐挥出去的袖，粉香浮动，眉梢暗涌，然后，黯然离去。戏里戏外，只道红尘路断，我只得在水畔细细地卸下妆容，颤颤地等着不远的春天，独自寂寞弹唱。

　　静静的夜，晚风习习。独望天空中那颗最璀璨的星星，是那样残酷的美，深深地刺痛了我的心，告诉我快乐是瞬间的流星，忧伤却是永久的夜。快乐很快让人淡忘，忧伤却永刻在心灵。在宁静的夜晚，请远方的你走到打开的窗前，抬头看一看那深蓝的夜空，那一束束蒙蒙的月光中，有着远方我思念的目光。那一缕缕清凉的晚风中，有着远方我为你清唱的祝福。那一颗颗闪烁的星星中，有着远方我心酸的泪花。那一朵朵飘浮的云里，有着远方我对你深深的思念与牵挂……

听，夜在哭泣，幽婉的哭声划破了天际。闪烁的星光是它的泪珠。那最亮的一颗是你的眼睛，那么幽深、如大海一样澄清和明亮。夜成了一个受伤的孤独者，望着漫无边际的星空遥念。

二、悸动的心

我没有了睡意，片片的惆怅如朦胧薄雾缠绕着我，再也掩饰不住内心的悸动，提笔写下伤感的文字，用我的心写下了永远也寄不出去的信，信笺上沾满了泪痕，那些信，它是生命的火花，是最真挚的诗歌。因为寂寞把我逼向稿纸。即使是锁在抽屉里面也好，至少容纳了我的寂寞。拭去了我的眼泪，抚平了我的心伤，保存了喜怒哀乐的印记。滚烫的，是内心深处最真挚的悸动。别是一番滋味在心头。湿了思绪，伤了心情。一切伤感都在夜里，谱成幽婉的旋律，奏响在夜空。

守着厚厚的《辞海》，在错落的字词中，编排出秩序井然的段落，倾注情绪，然后慢慢在文字里读你，时而风花雪月，时而落寞成殇，你如一部旧电影，在停停卡卡中念想如澜，在光阴的韵脚里，独自雀跃成歌，将一笔笔落下，然后在一方，静静地一个人去读你，读你在落笔成花，读你在离殇的平平仄仄，读你，仅在这方文字里。

你轻轻地走了，正如你轻轻地来。此刻，浪漫的情调已经涂抹了离愁。你的背影渐渐远去，你已不属于这个夜晚。可我不忍心你的离去。也许只有在梦里再去重温那种幸福和甜蜜。斟满一壶酒，以醉汉的姿态，满怀的愁绪袭过头顶，融入夜的凄迷。因为失眠，夜晚难以入睡，这似乎成了习惯。孤独的灯，散发出微弱的光芒，冰冷而寂寞。人生又何尝不是呢？这样的夜是实在的，没有一丝的虚伪和宣泄。我们在这样的夜里，是冷静的。思绪闪烁着淡淡的殷红，和着低柔、哀婉的琴音荡漾在静寂的黑暗里。使心绪随着柔和的灯光亮堂起来。站在黑夜的边缘感受自然的呼吸。琴音，如流水般地泻过，穿越了苍穹，也穿透了自己的思绪。

长夜漫漫，裹着神秘的外衣，衬托出夜的安详和宁静。褪尽臃肿的外衣，裸露出生命的本真。那生命的底层，漫漫涌出阴晦的悲伤，汇成情感的纠结，浸透我的全身，使我的心碎了一地。一曲幽婉的夜曲，忧郁地从远方传来，在我的心间萦绕，撒了一地伤感。我再也无法入睡，仅有的一丝暖意，在冷风中消融。

不知有没有那么一天，与你离开喧嚣的闹市，走进宁静的山中，把一切忧虑和烦愁随着小溪的清泉流远。在那样的怡然中，仿佛我们也随着清泉而入梦，迎接我们的是山中带雾的清晨。恍然来到了世外桃源。

窗外逐渐空旷，风中带上了野草的清香。天高，地阔，灯光稀少了，星星也渐渐地密了。凝聚心头的往事，穿过尘雾，飘然而来，空留余叹，茫茫然，溅起忧伤，往事袅袅地在眉宇间升起。这个时候，我只能顾影自怜，弹一曲风花雪月让孤傲的灵魂沾染风尘，让缕缕清愁飘荡在心海。凝结伤怀的往事，在曲子里绵延了心事，化作幽幽的叹息，在灵魂深处折叠。遥望夜空，淡淡的风吹过，一切归于平淡和宁静。

曾想选择痛苦地和你隔屏相望，我怕我挑选的只是枷锁。无尽的刑期里我将独自忍受，从此再也无法将自己释放！记得曾经的夜晚，那沉重的烦恼和忧郁，那感伤落寞的心情，原来是一场悲愁。加以诗情和智慧去涂染，将成为深沉激动的美丽。而我沉稳的中年，才领悟到真正的豁达与超然。

我不知道老天怎么会让你我在浩渺烟波之中邂逅。你可知道在你的人生，下一个驿站，是谁伸出温暖如春的双臂拥抱了你？用那浓情的甘露清凉为你洗去一路风尘？还撑开了一把心伞为你遮风避雨？

你等待着与我相遇，你等待着我的归航。夜是那样的静，静得让我能听到自己心跳的声音。可是你我远隔万山千水，你我的距离无法逾越。我只能远远地守望着你，我恋你是一种美丽的痛楚。我的这种无助无奈，没有切身经历的人，是无法了解这种感觉的。我对你的思念越来越深，与日俱增。我好想把许多心底的惆怅、寂寞向你倾诉。

深夜我对着孤灯，静静地陷入深深的思念之中。我相信你我明天会很快再相聚。你知道吗？在每个黎明的日出和每个星光的夜晚，我都会站在窗前眺望远方，对着老天祈祷你我的幸福。好想让你渡我到那弱水的岸边。给我一叶扁舟，带上我一生一世的爱恋。

心有了归宿，时间就更有意义了，世界又变新了。仰望孤独的天空，很想置身旷野，让凄厉的风刺痛，这痛让我感觉还活着。暮色四起，脚下的路有了方向，心落在脚印下，路在无限地延伸，我就这样一直走，我四顾回望，在无穷的空虚里，一切都隐藏在雾的阴沉之中。我试着在雾中举步，模糊的路不知通向何方……去找回我黄金时代失去的梦想。

喜欢宁静的夜晚，总是在深邃的夜色里，点燃记忆的灯盏。只因可以把生命里所有的喜怒哀乐，都沉浸于飘香的墨海。文字与灵魂共舞，奏出生命的音符，飘荡在岁月的海滩。

让心随着我的诗行，飞向那遥远的星河，点缀出一片生命的湛蓝。生命的旅途何等漫长而又艰辛，让我怎么走也走不出纠缠与牵绊，这黑沉沉的秋夜。

无论人生的旅途会是怎样的漫长，总有一场没有预期的邂逅。美丽温柔了岁月时光，一路洒下爱与芬芳。让人一次又一次微笑着红了眼眶。一段忧伤的岁月，一行行真情的告白。敲击闲叙，总会释放出一丝淡淡的伤感。轻轻地拨动着我相思的心弦。让我在深情的文字中，亲吻着梦想的彼岸。舞动心灵的文字，书写永恒湛蓝的篇章。

每一个人都有一方城池，一方晴空，兀自演绎，兀自清喜，一笔笔杏花雨，于生旦净末丑中，争相上演，一腔腔的柔情起舞，游弋着那笔淡淡的心绪，微妙的情感，念着，红尘中不期而遇的相识，编织着淡淡的欢喜和美好，在覆满葱绿的陌上，细细体会，不知能否触动你的梦乡，从此生根抽芽。

来吧，让我们一起荡起心灵的双桨，扬起希望的风帆。在广阔的蓝天下，共同驶向鲜花盛开的彼岸，去采撷人生最美的精彩。相约文字，与墨共舞，让我们一起缔造出人间最美的人生。

三、思馨悠远

微风吹着浮云、细雨，飘飘洒洒把天地间变得充满了诗意，看这世界多么美丽。愿我是风，你是雨，微风尽在细雨里，漫步青青草地。小草也在轻轻低语，诉说着无尽的蜜语。我又想起了爱雨的你，那一片水溶溶的淡灰色空间，树木加深了浓绿，沐浴在雨中，让我们共同寻觅着宁静的、潮湿的心田。想起了在读书时的淳朴勤勉和婉敬言辞，使我在今后人生的道路上有了新的追求。

漫步在充满诗情画意的微风细雨中，轻盈的心带着被滋润了的翅膀，我知道余晖晚霞一片，那是桃红色的痴迷。远山呈黛，原野染翠。苍茫的云海对雨滴的歉意，企图捎着带电的霹雳，思馨悠远。借助淋漓的笔墨把你镌刻在心底，在这浩渺幽森的如烟霞的、美丽的雨雾中尽情飞翔。

梦中相忆着你，漫天思绪漫天缥缈，只为你笑着，我站在高高的山上观望。执着等候，只为邂逅红尘一梦，那轮回的尘缘。薄雾洒在山林上加深了绿意，朦胧细雨，一场不期的遇见，从此，墨意幽怜。便再也没能走出彼此的视线，如梦时光，怡情岁月，终成一场宿醉，一世缠绵。而今，天涯望断惊鸿远去，前尘不堪回首。独酌月下，对影成殇，已是泪眼迷茫。

晚风轻轻地吹过，心田慢慢暗淡下来了，可我对你的牵挂却依然无法放下。一个人不寂寞，想一个人才寂寞。心情随着风儿在空中轻轻地飘荡，不再去想那么多的事情，于是，只好放纵自己的大脑，任夜风带着我的思绪随处飘荡。音乐里沉浸，梦境中独欢，饮醉这夜的寒凉与黯然。丝丝缕缕的碎念，心潮起伏久久徘徊，久久不散，回旋在那遥远的天际……

兰，不管世事如何变幻沧桑，只要一生能与你一起，我便会感觉人生没有留下遗憾。你的微笑定格在我的心中，明媚得如午后的阳光，让我有了在你温柔的眼眸里睡去的冲动，多想有那么一天，我像一只羔羊一样睡在你的怀里。拾起一抹遗落的欢颜，怅然随风，清愁尽散，雾霭青山的缠绵。

痴情漫无边际地满天飞，最真的痛，只为你笑着悲伤。深深遥念，月华如水，凉透薄裳，草色烟光，蝶舞花飞。拾起流失的时光，幻化一季温暖的容颜。悄然将寂寞渲染，温馨浸透荒寒，长夜独守，四野沉睡。深秋的寒意袭来，秋水只恋长天。繁华渐远，秋意正浓，容我寂寥的轮回，以无比的虔诚，执着守候心灵的纯粹。浮光掠影，浅醉一回，蘸笔成思，笺字唯美。容我以优雅的姿势，锁梦清秋，与季节相约成痴，为那逝水般的年华而唏嘘感叹！

人生总是始料不及，从来没有时间思考，也没有思考的余地，那些错落在生命的风景，总是匆匆地来，又匆匆地离去，在这短暂的来去间，我们还没来得及细细体会。也许，即使这样，我们也不忍离去，我们舍不得那曾经的美好，那曾经的梦。我幻想着，春风能再次吹开那爱的花朵，让爱的阳光再次温暖你的心房。季风吹淡了多少悲欢离愁的记忆，也吹散了多少风花雪月的浪漫，记忆里的春天，映着彩色的梦，还有那挥不去的剪影，仿佛一颗紫色的星星，闪烁在美丽的夜空，我清晰地记得，当年，我们在时光的深处相约，在岁月的长河里相携相伴，如风的记忆里，你我携手共酿一坛人间醇酒，醉在蓝色的海洋里，醉在妖娆的暮色里，细腻了最美的神话，恬淡清欢重续温馨的春梦。

我用幽兰般的心思，珍藏你珍珠般的心愿，铭记着我们的约定，一生牵手，只想今世相伴，不要来世。每当想起我们一路走来的点点滴滴，一种愉悦的情愫会弥漫天际，带着幸福的微笑，告别过往的凄风苦雨构筑起未来的诗情画意。淡淡的月光伴随着风的惆怅轻轻地吹来，我隐约间闻到了你发间的清香，感觉好像在轻抚你那柔顺的发丝一样，为的只是能够相互走入清幽的梦境。

遥远的漫长人生，我们一直默默相守，不离不弃，在我的生命里，那缕缕脉脉的情思，有着愉悦的心音。飘逸在天上人间，时间不可能有一生一世的相守，不可能有永恒。可是为了你，我愿一生一世守候，证实永恒不是神话，我们相约，等你忙过了，一起去看日出日落，相约走遍大江南北，看遍名山大川，相约今生来世，心手相牵，笑走天涯，写尽万千柔情，绘尽风花雪月时光的流转。多少次雾里看花终隔一层，多少场兰亭凝望皆付萧瑟。无可奈何，万般思念皆化作缓缓流去的音符，一点一点地带走了曾经的记忆，相同的旋律诠释不同的故事，为何，我却总是无法学会笑着去遗忘。

可以掩埋如血般的记忆，使一笔墨迹将心封存。躲在相思的字里行间，写满了柔肠寸断。如若过往，苍老了年华，便将几许惆怅的思念，重温花前月下的美丽誓言，轩窗独倚，明月冷寒，泪眼婆娑着，化为了唐诗宋词里的幽怨。泪入愁肠，执笔书写闲词，眷眷相思押韵了忧伤。将一抹莲心糅合，为你写就长词短调诗意缠绵的篇章，难忘的情愫梦牵一纸笔落，徘徊在延绵的锦笺。

案牍上，旧时的素绢墨迹未干，最初时的玲珑之心，携着纯洁透明的相思丹青，刻画着不离不弃的缱绻，兰，在羞涩的深闺里，憔悴了的容颜如是那飘零的花瓣，离别的雨，淋湿你我的思绪。来生无望，只愿今世的圆满。在你心深处轻轻吟唱，一曲最浪漫的风花雪月。

轮回处，是谁独赋缘灭？又是谁，于红尘中辗转了千百回？缘分，终于让彼此邂逅。空气中流动着茉莉的清香。淡淡的芬芳触及着思维，霎时，清香涌来，一种柔柔的情感纠结；虽然有雨丝飘逸着抚弄发梢，终会分离，落地而浸；地下，枯黄的花魂满地，辗转千回，终成花泥。轻柔的音乐在耳边低诉。

也曾读到你的忧郁，那一抹淡淡的哀愁，始终在眼底无法逝去。纵然时光飞逝，无法言诉对你的那份爱。你，静静地伫立在角落，与滴水为伴，与君子作朋，成一道绝美风景。很多次，很多次，走向你，触及你的灵魂，从此深深喜欢上了你。今夜我依然在黑夜中徘徊，却因心中有你而伴。

四、远情思盼

轩窗映绿，微风轻叩窗棂，画桥青山烟淡淡，花落陌巷片片，一阵阵百合的清香，幽幽地慢慢地一点点浸润到我的心里，瞬间而过，洁白的花瓣淡淡的清香，内心对花儿充满了美好的期待。

深绿的心扉轻轻推启，落入细细花开成句的深处，只想诗意栖息。我在落花缤纷的阡陌里，缓步观望，盼你为我拂落鬓角上的清霜。盼你以花开的深情，与我十指交缠，用温柔吻去我眉间眼角的忧愁。从此让我哀伤不再，任何的风起云涌，都似烟消无痕。

深夜，伤感的文字里，万缕相思，映瘦了我为你写下的所有诗句。执笔相望，醉舞在如泣如诉的字里行间，墨香素笺伴风飞舞，我用工整的楷体临摹你的容颜。怎奈浮想起离愁别绪，这一缕相思艳词柔弱成花瓣落地的无声，竟然画不成一个美丽的春暖花开，笺上韵开的相思，藏匿的满满情意，却只能隔屏留下缠绵的絮语，你可懂我？满怀的情丝只有文中寄予。

一纸浓情，心香泪祭为谁染？缕缕柔情，镌刻了隔世三生石上的深情，也是沉默的朝朝暮盼。读不尽相思滋味，文蕴软语间，情深深几许，百般思绪痴痴难收笔。磨一砚香墨，展一纸素笺，抒一纸浓情，寄一脉悠思，为你舞动一世缱绻。听一席落花，捻一瓣心香，萦一寸柔肠，诉一夜愁殇，只为你续写下此生不要再错开了的花季。

　　已过中年的人了，悲痛回首往事，太多的人生遗憾，在梦境中去寻找残留下来的缱绻。望着千重云水，叠嶂层峦，不经意间，便又醉了心梦，迷了眼帘，寂寥的思情何曾远去。思念细数着疼痛的牵挂，仿佛又看见你流泪的面颊，我用坚强筑起的壁垒，瞬间坍塌，凌乱成了断壁残垣。生活就是这样的奇遇，会遇到一个人，能让一颗尘封很久的心驿动，也会让一颗驿动的心再次尘封。很多时候，我不得不相信天下有缘分之说。我一直以来，都是把头抬得高高的，为了这份偶然而遇，我曾经把自己高昂的头低下，最后发现还是错了。每个人都有属于自己生活的范畴和轨迹，脱离了预定的轨迹，都会活得很不自然。我们只有在适合自己的世界里，才会活得更好。生命曾经许诺给我们每个人微笑，就是让我们能微笑着淡然地去接受一切，微笑着去诠释生活的所有。

　　我可以想你想得泪流满面，但是我不会说我想你。每个人都有来自骨子里属于自己那份不容改变的东西，我也非常真诚地表达了我的歉意，但是一切还是徒劳的时候，我知道你也肯定在无数的日子想我。有时，感觉就是很微妙的东西，黏上就无法逃离。恨自己那一直在想你的时候的那些眼泪。换来的是无尽的痛苦。无数次纠缠着沉沦在午夜的红尘彼岸，花开花落几度飘零，墨染半纸离愁，嵌在那曾经相互许过的诺言。风飘飘，雨潇潇，红尘独自醉，那千年幽梦袭弄着悠悠碧水，醉在朦胧的烟雨初秋，叩开了谁的心扉？一曲泪断了红颜，此去经年，孤鸿离影伤飘秋，飘然于亭台水榭，似如飞花落红，撩染一方水云涧。那飘飘洒洒的过往，倾泻出的永恒，定格时光流逝，不再依稀、不再彷徨，望着那逝去的场场红尘绮梦，以一抹淡然去抚平那一缕心念。

在孤寂的夜里，仰望苍穹，倾尽灵感，荡涤半醉灵魂，写上一封封尘世断章心语。回望阑珊处，依稀背影徘徊，望穿那一江秋水，一路行来，遗落人世间半生苍凉，静候花开花落的再次轮回。紫藤花顺着雨浸透了年华，迷茫邂逅轻舞出浮华的离殇，花池摇曳竹影苍白，浅唱忧伤秋歌，已逝的春花烂漫，辗转菊香又迎秋。搁浅的笑声，滞留那蓝色心海，凝眸却已被流沙掩埋，追寻着期待梦幻中的人生驿站……

夜凉如水，清风伴耳，浩瀚的天际浮现点点繁星，此时，银河的两端都是有佳人的相伴，才能点缀出如此绚丽的苍穹吧。蟾光洗出朦胧云彩缥缈，随着悠扬的旋律勾起往事的思绪，山水遥遥走尽，牛郎织女终于在一起相拥而眠，而我，却只能守着凄凄凉月，故作多情沉醉相思。谁怜孑影？山遥遥，水迢迢，你与我之间，却是隔着那么遥远那么遥远的距离，同样也是断了那么久那么久的念想，仅仅是乘着节气的韵息才敢把你从心坎里轻轻捧起，呵护在手心，生怕失去了你。

踮起脚尖，与其说想靠近天空一些，不如说，只是想离你更近一些，可是，无论我如何努力，依旧只能站在原地，仰望高空，眺望远方。我，仿佛是站在时光的尽头，翘首对望，站在轮回的起点，含泪深情地回眸，尽管中间有着坚定的执着相衬，也奈何不了一句：距离太远，心无法靠近，倚床独入梦乡的缠绵。

月光清辉，落入眼帘，手心突然一阵冰凉，低头望去，原来是泪水顺着眼角流下。望月思人，泪滴相伴，寒意入侵，咳不出声，想必再也没有比这更悲凄的事情了吧。回头瞅了瞅红笺小字，还是为你写下了《探春慢》："雾锁残秋，南归众鸟，瞻望庭院愁悴。落叶萧疏，微风襟袖，始觉惊鸿远际。正日却为长，锦书致、怨忧难寄。未曾携手相逢，两情闲语无计。长觅娇波莲步，敧枕暗泣声，醉眼迷意。封泪盈怀，就于此夜，梦回漂浮烟里。问半窗斜月，别离恨、顿成轻弃。以此萦牵，迢迢千里迤逦。"

轻抿嘴角，一声叹息，月光凝固，魂牵梦萦的企盼定在此刻，就让最初的唯美停留在古老的岁月里，从此不再蔓延滋长。依然记得，每个灯火阑珊时，随着摇曳的微光，轻风飘来，满屋子弥漫着馨香余味，熏陶了身心，那是爱的味道，那是相思的引子，那是心灵默契的相约，那是期盼的信物。于是，我便真的相信，想念是幸福的。

依然记得，每个日落黄昏时，我总是喜欢披着一身白衣，素颜浅笑，手中握着给你的墨香信笺，站在街道路口等你回来，想象着你从人群中把我找见，疾步匆匆而来，衣袂飘飘，眼里的深情尽露，我会意含笑，我一直在这等你来。你总是青衣素扮，靠着我的双肩，相背而坐，夕阳余晖，正好落在你的额头上，我回眸望去，你却牵起我的手，许我一世的期限，心中甚喜，也不枉我夜夜为你受尽相思之苦。黄昏美景，与你共赏，此不正是：似水情怀，聆听有声，相对无言吗？

夜半碎语，只闻抽泣声声而应，笙歌婉转，倒转成离别诗临慕重重，割碎了谁的心殇？如今，早已繁华过世，徒留废纸一张，轻扬手臂，纸张随着风儿远远飘走，任其沦落天涯海角，就像我们曾经许下的诺言，一同随着时光逝去。

五、谁人系缆

撩开一个明亮的夜色，不曾停歇的思念，燃烧成炙热的炉火，我们的影子相对而坐。墙上花影依稀，屋檐上结着红红的果。轻轻的一个手势，就可以勾画出一段动人的情节。你的声音，盈耳已久；你的容颜，清晰在目。最苦相思不相守，幻化着你的身影和你的声音兀地出现。蒹葭深处，谁人系缆？悄然流水去，岁华深处纵思弦，轻吟浅唱，恨爱不在身边。清夜寂寥，光影流盼。几许幽思辗转，落笔不言，悲欢一念。静谧与孤单相守，无言的流年岁月。

伴随时光的流逝，浅画红颜渐老。在每个芬芳的氛围里，为你送上一朵花香的浪漫，挂在你微笑香甜的绮梦里，梦中的颜色是那般的美丽。夏天静静地品茗、听曲，感受着清雅逍遥的山野幽居，是何等的惬意！牵手的日子，那一场风花雪月是否会沉淀在你心中？风起的时候，我是否还会潜入你的梦境？春天，文字就是那天空中飘飘洒洒的细雨，润湿在百花争妍的山野。文字就是那吟唱夜曲的蟋蟀，守望着希望的黎明，发出声声真情的呐喊。深秋，文字就是那似火的红枫，用炙热的情怀，收获着生命里最精彩的片段。寒冬，文字就是那漫天飞舞的雪花，舞动圣洁的翅膀，用莹丽去覆盖岁月无边的清寒。文字，为我留下心中最美的情愫。

尘缘如烟，浅淡残痕，疼痛回首，几番缱绻，千重云水，叠嶂山峦。风，带来的是落叶的惆怅；雨，浸湿的是心的落寞；秋，阐释的是季节的忧伤。不要让时间流逝成为永远的缺憾。生命的天空不一定都是晴天，偶尔有风、有雨、有雪，也是多彩美丽的！让一句缱绻的问候静澈心底，心怀感激，默然铭记！让我们默默感受岁月的仁慈或残忍，静然感受自然的唯美，感受人生的豪迈，感受红尘中的起起落落！

一句柔情的问候，让人简简单单。人心也很简单，是生命巨画中的几笔线条，有疏疏朗朗的淡泊；似生命意境中的一轮薄月，有清清凉凉的宁静。有时候一个人可以一眼望到底，是因为这个人十分纯净，有至真的灵魂，实际是撼人心魄的深刻。

夜，让人慢慢沉静。沉静地坐着，沉静地微笑，沉静地站在万物面前。沉静所流露出的自信、端庄、高贵，很有穿透力，可彻底看清自己的人生。它是自信的美，是优雅的美，是坦然的美。走过稚嫩的春，喧闹的夏，走到了成熟的秋，就应该把人生的涵养、经历、沧桑化成一份醉人的沉静。让人深深思索。面对一朵独自绽放的花儿，仿佛听见花儿的呼吸，一如聆听心灵的声音。这源于心中一粒思考的种子，一只孤独高飞的苍鹰，或者一种等待了千年的渴望。每当欢喜若狂、怅然若失的时候，与花儿对视自语，随之而来的坦然，瞬间充溢身心。

走在深秋的小道上，目尽荒芜。任阳光驻足在眉梢发际，温暖在心底，浮起春日那一树的灿烂，那情景应该采摘下，放进诗行，采一片，唤一次你。那些坠入尘埃的尖锐的记忆，风过后，又刺进心底，染色的枫叶在飘舞着。

在往后的日子里，全已成为历史。演绎着离合悲欢。给静静的心一个感慨。夕阳下孤独的身影，从时间的指缝间滑过。都说风铃声越好听，就代表这个人的情感越专一、越深情，你可别不信哦。你在想我的时候会是怎样的风铃，会发出动人的声响吗？我有一些悚然，融合这深秋的天气，裹紧了些衣物，有些冷……

夕阳淹没在群山之后，弯弯的月亮却在半空挂了许久。黑夜给了我收拾心情的时间，去期待黎明。当黎明从云里露出头的时候，相信明天是美好的，月隐日出，只要是光一定会灿烂的。

晚风送来萧瑟的呻吟，在这迷离的城市里，寻找着自己的身影，试着努力寻觅着曾经逝去的微笑，试着忘记那无法忘记的眼神。人生在旅途中是一个匆匆过客。也许，是我的出现，搅扰了你平静安宁的生活，也许我们相识只是今生的一个错误，也许这一切是上苍的有意安排。缘分还是让我们相识了。尽管，在错的时间里遇见了你。没有一份真正的情感是不令人情动于衷的，无论这种情感会演变成啥样，已经付出了便足以使人珍惜一生，并且应该久久地珍藏。当你熟悉的身影在眼前闪过，当你温柔的声音在耳畔飘过，是让人终生难忘的愉悦。总是忍不住心里的那份激动，你已经成为我割不断、舍不下的牵绊。

夜语清清，风声袅袅，透过窗缝的一线，将寒灯吹熄，乍暖还寒。谁，又重燃烛火，在微渺的烛影摇红中，用心卷写那一抹临心心事？谁，在入夜的空阶，抚筝一曲，弹落了断情的殇？谁，斟一盏迷醉的青梅酒，蘸水为墨，书写了一世浮生，却还在光阴的彼岸，遥遥相望？

梦里，你像是一盏佛前的青莲灯火，一脉素心，以慈悲为怀，安静地燃烧。我心疼地想要去用手拂拭，你的闪躲，告诉了我，今生，就此为止。卿心若莲，何处是岸。

年华匆匆似流水，盼过冬逝春又来，只等再次踏上这座桥，望一眼曾赋予生命的那朵清荷，留下了千年的思念，万古的情殇。今世，尾随前世的脚步姗姗而来，寻找前世的身影。谁形似前世的模样，效仿明月湖前翩翩起舞的身姿，可知否，前世化作荷莲，只为再见似水明眸，宛如天仙的容颜？弹奏旷古哀怨的琴声，诉说那一世的情长。

六、缱绻在梦里

凄清的岁月，夜阑人静，万籁俱寂，遥遥相隔了千里之外的两个人。在千里之外，心的距离又有多近呢？一生眷念着那份感情是否真的有人珍惜？而感情的深浅，真的能够用时空的距离来换算吗？

在茫茫人海中邂逅相逢，被一瞬间的璀璨绚烂美丽了的两颗心灵，相知相许的喜悦真的能够化解远隔千山万水、相爱却不能相守的痛楚吗？依然盼望你还能归来，与我共赋一曲，含笑言语，笃定此生。于是我等着、盼着，额边的鬓发由黑变白，轻快的步伐越来越缓慢，但从来未遂我的心愿，你不知身在何方，每个寂静的午夜，我便喜欢用指尖敲落下的文字纪念你的来过，来怀念曾经相爱过的我们，还一直珍藏着你提笔写下的相思曲，这些，你都不曾知晓吧。千里之外，那曾经在口角噙香的名字能够被呼唤多久呢？那曾经在眉梢低回的心事又能延续多久呢？那曾经温暖过漫漫长夜的人真的能够让你一生依傍吗？

不见你的时候总是感觉有些失望，见到你的时候心中感觉莫名的驿动，眉宇间的喜悦总也掩饰不住，喜欢和你在一起彼此打开心扉的门，总有诉说不尽的话语。一声轻轻的问候，今天你好吗？是我对你的牵挂。不见的时候，一句我想你，是我们彼此的牵挂，没有承诺，不知道能到多久，牵挂是我心中一盏不灭的灯。

不论环境如何，不论际遇怎样，逐渐平淡。也许是人到中年了，应该做的，该经过的该体会的，大概都差不多了。剩下淡泊的心情。闲中倚栏远眺，怅惘之余，常深深地体会欲说还休，却道天凉好个秋的心境。半生梦境在颠簸中过去，细算一下，不知有多少梦境成真的，还有多少梦境幻灭，又有多少个梦境在心绪中淡淡地忘记啊！牵挂一个人是一种甜蜜，我知道牵挂一个人的时候，心也会有那种不能言表的痛，因为有了你不会寂寞，此刻的我正在牵挂遥远的你。你是否也在牵挂遥远的我，牵挂竟然如此美丽；牵挂你，是我对你不变的守候。

爱是不能用语言去表白，只能用心去体会，它没有花前月下的意境，没有白头偕老的约定，虽然看不见，摸不着，但这种爱时刻围绕在你的周围，拥有这样的爱，难道还不够吗？虽然彼此不能给彼此更多的爱，但时时刻刻能够体会到对方的存在，虽然不能彼此承诺什么都已经把对方看作知己，难道这种感情不值得珍惜吗？

如果时光可以重聚，我不愿在孤单的红尘里孤独地行走。如果岁月在长河匆匆而逝，那么寂寞曾几番黯然地绽放。窗外，暗夜里的弯月，散发着针芒般的微光，旋照着颓废的大地。而我，则静静地伫立在这片朦胧的夜色中，抬头仰望着那场亘古不变的永恒，然后一个人再次跌入寂寞的怀抱。

其实很寂寞，只是不想说。习惯了一个人散步，一个人走，纵使四周的人潮汹涌，也仅仅是一个人的天空而已，如江海之浮萍。其实很寂寞，只是不想说，依赖上了黑夜的微笑，聆听着寂寞的倾诉，最后，在一首不断重复的音乐中，把自己埋葬在过去的时光里，留下空壳般的灵魂，继续生活在只有回忆的世界里。不断孤守寂寞的人，渴望着相聚，但是又害怕相聚后的别离；所以，通常寂寞的人都喜欢独来独往。喜欢与文字为伍，因为寂寞的时候，陪伴着他们的除了文字还是文字。都喜欢听悲伤的音乐，不断地听，因为音乐中的旋律，就是他们感情的诠释。从来不会让别人知道他是寂寞的，因为寂寞的人喜欢把快乐带给别人，把悲伤留给自己。写着寂寞的文字，其实也是很寂寞。

寂寞的人，是向往云雾缥缈的山野，有一条蜿蜒的山路，路的两边是大片大片的树丛，小路上生长着细细碎碎的小草。行走在这样的山路上，满眼都是深深的幽绿和宁静的自然，满怀都是暖暖的阳光和温柔的山风。幽静的小路尽头便是我们在山野深处的幽居。门庭小院、小桥流水、鸟语花香，每天过着简单的生活，与世无争！我的幽居就在这山水之间。四周有苍苍的林木掩映，有潺潺的流水欢唱，有袅袅的云雾缭绕。云在脚下簇拥而行，雾在身边回环而飞，耳际掠过熏熏然的山风，风中夹着树叶的沙沙声，阳光穿过云雾斜斜地洒落，留下一地的温暖。采几束山花，装扮我简陋的幽居；种数亩山田，生活可以自给自足，徜徉于山水之间；掬一捧清泉，看鱼儿在水中尽情地嬉戏，辗转于桥边凝望，温馨阵阵漫过心田；听林涛澎湃，山野风光无限！

幽居山野，野菜为蔬，五谷为食，粗茶淡饭，布艺裙钗。带着露水的野花，会灿烂于我的清晨，染着霞光的草屋，会温馨着我的傍晚。摘几枚山果，是我最美的休闲时光；捕几尾鱼虾，丰盛孩子的笑脸。闲暇时，牵绊幽径，闻着花香，赏着蝶舞，脚步单纯从容，生活简单安详。日子就这样缓缓地从叶端滑向根脉，在守望中日渐踏实，在收获中更加丰盈。

　　鸡鸭成群，儿孙绕膝，人生的暖意就在这山野深处的烟火里浓郁，岁月就在春夏秋冬的轮替中变老。在青山绿水中游走得倦了，一个普普通通的老翁携妻带子，会在这悠长的光阴中，安详睡去。耳边，一曲幽涧清澈而自然地回荡着，触摸风吹过的痕迹，摇曳着花的淡雅。思绪如那幽深的山野里弥漫的云雾一样。生活似夏日的清风，就这般拂去了我的烦琐。缓缓流泻的乐音，缱绻着我瞬间的思念，想象着山野里的那一处幽居，有你陪伴偕老，你可否愿意？

　　寒冬，文字就是那漫天飞舞的雪花，舞动圣洁的翅膀，用希望覆盖了岁月无边的清寒。文字，是我心中最美的情缘。就让我们一起相约于文字吧。用心灵之光，共同点亮我们希望的未来。文字就是红尘中那片最美的原野。漫步在文字的原野之中，我们分享着日起日落的情怀。

　　伸出深情的手指，触及到的，全是内心最柔软的地方。你始终在我的心底行走着。绕过清晨和黄昏，绕过那条弯弯的小路，从我的眼前出发，一直延伸到你的身旁，那些点点散失的离别，缓缓聚集的相思，是一朵鲜红的花，被你亲手摘下，调皮地、斜斜地插在我的心上。

　　擦过眼帘，心情却已经茫然，却相信你依然还在那相逢的地点。静静地看着你，我想起了你给予我的记忆，那醉人的交谈，曾经如落红灿烂，染红季节，也搏动过我的容颜。约时的相见，总是写着离别，泪雨纷纷，情深几许，漫洗清秋。抬头看苍天，悄问记忆，我的相思之夜，几时才可以感动风月，弥补人间的残缺？只愿红尘里的万般爱恋，都能静静地相守，看月满西楼，我赋诗词，你是否还弹琴弦！叹只叹滚滚红尘，相逢一度，只是一生的离愁！看冷风轻拂，月满西楼，枉然相逢。

月色的清寒，浸湿了玲珑的心事，一盏孤独的灯火，淹没在烟色的记忆里，或许，没有人留意风的去向，窗外，一枚红透了的枫叶，以飘逸的身姿，精雕着寒夜的凄凉。

此刻，凌乱的心，只是以一种梦游的姿态，一任痛苦的思绪毫无羁绊地飞翔。今夜，思绪注定相伴清茶一盏，穿越红尘的每一个角落，双唇含叶为笛，轻轻吹响远古的歌谣，去唤醒一段梦魇深处凄婉哀怨的缠绵。

七、叙情幽怨

泪，洒落在细雨蒙蒙的夜晚；寂寞如花，盛开在无人的旷野；思念如烟，萦绕在海天之间。转身，便是千年；回眸，写满遗憾。你，懂爱，重情，惜缘，心纯。却徘徊在尘俗间，或许我俩再一次错过相伴到头的缘，今生此情未了，此缘却难续，此梦亦难圆。只是想：下一个千年，茫茫人海中，你我是否还会相逢？是否还会邂逅在那寂寥幽长的雨巷中？是否会在写满诗意的季节里与你撑伞同行？是否能陪伴你走过这一生？

静静地坐着，脑海里的思绪随心情乱飞。只想默默地注视着你，在乎和你一起的每分每秒。遇到你心跳加快，不见你心情变坏，在一起时间溜得太快，拥有你是不是漫长等待？把心交给你的时候，我就失去了一半，我的快乐为你，悲伤为你，直到心力交瘁，一切还是为你。让我忘掉自己。总不能放弃心中的期待，明明知道这一切没有结局，还是忍不住把你放在心里，苦苦地折磨自己。我的心里有了你，迷失了自己。

漫漫长夜，掬着款款的思念，守着缕缕的不舍，那长长风袖飘然立于风中的女子，盈盈笑颜，写满一眉婉婉转转的水意词章，绽放出今生所有的美丽，把心结成双丝，绾成千结，步步成痕，一一译为柔肠百转，只为盼你回头一眼，许我此生缱绻。春去春来，望断楼台，直到红颜瘦倦，依然等你倦梦知还。南陌上，落花闲，只想与你共剪，西窗小烛。然，你未依约而至，我在清水间，为你吟一段伤春意，而你却在海天一色的天涯外，书尽眉间事。

红尘辗转，山盟一朝风中飞，徒留憔悴眉间掩。花谢花开，是否只能在越写越瘦的章节里重寻曾经的灿烂？缘分既浅，再何处去觅两相的依恋？等待，总成无归的脚步，而寂寥，也必绾成轻怨。在水一方的我，守着光阴，守着桃开菊谢，一香饮醉，眉目流转间，已换不回昨日重来，怕是一梦成南柯，独余书香盈脸。

沉香雕镂的西窗后，一身瘦骨，折叠起每一次长夜无眠。你在我含笑的眼眸中，手执一枝灼灼的桃花，从唐风宋韵中穿尘而来，似乎想用尽今生千丝万缕的情，绾结成红尘中最无悔的守候，又似乎想绣出一方姹紫嫣红的春天，陪我在青山绿水环绕的尘世，聆听花开的声音。从此，不诉离伤。拈一指温馨，推开了桃花开落的重门，用记忆和思念，在季节的深处，寻觅万千风景。桃红万丈，尘缘霭霭，镂花案上，墨香未干，红笺小字，诉遍相思意，所有关于你的往事，关于你的片段，如古诗新韵里欢然散句，悄然坠入零落的诗行，字字踟蹰，行行如许，深深地篆刻着暖春寒冬。你是，卷落在纸上的辞藻，寂寞缭绕。而我，夜夜拥着记忆的丝缎，相携入梦。情与情的沟通，不在于相逢的瞬间，而在于永远的交流。心与心的靠拢，不在于距离的远近，而在于心灵的触动。心若相知，无需多言也能默契相通，情若相融，无需承诺也能长久相候。天各一方，阻碍不了心声的倾诉与聆听，岁月流逝，守着相互的真诚慰藉心灵。最深的温暖，总是来自真实的情感，最美的风景，总是来自珍惜的情缘。

一弯冷月，寂寞地悬于天空，一帘旧事恍惹纤影横斜，轻吟浅唱着相思的韵律，婉转了心事，憔悴了眉弯。摇来夜色一蒭，绊我情丝如藤。相揩月色入词，为你赋写昨事今思。轻轻叩着心的门环，翻起的曾经记忆，你唇边呢喃的软语，悄然在我耳畔轻漾，对你的依恋，永远挥之不去。遇见你，也许是场意外。我的春天，因你的呵护，繁花开遍。我的心绪，因你的光顾，凡尘痴结。听风敲窗棂的声音，看到繁花满树的样子，你耳语轻言诉说，我的一切，是你永远的牵绊，就这样，让你拥我入怀。从此，俗世红尘间，便多了一场绚丽多姿的传说。

想起曾经在一起的美好是那么的美好，可我们彼此都不再拥有，有时候多么希望时间会因我们而滞留，可想象的东西终究是不可能的。明明知道不可能还是会不由自主地去想，有时候多么希望你就在我的身边，像所有的情侣一样陪我看日出日落，你会偶尔和我一起逛街，也会偶尔牵着我的手走在柏油路上，这样的要求过分吗？

守候一份没有结局的感情还会有收获吗？为什么还是会有人痴痴地等，只是为了不留有遗憾吗？感情的事太累人了，记不得是从哪里看到了这句话，如果你不爱一个人，请放手，好让别人有机会爱她。如果你爱的人放弃了你，请放开自己，好让自己有机会爱别人。这话直白但很有道理，读懂一个故事，便教会了人们如何对待情感。

有的东西你再喜欢也不会属于你的，有的东西你再留恋也注定要放弃的，爱是人生中一首永远也唱不完的歌。人一生中也许会经历许多种爱，但千万别让爱成为一种伤害。

　　生活中到处都存在着缘分，缘聚缘散好像都是命中注定的事情；有些缘分一开始就注定要失去，有些缘分是永远都不会有好结果；可是我却偏偏渴望创造一种奇迹。爱一个人不一定要拥有，但拥有一个人就一定要好好地去爱他。话说着容易，可一旦做时就真的很难，不信你试试。

　　也许我没有足够的勇气面对现实的残酷，那么什么是勇气？是哭着要你爱我？还是哭着让你离开？估计此时没有一个正确的答案。男人的自信来自一个女人对他的崇拜，女人的高傲来自一个男人对她的倾慕。那么为什么我们总是不懂珍惜眼前人？在未可预知的重逢里，我们以为总会相逢，总会有缘再会，总以为有机会说一声对不起，却从没想过每一次挥手道别，都可能是离别。

　　我常常有如此的感慨，也许因为寂寞，需要找一个人来爱，即使没有任何结局。可是爱为什么也如此脆弱？有时它易碎的程度比玻璃花瓶还容易。它又如此坚强，坚强到即便已把自己弄得遍体鳞伤，依然痴心地爱着，从不后悔。

　　爱可以是一瞬间的事情，也可以是一辈子的事情。每个人都可以在不同的时间爱上不同的人，为什么我的爱就这么一次呢？我也知道不是谁离开了谁就无法生活，可是要真正地遗忘却是一件万难的事情，也许正因如此我才不够坚强。

　　现在的一切，看似不经意，却是我苦心经营的结果，此刻我特别希望来一场风雨，因为那样我身在其中，即使泪流满面也不会被人发现。

因为爱所以离开，因为爱所以放弃。听起来这句话很伟大，很洒脱，可是有谁会为了爱真正能够离开呢？也许你能，我却不能轻易做到放弃。尽管有些感情如此直接和残酷，容不下任何迂回曲折的温暖。

　　感受着你的离去，心里有一种刺痛，霎时间内心变得空荡荡的，感觉人生真的了无意义，其实，自己也很明白你的想法，你的处境，只是太牵挂一个人的时候，爱也会成为一种负担。

　　如果你真的爱了，那么不要轻言放弃，即便他让你伤心了，试着去牵挂他，倾听他，让他明白你依然关爱他；如果你真的爱了，那么不要轻言放弃，即便他让你失望了，试着去包容他，让他知道你依然在乎他。爱情真是个很奇妙的东西，具有无穷的魔力，让人为之着迷。我坚信，爱一个人，就会爱他的所有，不会因为一些世俗的东西而改变。虽然明白，喜欢一个人并为他付出一切，也许这付出没有收获，许多故事也都是没有结局的，但是，我依然甘心付出我的努力，尽量不让她受到伤害。

　　每当夜深人静的时候，郁结内心中的情感难以自抑，任思念的泪水流淌。听着忧伤的歌曲，默默地想念远方的你，这难以割舍的情怀，任凭思念在心中泛滥。爱，静默无言，在心里，在梦境里，怎奈已经泪流成河。你的身影总是在我眼前飞舞，晨曦中睁开蒙眬双眼的一刹那。梦中我们是那样的温馨浪漫，醒来却是泪水涟涟冰凉而刺骨；梦境的旋律是美妙的，梦醒的触动却是悲伤的，可为什么这不是那永久的沉睡，却偏偏保留着那份清醒和痴迷。想你那种滋味，无时无刻不在折磨我的心……

　　浩瀚的星空，一轮明月悬挂，一切都显得那么清静，在这样美好宁静的夜晚，思绪就像失控了的闸阀，任由思念之情肆无忌惮地倾泻。遥望明月，想着远方的你，还好吗？此时，很想将这份思念之情托月光寄到你的心里。春色深重，华月明鉴，思念之情更沉，一个人对着星空喃喃自语，月影疏斜，星儿浅照。独自一人悠悠地走，月色洒下的清辉却温暖不了清冷的心怀。低眉的瞬间，滴滴莹珠轻盈洒落，在眼前砰然坠地，又一次听到自己心碎的声音。原来，心事经不起回忆，流年滤不尽忧伤，那个人、那些事永远是心中无法言说的隐痛。安静地躺着，没有一点睡意，思念蠢蠢欲动，肆无忌惮地跳出来扰乱如水的心扉，清晰地感受到枕边滑落的悲哀，那么凉，那么冰。闭上眼，假装自己不在乎，当满怀的心事再也经受不起任何波澜时，不允许任何人走近那份即使用心也无法读懂的情，只许自己一片安然。

轻踱岁月的长廊，慢舒流年画卷，悠然回到了往昔。水墨江南的气息中，温良如玉的你，烟雨身上披，清风足下生，陶笛声飞、禅意悠扬，美如天籁的清音雅韵、飘逸优雅的身影穿过秋雨的薄凉，似惊鸿，渡寒塘；若青莲，涤尘香，以倾世之姿点缀成最美江南的最美风景。秋月凉如水，秋水似月凉。望月桥上，云纱袅袅笼星月；望月桥下，柳烟娜娜绕荷塘，如诗烟雨、浅墨画舫；一羽惊鸿、满塘莲香……这些曾经只在梦境里出现过的轻柔冷美，于梦外的烟雨江南不期而遇，注定有种令人不敢触摸的情愫，也注定用一生的时光来珍藏。

八、远寄相思

我还是顺着自己的意思去做了，因为人生难得放纵自己一次，那么就让我放纵一下自己的感情吧，不必在意结果，当真心爱过之后，就会淡然地去面对人生的很多挫折。

书房空间里回荡着旖旎的音符，时光的隧道里漂移着花好月圆的吟唱。平平仄仄的笔画无不浸润相思的情节，每一个逗点的沉迷，青丝三千纠缠在我的眉目之间，绯红脸颊掩映于我的唇边。忘却时间的长短，忘却时空的距离，抚摸着牵念和挂怀，涂抹着春天的记忆，让紧握的双手，传递一场爱染斜阳的相逢！

　　窗外，幽深地游走着我对你的希望和祈望，咫尺的距离浸洇着我的思想犹如跨海、犹如过江来到你的身旁。也只有隔着思念的距离点点滴滴旋进，一步步、一程程递增。

　　冷月凄凉，风寒如嘶，相觅灯火阑珊，绿绮音伤弦碎，一抹残阳如醉。梦里摇曳花弄影，万里舒云寄瑶筝。疏灯帘外，我用纤指写就一页红笺小字，让温暖如水的梦在字里行间舞动。芳草萋萋雁归去，无语凝眸，难解愁思离绪，词抒一首长相思，小楼孤影夜难眠。西窗无语话长更，眉愁锁秀颜。长相思，花开叶落千年，冷观尘世笑天涯，牵念万里何人懂？梦已碎，怨谁诉，黯然两三盏，盈盈几许瑟瑟寒。拾起碎碎的瞬间，撷一缕清婉的银辉，装了满满的情，寒夜静，泪花酸涩咸，藕断丝还连。

　　尘卷香雾暖，月当空，寂寞秋千摇去风。用一线清光，映照你朱阁绮户香甜的睡梦。空念忆，夏秋寒暑，凭栏点点与斑斑，夜色沉沉，情思千缕对芳颜，遥远的你是否还记得昔年的海誓与山盟？一纸相思，是不是在夜的笼罩下唱诵一曲永远不变的情歌，飘荡在岁月的边缘。一轮满月像玉盘一样静静地嵌在天幕里，把如银似水的清辉洒在树林上，洒在花丛中，洒在大地上，斑斑驳驳，朦朦胧胧。树叶上溢出的馨香，在夜空中悠悠地飘散。我沉浸在静谧安宁的夜晚。

相思无言语，情到深处泪飘零，对着无法跨越的时空暗自神伤。年华犹如向东流去的逝水，再不复返。我把思念编织出一张心网，剩下忧伤和烙痕，眉愁锁秀颜，溅起的风月故事，凭栏遥望，与花细语。泪冷花容渐憔悴，无语黯然心亦碎。前尘往事，心字谱成婉约的曲调。一如缕缕的月光，化作万缕云烟落寞成我一生的想念。

清夜黯然无迹可寻。幽香醉梦人，一瞬风吹过，潮湿的记忆，残留一地的心伤。承载心底的沉香，浸在唐诗宋词的婉约里，吟成断章的诗篇，眺望你如烟的远帆，寂寞梧桐深院锁清秋的夜晚，亲临一朵残红的心事，一自孤山春尽后。用一生不变的等待，舞动着前世的轮回，凄凉的记忆在苍白的月色下。今生为谁泪与灯花落，流年似水，看尽岁月随风远逝，带着无法诉说的孤独，构思着不成调的曲，畅舞相思零零片片。

心随往事凝眸，悠悠海角与共度。收拾旧时寒梦，揽明月入怀，我把深深的思念，印着淡淡浅浅的痕迹斑驳流离。万千优柔的心语，来来回回徘徊在梦与现实的边缘。那卷卷温柔的诗锦，在似水年华的最深处，依旧弹奏成幽香的天籁。静静地看落霞一点一点碎去，往事悠悠，落入我的心扉，落成漫天的剪影，在诗意斑驳的时光里无限蔓延。

梦随新词摇绽，芳菲几度。执手相看。任时光匆匆驶过，依旧斜倚于夜深人静的暗夜，寂寞樽前。飞花难解意，相思恋谁风知晓。捧出我万缕柔情，写我这一生的伤怀，执我情思万卷。流年虚几度，那些属于曾经的过往，飘散在旧时光里，夜夜萦绕在心间。

今年仿佛特别多雨，雨丝轻柔地、悄悄来到我的窗前，那轻灵透明的身影，舞动着缱绻缥缈的诗情。始终是不能落入我的眼帘，无法一一看清雨儿游丝般的清盈。

有人说，目不能及处并不代表心灵不可抵达。只不过犹疑在我的脑海间缠绕。远处的山岚缠绕着若隐若现的云雾迷离，在烟雨的氤氲中，轻卷着不可言说的飘逸。

往昔的天真与梦想，已如一掬清沙，在指缝间悄然流逝。曾那样小心翼翼的、用满心的怜惜来珍重深藏的真情，却终究没能抵过岁月的侵蚀。

吟一首易安小令，默默赋咏疏影斜横的心事，凝眸的泪与灯花同落。徐徐清风里，不寐泣深更。这风中轻漾的铃声，是为我喑哑的心弦伴歌？还是在轻轻叩响那尘封的昨日？夜染透了漫漫的轻尘与长天。聆听清音雅韵，默念红尘过往，梦里梦外。锦瑟年华中的碧海青天，峥嵘岁月里的如梦往事，在如水的歌声中，随着记忆之河缓缓地流淌，洗净我的双眼，温暖我的胸口，淋湿我的心头。

感情真的是个很玄妙的东西，豪情万种、缱绻满怀、心神俱醉的时候，往往会许下如梦如幻的绮丽心愿。人生往往都是过眼云烟，真的相隔千里之外以后，谁又能把眷念进行到底？谁又能永远坚守自己的感情？海誓山盟貌似情深意浓，但是谁又能真心为爱厮守一生？

思你的感觉很美，远方的你是否感觉到？念你的感觉很苦，远方的你是否会知道？想你的感觉很痛，远方的你是否有同感？思你，让我幸福让我满足。念你，让我难过，让我孤独。

想你，让我心痛，让我落泪。思你却不能拥有你。念你却无法见到你。为什么还要牵挂你，思念你。为什么总是忘不了你的影子。为什么还要把你留在心里。你让我伤心，你让我放不下，你让我无法割舍，你让我的心无法安静。什么时候才能不再想你？什么时候才能把你忘记？忘记你，是不是不会再难过？忘记你，是不是就会很开心？忘记你，是不是就会很快乐？

星空璀璨、心绪斑斓，繁华似梦、岁月如烟，谁能够笑饮叶下风轻，静观天边云淡。尘缘俗情、羁绊牵念，谁能够坦然地面对人世间的聚散别离、冷暖悲欢。层峦叠嶂、山雾茫茫，掩不住千年古刹的檐角珠光。秋水长天，一江烟寒，挡不住隔岸的渔火阑珊。几度山花烂漫，几回霜林尽染，岌岌峰峦上的回眸，蓦然间是否有醍醐之醒？是否让一切苦乐与姑苏城外的钟声一样，悠然地随风飘散。渺渺禅音中，将清幽旖旎的心事婉约成一幅古典的水墨画，却难以写出完整准确的题跋。因为隔着一帘烟雨，从唐风宋月中徐徐而来的俊逸清影，飘着一丝淡淡的惆怅，像藤萝一样滋长、蔓延、缠绕在心头，是牵挂？是依恋？还是情丝的萌动？天青色等烟雨，久伫红尘岸边的我，是一直在等你！你知道吗？

我在桃叶渡口，透支来世的深情，来赴今世的盟约。我愿做一片静雅的绿叶，润泽在有你的地方，寂静等待，等待与你倾心地相见。烟雨江南处，你携一阕脉脉心语，撑一伞烟云，许我繁花嫣然，明媚我整个春天。遇见，便是满眼的温柔。情切切，意绵绵，在我最美的年华，遇到你，以一世痴念，守三世情缘。挥墨提笔，写满对你的柔情，让氤氲的情思绽放出醉人的诗篇。在你心灵深处轻轻吟唱一曲最浪漫的风花雪月。

遥想昔日携手夕阳下，相依古道旁，嬉戏水榭凉亭。流连青石跫音，已然醉在一壶栉风沐雨的梦境中。今昔君何在？看春花几度，却不知道嫣然了谁的容颜？梦回依稀，未曾想桃花渡口处，来不及停泊，就遗漏成一则城南楼下的事。

九、追不回那离人影

我期望你会来，所以我在等。独对夏夜星空，心微醉于清风。走进了盛夏的燥热，心中却总是一阵阵的清凉。而此时的你，乘着如水的月光姗姗而来，轻叩我的心扉，走进我甜美的梦乡。梦中的相拥，点点的依恋；心灵的默契，情感的交融。醉了大地，醉了原野，醉了月夜，醉了心空……

你迈着从容淡定的步履，款款而来，没有丝毫的张扬，没有半点的矫情。我们漫步在华灯下，漫步在垂柳风飘的江安河畔。在岸边的长椅上窃窃私语。诉说着祈盼的思念，你静心端坐，就像一株优雅的幽兰，莹丽清姿，颔首微笑。就这样你于无声中，叩响了我已尘封的心扉，使我再次撷起满怀的爱恋，凝成颗颗殷殷的红豆，托付给这晨曦清风，传送我那一腔深情。

你来了，沉醉的心，打碎了现实的桎梏。原本沉重的岁月，也仿佛变成了无尽的快乐与幸福，一缕轻盈的江风，在江面上吹过，诉说着一样的思念与牵挂。那些孤独无奈的日子，此时都将凄凉孤单暖暖相伴。眼前的你穿着那曼妙的霓虹彩裳，与我漫步在如丝的细雨下，挽着朦胧的夜色，相依茂翠的树下，呢喃千年的情话。我不知道，此生彼此真的相见了。不管这份缘，会怎样地起起落落，也不管这段情，是不是一朵花与·只蝶的轮回。我只想倾尽一生的柔情，来珍惜这份迟来今生的缘分。一种超然的臆想，沉醉在梦境中。

相聚是短暂的，美好却是永久的。虽然未来是未知的，人生本就是在无数的未知中苦苦挣扎。再来一些未知，又有什么不可面对的呢？彼此的心中都明白，我们要求的并不太多，不越雷池，无伤风雅。只求在这样的细雨晨曦中，或是在那抹殷红的晚霞里，尽心地感受春光明媚的温暖，分享如水月光的飘逸。品味唐诗宋词的韵致，领悟深沉《诗经》的古意，唱和心中久仰的情愫。于是，我就沉醉在你那仿佛前世相熟的眼波中，沉醉在你那声声轻柔的呼唤里。

世上遥远的地方，不是天各一方，是身近一分却心远十分，我不愿意再回忆，那春悲秋凉的过去。前面的路是有点难走，只要有你陪我，我就不放手。每年的枫叶落，心也跟着默默地沉落，如今有了你，再多的挫折，也很容易度过。走过寒冷的冬，邂逅在美丽的春，相思满夏秋；我在枫叶落等候，让爱相知随流！等到秋风起枫叶又落的时候，我想与你去流浪，去最遥远的地方，让凉风习习在身旁，依偎在一抹晚霞与红枫层层尽染的地方，听叶落的声音，听枫叶唱歌，回忆我们彼此留下的美好岁月。

在那遥远的地方，也许此时正是一个无雨的晨曦。不管有雨，还是无雨，我知道有一个美丽悠闲的身影，也许会在此时，与我一样漫步在山间小路上想念。虽然是天南地北，每一个晨曦，我们脚下的节奏都是一致的，我们的方向都是相同的，那就是迎着初升的朝阳迅跑。晨风是轻柔的，雨也变得特别轻盈。虽然寒意不减，心中升腾起的缕缕淡远的思念，却将那寒意，幻化成了一杯沉醉的酒，并把这晨曦的细雨微风，糅合成一曲心灵馨韵的乐章。而思念的回廊，抚起的则是千年的古琴。在悠悠的琴声中，舞的是真情款款，如花瓣掠过心湖，泛起片片涟漪。爱不是千言万语，也不是朝朝暮暮，爱是每当夜深时，发现内心牵挂的依然是远方的你……

长夜漫漫，很享受一个人独处的时光，大有"世界都睡了，唯我还独醒"的惬意。的确，比起人声鼎沸、热闹喧嚣的白天，我更喜欢静谧的夜，看似形单影只，却一点也不孤单；那些只有白天里才会有的愉快或不愉快，那些一眼识破的假意或敷衍，会在静默的深夜里像暑热一样一点点消散。生活是个复杂的剧本，不改变我们生命的单纯。那些亦喜亦忧的庸常岁月，会在某一天，或某一个瞬间让你懂得，让你释怀。

　　春天的夜，很美！一个人站在这静静的楼台，在天空的尽头想你，静静地想你！在这楼台上，折磨我的是一种情感，一种按捺不住的心绪，那是我被思念折磨的一种憔悴，在这深深的夜里，思念被渴望的激情燃烧的时候，心里是一种无法遏制的痛感！想着你温柔的话语流连在耳边的每个时刻，似乎每一分钟，对于我来讲都是一种残酷的折磨！你不知道，我是怎样地依恋着你。心，被你无尽的爱萦绕着，在这样的夜晚，这样的时刻，盼望着拥你入怀，盼望在这个夜里呼吸你的芳香，感受你的体温，好让自己知道，你实实在在地存在于我生命中，而绝不只是一种遥遥的美丽。

　　在这很美的夜晚，独立于楼台之上，我，感到一种从未有过的孤独，一股相思涌心头。想你，从未像今夜，从未像此时，你的影子，你的举动，你的温柔可爱，完全将我淹没于这无边无际的黑暗和寂静中；踟蹰在这楼台之上，遥望东南方向的夜空和远处街道上的闪闪霓虹灯。在和煦的风里，似乎飘来了幽婉的歌曲，那音调里潜藏着的，竟然是一种说不清的东西，歌声中，忽然想流泪了，心头袭上一种莫名的伤感。在这静静的夜晚，远处有时也会传来并不分明的笛声，时间长了，也融入了这夜的悄然之中，很难感觉得出。这样静静地想你，不带一丝因孤寂而生的落寞，想你的情绪，涤荡尽了那份激越的渴望……

你是我远航的风帆，在茫茫大海上给我无穷的动力；你是我孤旅中的飞鸿，在漫漫征程上给我鼓励和慰藉；你是我沙漠中的绿洲，为我展示绝望与希冀的对比；你是我生命中的篝火，为我驱散生命征程黑夜中的严冬和寒意。春天的夜晚真的很美，在这美丽的夜里，一遍遍轻唤你的名字。前世，你我曾怎样相遇，今生才有这样不悔的痴心。

风中的杨柳摇曳着，浓如雨的愁绪，远方摇曳的路灯、天空划过的彩色光束，笼罩着我的情绪，放大着我的忧郁。想起我和你并肩在江边，沉寂在一起时叙述着那些个长长的故事里，映放在脑海里的是甜蜜而又幸福的记忆。在这相会的夜里，遥望着幽远的天际，周围的空气，似乎飘浮着隐隐约约的甜蜜，在想着一切，我想知道一切，当你凝视远方的时候，你的眼前是否会闪过我的身影；想知道当你走进甜美梦乡后的景致，喜欢静静地看着你。虽然你已经在我的身边，你是否能真切地感受到，我托付清风在你心前聆听，希望听到你的回音发自你的心底。

如果我是你的梦郎，此时的我正悠悠地吹响你门前的柳笛；如果我是一滴小小的雨滴，就缓缓地浸入你窗前干涸的土地；如果我是一束流云，会绵绵不断地飘向你；如果我是一道潺潺的小溪，便是流向你山前的那一湾澄碧；如果我是一只鸟儿，会静静地停在你窗前的树影里。我带着想你时甜蜜的惆怅和忧伤的美丽，固执地想拉近你我之间的距离！我喜欢你长发披肩散发的幽香，我痴迷地感受你真实的气息。

你甜蜜的声音，会支撑起我希望的一片长天；你飘逸的长发，会拂起我奋斗的羽翼；你的一个眼神，会为我消散悲痛和忧郁；你的一个笑靥，便会助我走出那片孤寂的长夜！

漫长的光阴里，沉淀下来的才会真正属于自己。生命里人来人往，过客依旧匆匆。很多事，物是人已非。总有一种情意，经得起流年的洗涤，那是岁月见证的真诚，根植于灵魂深处……一路上不管怎么走，我们都会际遇很多人，经历很多事，我们的心也如一个容器，装着那些放不下的人与割不断的事。如果豁达，我们会淡忘伤害和疼痛，如果善良，我们会弃置遗憾和怨恨。我们是要不停向前走的，不能让往事羁绊步履。不管过去怎样，都是过眼云烟，只有快乐幸福地生活，才是对曾经最好的交代。或崇山峻岭，或碧波雅境，旅程总在旅行者的眺望中前延。注视明天，期待新鲜，从新望去为什么明天不透明？因为明天还会有太多的说不定。要避开诱惑和陷阱，就得练就雄鹰般的眼睛。方向要调整，是非须明辨，意志常磨砺，持续向前进。我们是人生路上的旅行者，要看到沿途最美的风景。

行走于尘世，总有一些经历，会让你瞬间成长。蜕变，是一个破茧成蝶的过程，百转千回后，逐渐学会与生活化干戈为玉帛，与自己安然静好。简单，就会薄而清透，安于当下，便会内心丰盈。漫长的光阴里，你不会只走过一个人的生命，也不会只有一个人走过你的生命。缘来时，猝不及防，缘去时，无力阻止。唯一能做的就是，遇见时，紧握手中珍惜，离别后，深藏心底铭记……于是，我倾听着你的脚步声，寻找着你的身影，穿了秋水，越了时空。温馨过后的梦醒，心竟有了一丝温柔的痛，原来你不在我的身边，你依然在月光中……

一路走来的心情，或喜或忧，或孤独或寂寞，我采撷了这束情愫流泻于文字中，那感觉总是如烟如雾，如幻如真。也许一生都在寻找，寻找梦中早已熟悉的风景；也许一生都在等待，等待那种完美的结局，等待那场花好月圆，却总是在遗憾中将情感的帷幕缓缓落下。也许人世间残缺的故事才是最美的，却在花瓣雨落尽时仍然心存不甘，带着些许的失落遗梦千年……

　　夜，已深了。思念开始放纵招摇，灵魂开始在黑夜里游荡，心陷入深海般的冰冷与孤寂。月儿催我泪，星星知我心。月下的相思既美亦伤，在清冷的夜里开出冷艳的花。星星点点闪烁着心语，如我安静的倾诉与告白。这样的月色我们曾拥有过，这样的星空我们曾仰望过，而今夕，你在哪？何夕，你会归来？微笑地守望着静朗的夜空，遥望着你离去的方向，幽幽夜色里只望到无边的黑暗。

　　那个路口已经封存，我无法追寻，你无法找回。迷蒙的水雾也弥漫了忧伤，却固执地凝望着远方，不愿让泪流下。原来微笑并不代表释怀，忧伤无处不在。习惯了越是黑夜越清醒的日子，用文字记录着点滴的喜怒哀乐，却发现忧伤那么多，快乐那么少，落寞那么深，明丽那么浅。一遍遍听着自己钟爱的音乐，温柔而缠绵，低沉而感伤，愁眉深锁，泪含忧伤。我这含思凄婉的诗词，犹如那一页页苍白的诗笺，写满了我的惆怅。如秋瑟飘零的离愁，如那滴雨梧桐的凄凉；望着窗外，将孤寂的心摧残，默默守着苍凉的意境，孤独的灵魂在思绪中游荡，夜幕中的流莺飘飘荡荡。你已走远，我却一直在这里等待，默守残情，绵绵脉脉，思心默默同谁诉？穿透幽远深邃的苍穹将你久久地注视，痴眸看着你远去，一步步追不回的是那离人影……

每当感到清冷孤寂，一切都染着蓝色的忧伤，心，就会弥漫着柔柔的牵挂。思浓情怅，青涩难咽，不能安心地睡去，按捺不住浮躁的心绪只有一遍遍地寻问：此时，你那里是否有轻风拂过？是否有白云飘动？如果有，那一定是我澄澈而深情的双眸在找寻你，痴痴地在等候你的归期，盼望梦中的你再回眸。

孤灯夜语

春天的遐想

当枝头鹅黄的春讯暖暖盈门一刻，推窗远望，由远而近的天空纯澈、蔚蓝，水墨画似流动的白云，蓬勃茂盛的花卉香草，自然装扮的含黛远山，姿容妖娆，近水流波，又仪态万千。春天摇曳的美色，恰如《诗经》里娉婷的虞美人，在蒹葭与水袂的景致里摇曳你的魂灵，当她玉白色柔荑的指尖轻轻划过你微凉的肌肤，便拽醒了蛰伏在你骨子里那遥远而原始的野性。燕子绕梁的倩影，形似于上帝画布上一幅动感的写意，燕翅剪影的"啾啾"呢喃里，萌动了众生吟诵春天的诗意。出门散步，在一个百鸟啼鸣的晨曦，或是晴好四月的向晚，多么像是去赴一个盛大的宴会。草木葳蕤的果园，每株树上都绽放着诗情秀逸的花朵，芳菲着这个季节的花事。假如你单是站着看还不满足，不妨走入她的灵魂与她融为一体，一伸手便可抓一朵白云，一跺脚就可恣意仰卧在香草柔嫩的毡毯上，那种惬意与满足，不可说，也无法描述。即使盈握一点一滴的春光，都足以满足你灵魂所期盼的那份醉意。

这是一个浪漫的时刻。冬的告别，没有人会去理会，人们在熟知并迁就了整个冬天的寒冷之后，自然地将满腔热情邮寄给姗姗而来的春的使者。似乎在一阵微风，一滴檐下的水滴里都能感知到一种新鲜的、快乐的、应该奔走相告的兴奋心情。春天不过是季节的又一次轮回，而每一次春天的来临，依然如迎接一次新奇的情感那般的感动，正如拥抱一个炎炎的夏季，萧瑟枯黄的秋天。我们的感觉都在岁月的沉浮间，季节的交替里送走远了又近了的，迎接近了还会远去的。在习惯里渐失丰盈，在期待中萌芽希望。人生的步履开始磨上厚茧，积聚心中好多的感慨，在轮回之后，我们渐渐领悟了人生的一些道理，原来得与失都不应该看得过分沉重。

期待，总是在打开绚丽的瞬间后，渐渐归于平淡，而后会再生期待，再次在淡定中体味，正如四季轮回，其实没有什么能是一个弱小的生灵所左右，除了情绪，除了心态。

我常常在夜深人静的时候，一个人坐下来遐想，想逝去的，想一把流沙的昨天积淀了多少值得追忆的往事，或是永不能回头的误区。很多时候，就这样，或自责、或遗憾、或幻想千百种不是如此一步步坎坷而行的这样的人生。然而，当静思已成一次次彻夜难眠时，清晨的第一缕阳光，伴随的依然是熟悉的景、熟悉的事、熟悉的人。走过了就是走过了，心在旅途，人守着未了的太多心愿，是一厢情愿的虚幻，还是对现实的一次宣战？

也许，命运给予的都是对的。生命是很脆弱的，感悟里渐渐懂得，只有活下去，淡然地过好每一天，才是最真实、最幸福的。经历的都是财富，所为的都是美好，相遇的都是朋友。我温柔地看这个世界，看我自己的每一天，看曾经会影响我情绪的任何事、任何人，怎么就会在漫漫流水般的岁月里变得那么平静？原来一直是心态在作怪，心态平和而安静了，一切都变得简单而美丽。人之相处，欢乐是一种气氛，不必计较是否给人留下更深的印象，再美的宴会总要散场。我也曾常赴琼林宴，我也天天打马御街前。那些都是过去的事，除了自己，没有人会一直念着你的好。

快乐也好，悲伤也罢，寻求理解总会与自己的渴望值存在太大的误差，没有任何理由去抱怨因命运使我们相遇的朋友，每一个人都是独立的情感载体，你会以他人的方式来耐心地品味他的所有情绪、情感的动态吗？这样问自己就会豁然开朗，在意自己才是人之常情。所以我常常喜欢跟自己的心灵说话，在自己的影子里看到一种喜怒哀乐的真实感觉。

我也常常与他人说话，在诙谐幽默的言语里看到别人的开心与快乐，这是我自己心情的满足。笑给别人，收获开心；挑剔别人，永远给别人带来郁闷，也给自己的心灵蒙上阴影。

春天来了，草长莺飞，万物复苏，到处充满勃勃生机。是那么浪漫，那么饱满。它把一冬蕴藏的精神和力量都尽情地释放出来。此时，挽一缕清风，采一束春光，走在田野里，把春天的花冠戴在头上，相信你的心情一定是美美的；撒一串欢笑，踏一路清香，唱一首鸟语花香的赞歌，还有什么比这个更为欢快的呢？携一份闲情逸致，幽看雪月风花。

无须刻意装扮，闲庭信步、顺手拈花。乡土乡息，柳絮轻飘，白墙绿瓦。飞花落日天涯，来年再寻往日青丝白发。三月桃花姗姗开，只为等你轻嗅一下。读你，需要心静，朦胧薄如面纱。犹闻清香依旧，遥想佳人温文尔雅。

春来了，从新生的芽孢到繁花盛开，到落花满地，总有那么一抹情绪涌上心头。从未想过，在幸福而又悠闲的日子里，生活会给我开出这样的玩笑，更不会想到，这一生的期待，会在某一刻，定格在一个叫作遗憾的词里。

这一生，得上天眷顾，遇见种种幸或者不幸的事，又在这些幸与不幸中看淡生命的归去来兮。冷与暖、爱与恨，都不过是故事中的情节。突然觉得，没有结局的结局，怎样的情节都是在浪费流年，若是有着美好的希望，遇见，就是一场生命的邀约。花开花谢，潮涨潮落，都不过是一种生命的体验。当烟云散尽，当剧情历经冬天的洗礼走到了春天，我知道，桃花盛开的那个地方，总会有人盛装出席。

我知道，那个冰冷的冬天终究远去了，春天的故事，已经在路上。远山的那些桃树，也已经满树绯红。草木绿了，桃花开了，满目的生机勃勃。

其实，人这一辈子，唯有把沧桑当成浪漫，把平静的生活过成一首诗，就可以活得自在安然了。那时，门前的那株老树，悦目的绿色，素心素颜，就诠释了春天的光芒。此刻的此刻，我只想把苦难装进行囊，不言不语，笑着走过，只因，内心深处早已长出满身的铠甲。

原来，一个人的成长，必将与孤独为伍，必将踏着血泪的旅程，在以后的日子里与自己相拥。那时，再大的风雨，都挡不住前行的脚步了。再薄凉的人，也不会让你心痛不已。唯有那些在冰冷的岁月里感受到的温暖，才会成为我们这一生的羁绊和惦记。

整整下了一天的雨了，大地在静静地接受你的洗礼。临近傍晚，风大了……雨点在风的驱使下，肆虐地敲打着窗棂……窗外，风萧萧，依稀可见是那远处的树木为你折腰。漫天飞舞着杂乱无章的雨滴，浸湿了门前还未褪色的春节的楹联。屋檐滴雨，尚有一丝凉意，冷静了昨日的闷热。听雨的声音，似箫？似弦？远方的灯光，悠悠散射在青草边的水汪。仿佛看到了水中的涟漪，慢慢散开了落花的水面……静坐窗前，观云听雨品香茶，风中传来了若浓若淡的麦苗清香。那昨日的月牙，像船儿起伏在你的怀里……

听雨的声音，如歌？如泣？是谁，回忆着一抹伊人脚步渐远的背影……

春日里的雨，丝一般地拂过，沾湿了岸边的柳枝，满目嫩绿映入眼帘。漫步在丝一般的雨里，不想撑开手中的雨伞，只想静静体会春雨如丝般的抚摸。

远方的山，黛绿尚浅，一种模糊，迷离了春的足迹是否已远？闭目，嗅到了果园淡淡飘来的芬芳，忘记苦涩冬日的枝头在风中摇曳……心儿啊！融入了春日的青涩，淡绿嫩黄挂上了树头枝丫。如丝般的雨，轻轻地落在肩上，慢慢懂得了一份期待是那样的轻柔如幻。丝般的雨，潮湿了思绪，陶醉你……

昨夜的雨，飘落了云际的泪滴，落在大地的心里。痛了，有谁知？雨，轻轻敲窗而泣……痴了，有谁体会？倚窗独看谁的泪滴……泪流了往事，闭目温存了谁的回忆？往事都是心酸？难道唯有回忆是甜？嗅到了一丝芬芳，轻揉了思绪的眼眸，迷离……一声蹉跎！昨夜的雨……

风过无痕，湖面上却留下涟漪；曲过无痕，思绪却留下回忆。岁月的流沙从指间滑出，在人生的光碟上刻下了亘古的欢歌。岁月如歌，歌伴岁月，或风和日丽，或凄美哀婉，或平静似水，或动人心魄；岁月如清风拂动着悬窗风铃，悠荡着至美的天籁音响。每一首歌都代表着一段岁月，每一段岁月又注释着歌所蕴含的情感。感悟着不同的人和事，也领悟了歌里深蕴的内涵。在生活的寻觅中，把歌声和着岁月的泪水，珍藏在生命的行囊里。

窗外春雨纷飞，今夜瘦笔下的文字如雨花般绽放。当一滴泪悄然滑落于指尖时，我才绝望地发现，原来，漫过我心头的依然是那一地的阑珊。其实，很想在这样的雨天里，独撑一叶碧荷，让如莲的心，伫立在那清清的忘忧河上，静静地思念。无奈，太多忧伤的思绪不断飘落脑海，落寞的感觉不断翻滚汹涌而来，一次次将自己淹没……

孤烛淡影眉紧蹙，滴滴墨伤句断肠。记得我曾对你说："如若，你是弱水之滨的一棵垂柳，那么我就是那穿风剪柳的紫燕。"记得你曾对我说："如若，你是藕花深处的一叶兰舟，那么我就是栖息在橹桨上的那只鸥鹭。"寂寞了一片天。于是，每每熟悉的阙歌复起时，忧伤总游走于跳动的笔尖，一次次写碎了似水流年的缠绵。心中千万次的呼唤，模糊而又清晰地飘荡于一个又一个潮湿的梦里……

田园之韵

我一直认为，田园式的乡村生活真好，因为我有太多太美好的回忆。而很多时候，我都会想起那绿色静谧的山村和美丽的田园之韵……

特别是夏天，每天清晨，冉冉的初阳，把大地映出一片黄红，整个村庄开始喧闹起来，人们开始一天的劳作，有雄鸡的高叫、母鸡的打鸣、小狗的欢叫，还有大人们忙碌的身影。袅袅炊烟像一束束美丽的烟花盘旋在空中，田里的庄稼贪婪地吸着养分，山村在沉睡了一晚后，复苏了，美丽的田园风光再现眼前。日落时分，我们向着红彤彤的太阳，看到孩子们开心地坐在桥上，将赤裸的双脚伸进桥的栏杆，晃悠悠地荡在半空，让带着水草香味的河风从细细的趾间吹过。映在河水中的太阳又圆又亮，染红了河水、庄稼地；悬在半空的太阳，又圆又亮，染红了半边天，染红了乡民淳朴的脸庞。

田园生活是最真的，真的没有瑕疵，让人感到很清新，真的让人心怦怦直跳。可以说生活在大都市的城里人是永远闻不到刺鼻的肥料味和馨香的河风的。

原野上遍地是花朵，原野四周被五颜六色的花朵点缀着，从田垄上、草地上、灌木丛中和那林中飘出一股芳香，远处的山峦呈现出透明的云彩，时浓时淡的云彩衬托出了地平线一带明朗的碧空……

喜欢繁花如抱的田野，也喜欢东风吹拂枝上的新绿，阳光如人的心情一样通透，脚步轻盈的，如春风一般。春天且来了，不用慌乱，也不必期盼，该来的总会来的，属于你的风景，总不会错过。走在充满阳光的路上，那些掩藏在季节深处，不期而遇的欣喜，温润了多少如歌的岁月。

杨柳千寻色，桃花一苑香，城外的桃花开了，繁花朵朵，形成了桃红柳绿、柳暗花明的春日胜景。不知为何，年龄越长，越渴望一种安稳，恋上了日子里淡淡的烟火味道，向往一种低温从容的生活。邻里的人们有想搬到郊区住，少与人打交道，早睡早起，自己动手做三餐，多运动，其实也是修行。我渴望这样一种生活，在风烟俱净的庭院，写几行小字。晨起，窗外还是昨天的山林和葱绿，我的暖茶还在等着我，昨夜写下的墨迹已干，喝着清茶，看着喜欢的那朵花，按照自己的意愿，自如开放，惜君如常，惜时如常。

陶渊明逃脱俗世的羁绊，归隐乡野，日子过得极度清贫。在自传中写道："环堵萧然，不蔽风日，短褐穿结，箪瓢屡空。"简陋的房间无家什陈设，屋顶漏光、墙壁透风，麻布短衣上补丁累着补丁，经常吃了上顿没下顿。日子多苦！可他不戚戚于贫贱，不汲汲于富贵。晨兴理荒秽，戴月荷锄归，万般辛苦也自有一番诗意。即便是道狭草木长，夕露沾衣，也有安然自得。正如苏轼的《临皋闲题》：江山风月，本无常主，闲者便是主人。

于是乎，茅屋犬吠，草木扶苏；山间清风，篱下菊黄；墟里炊烟，远村明月；都作了陶渊明笔下的诗句。

心中拾得几分闲，即便是清贫的日子，万里江山也入我怀；心中无闲，纵然鲜衣怒马，也不过短暂春光，难以映照一世之豪。

整日里算计，虽有富贵，却也难以长久。人生难能可贵的是身处清贫，心有安处。任世间风雨飘摇，我自安贫乐道，与岁月同乐。不求如火如荼，但愿平淡舒适一生。

人随风过，自在花开花又落，不管世间沧桑如何。一城风絮，满腹相思都寂寞，只有桂花暗香飘过。还有江上之清风，山间之明月取之不尽也。

田园里的春天是赏花的好时节，红梅、粉桃、樱花、油菜花、牡丹、杜鹃还有山上那些不知名儿的野花，有清幽绝俗的，有艳丽娇艳的，有富贵妩媚的，只要你找对了地方，便可觅得花海。落英缤纷的季节里，最喜欢花瓣的舞蹈，一阵风吹来，曾经争姿斗艳的花瓣，带着"化作春泥更护花"的潇洒情怀，如雪般飘落，遍地芳菲。

清晨的阳光洒在水面，泛着粼粼的波光，青衣江畔、幕溪河边响着此起彼伏的棒槌声和嬉笑声，勤劳的西南女人们，沐浴晨光谈笑风生，这里也是新闻的集散地，家长里短、街头小报、肆意玩笑，都在这里可劲儿地吹着聊着。岸边总不乏极度专心的垂钓者，脱去了冗厚的冬装，轻装上阵，优哉游哉。真是"等闲识得东风面，万紫千红总是春"。

静　悟

花开花落享自然，书似甘露润心田。淅淅沥沥窗外声，滴在笔端化几篇。

时光在寂寞中淡漠，人事在无常中聚散。匆匆浮影，终究归不拢一泓清泉。落霞虽美，却是暮日离歌，人生太短，也会倦意东风。消磨，只是指尖一把沙；天涯，还是无处问殷勤。我知道，有些事，沉淀后会成为回忆；有些人，路过后会成为背影。

一纸苍凉，苍白的是昨夜星辰。那些曾经的闪烁，都已坠落在无尽黑夜。黑的夜，黑的眼，黑的寂寞冷冷笑我。一灯如豆，清泪如许。绣一幅断肠人在天涯，数一数曾经消瘦多少诗。颠簸一路红尘，流离半世清苦的人生。

静静地站在冷风肆意的海滩上，眼前，朵朵晚霞倒映在水中，倒映着谁的一片惆怅？那首江安河畔谱下的离曲，今日谁又唱起，惹了我本已安静的思绪？一江秋水，葬送风华几何？纯白的年华，谁还会记得那一场盛世的花开？曾经那么熟悉的你，如今却成了我生命中最熟悉的陌生人。一场美丽花事，终定格成寂寞红尘里一个苍白的挥手之势，那些带着深刻誓言的玫瑰，在薄凉的时光中渐渐零落成空。离别的道口，我只能举杯邀月，挽一袖萧瑟的秋意，对着自己的碎影独醉成殇……

当岁月无情地斑驳了三生石上的情缘，我又能如何改变宿命？于是，唯有放飞心灵深处相思的云，任其飘荡，慢慢覆盖在那一片寂寞的沙洲。我的世界，落红无数，哀伤遍地，看着颓败的花儿，心，一次次疼痛。红色玫瑰，已于风中黯然凋落，在荒芜的年华里形成了一道道明媚的伤痕。依在岁月的边缘，看季风翻阅前尘往事，抖落流年的沧桑。默默拾掇起一地阑珊，伸出双手，怅望掌心，脉络间印刻的依旧是你的名字。

　　无数个黄昏来临时，都是喜欢一个人，静静地站立在你我戏水追逐的地方，看暮色莅临、夕阳沉落，再默默看着夜色一点点地弥漫开来，慢慢地将自己笼罩在暮霭之中，任心沦陷在回忆的幸福里。轻轻捧起记忆的一抹馨香，抛向风中，在漫天飞舞的思念中，诉说着与你的独家心语。君可知道？有一首曲我总不敢去聆听，因为你就在那首曲里离我而去，渐行渐远。每一次音乐旋律响起，我的心痛总无法隐遁，我的忧伤总无处安放。我拼命捂住耳朵，以为听不见声音的世界便不再有回忆纠缠，可是我错了！原来，没有声音的世界依旧有一幕独播循环，那就是让我心碎的你起身离席的一幕。

　　君别后，我落笔成念，忧伤堆砌的文字，泪水拼凑的深情，还有谁人能懂？君别后，我低吟成殇，无眠熬成的伤口，还有谁人能抚？青丝铜镜，流岚锁颜，寂寞的是我搁置满屋的泛黄信笺。

　　是谁的眼眸在海边张望定情的垂柳？是谁的发丝在风中卷起深秋的烟愁？莫问，遇见是劫是缘。为你，我愿化为江南烟雨中的一笔，今生只为思念成绘；为你，我愿意独自聆听岁月的风笛，寂寞着我的寂寞，继续走在一个人的海岸线。谁能伴我余生清欢？爱情里，我只愿质本洁来还洁去。假如没有你的声音，那么，纵然给我再多的时间，我也一定难以学会以安之若素的心情倚望季节里的落花，难以学会闲看云卷云舒，潮来潮往，静守安然，微笑向暖。

看远山云缠雾绕，缥缥缈缈。缠绕出一份美丽，缥缈出一份妖娆。山脚下那一带寒林，于流泻的云雾中露出一抹翠绿，如一幅笔墨饱满的水墨大写意，美得叫人心动。眼前是一碧悠悠的湖水，那一丛丛迎风起伏的苇子，在苍茫中摇曳着长长的花穗，俯仰着，摇曳着。俯仰出一种令人想入非非的情致，摇曳出一种令人炫目的风姿。

如果是夏日黄昏，不要辜负了晚霞的慷慨赐予，走出家门，择条幽静的小道，漫步在晚霞中，看夕阳怎样到另一个世界栖息，看群山如何默默相送闭上眼睛。或者在心静如水的日子一个人带着相机去观日出，看落叶。随着优雅的音乐步入溪边草坪，让涓涓溪水和这优美的音符静静地流淌……享受着这惬意美妙的时刻，还有什么比这更令人流连忘返的呢？

远山苍茫，远树也苍茫，眼前这一丛丛苇子竟也隐没于一派迷茫之中，流水潺潺地从苇子腰畔流过，云雾轻烟一般在苇丛中起伏，涌动。而那些苇子们就穿起缥缈的柔纱，充当起了远山的舞娘，在似真似幻、如云如雾中翩翩起舞。曼妙的舞姿叫远山驻足难舍，那美到极致的韵律也令我这个独立苍茫的人心生氤氲，难以自持了。

等到有一天，我青丝染霜，再无法移步海边，我会携一壶浊酒，甩两袖清风，伸手，接住一片被雨打湿的晚秋残叶，将此生未了心愿涂在叶面，在清莲绽放的池畔边，为爱做最后的祭奠。

人生如梦，岁月无情，蓦然回首，才发现人活着是一种心情，穷也好、富也好、得也好、失也好，一切都是过眼云烟。

想想不管昨天、今天、明天，能豁然开朗就是美好的一天；不管是亲情、友情、爱情，能永远珍惜的就是好心情。所有大事、小事、难事、易事、乐事、苦事，都是一件事，事情总有因有果，人与事、事与人，总有着千丝万缕的联系；当岁月在悠悠然然的钟声里消失，一切将幻化成空气中的那份宁静、淡然。所以，人应该顺其自然，知足常乐。

风雨坎坷人生路，不经历风雨怎能见彩虹？成功也好，失败也罢，所有的事情都来得很自然，有失败就会有成功，有完美就会有遗憾，且让一切顺其自然，保持顺其自然的心境面对生活，面对人生记忆里或者正在发生的新鲜的事和物。曾经拥有的不要忘记，已经得到的要更加珍惜，属于自己的不要放弃，已经失去的就留作回忆，想要得到的就要更加努力。累了把心靠岸，错了不要后悔；苦了才懂得满足，痛了才享受生活，伤了才明白坚强；从中感悟顺其自然的心境，岂不是更美哉也！

总有起风的清晨，总有炙热的午后，总有绚烂的黄昏，总有流星的夜晚，所以不如保持顺其自然的心境，把握每一个瞬间，试着去做，去面对每一个昨天、今天和明天。人生中的成败得失，全凭把握，纵使历经所有的艰辛苦难，始终要保持一种心境——顺其自然。

凝眸远处，沉醉在这美轮美奂的风景里，感悟人生，迷惑在这缥缥缈缈的尘世里。人生，犹如一部难懂的没有答案的书，使人困惑；人生，犹如一场使人迷幻的梦，很难把它看透；人生，犹如一场戏，演绎戏剧人生的主角，是他，是你，还有我们……同窗同桌的你。

人生，或许只是一瞬间，一转身，又或许，只是一不留神，是生与死之间……

人世间，有谁能够挽留住岁月的脚步叫它不要走远，不要走远……

心是一扇窗，宽敞而又明亮；如果，我们以淡然的心感知这世界，这世界会是多姿多彩，馥郁芬芳；如果，我们以宽容的心感知所有人，我们眼中的一切会是美好和善良……感怀人生，我们的世界，变得混沌不清，物欲横流、情感泛滥的年代，迷惑了多少人的眼；在利益的得与失，情感的取与舍间，又会有多少人在纠结，踌躇不前……

在这寂静的深夜里，在这思念的季节里，用独特的幻想方式，传递温暖，去繁衍成思念的锦缎，美的风景。生活中，常常喜欢一个人独行，一个人的思念。因此，寂寞成了我的朋友，孤独伴随我今生永远的步履。生活是一条蜿蜒曲折的路在脚下延伸，静听不闻雷霆之声，熟视不睹泰山之形。享受静悟吧！

听雨记

听雨需要一种境界，这样的境界就是：管他晚来风急，独坐一隅把风听雨，把得了风听得了雨，既是风来又是水起，此时就是风生水起。这样的境界，是用尽生命来体验外物的微妙变化，心无旁骛就宁静致远。这时的你，从内心的宁静来发现外在的美妙，从而撼动起生命的觉醒，使人的心与神完全处在一种平常所感知不到的生命与自然完全合一的状态。

听雨，其实就是听心。一滴一答，都是与心私语，与心对话。一落一溅，亦是从动到静的极致下洞见。滴答落溅，就是在抚平心灵的皱纹啊。这一阵喃喃细语，一番体察洞见都是自己生命的状态。

雨丝轻轻地滑落，点滴之中熄灭了那份炽热，是对大地的想念，还是怜惜树木过于寂寞。于是，浅吟低唱，为爱丈量一次天地之间的跋涉，雨还在悄悄地滑落，一如高山流水的缠绵悱恻静听窗外滴滴答答的惆怅。

我该怎样把那份记忆摆脱，为何不是天空那一朵白云，任云卷云舒笑看尘间喜怒哀乐，雨依旧不紧不慢地滑落，仿佛凡仙又相遇在这凄凄惨惨的时刻。缠缠绵绵的交响伴着剪不断理还乱的情愫漂泊，难解的花事，千古红尘唯爱最易迷惑，真想是天边的一缕风，随缘聚散能做得如此洒脱，雨声好像轻了许多。柔软的心瓣，总是逃不出情的折磨。夜已深，心寂寥落情愁赋词奈何金戈铁马，横刀劈断一纸的痛楚，烟雨红尘竖弦弹奏满天的离歌，听雨静听窗外雨声稠，独自倚栏瘦影柔。露洒梧桐枝润色，珠镶烟柳叶含幽。潇潇怨曲千行绪，阒阒清歌一枕愁。天也相思天落泪，水无杂念水长流。依病听雨窗外霏霏丝雨幕雾重重，惊雷阵阵啸苍穹。

夜里，天空又下起雨，滴滴答答，打在屋檐，打在窗上，湿在心里。窗外的夜雨沉默无言，静静聆听，如此落寞的心情，是否还能体会当年的滋味？夜雨微颤，似有所答，而终无言，雨声又密了，往日容颜。释放着记忆的闸门，雨中的我，孤寂而冷静，雨声淅淅沥沥，湿了我心房。多少爱恨，多少过往，想起了你，想起了你，和雨的叹息，和无尽的回忆。

雨声慢慢，漫过耳际。于是，心淹没而去，你变得渐渐丰美清晰。那年一样的细雨，伞下两个相依相伴的人轻柔地行走在这里，笑靥湿透了雨具，时而飞溅的雨丝知趣地捣鼓着无法逾越的空气，推开心际注入萌芽的种子。

一阵微风吹过，树枝上残存的落叶悄然跌落，零星地散失在地里，像一道道因你而起的忧伤在温柔地等待故事的继续，雨滴拍打在上边，水沫舞蹈，铺成一地忧伤，上边写满关于你和我爱的篇章。

春雨，细微无声，唤醒了一池莲荷露出小小尖；心如莲荷露珠，莲的典雅、莲的淡雅、莲的洁净清纯，犹如一段天籁之音，源自心灵，那优雅的旋律，唤醒生命的律动。莲的纯洁，似一首华丽的唐诗，一阕婉约的宋词，那灵犀，直达心灵深处。莲的芬芳美丽，风懂；莲的矜持心事，雨懂。花开的声音，雨懂得，那是思念的絮语；花舞的丽影，风知道，那是牵挂的辗转；花落的情怀，心晓得，那是执着的眷恋。记得心头悸动的时刻，可记得激流涌动的情感，记得枝头到手心，手心到臂弯是心与心的距离。

这个雨夜，我知道自己的思绪又增添了一份寂寥，文字在我的笔下就像断了线的水滴，一滴一滴，一点一点地涌现。就这样继续吧，让我把黑夜坐到白昼，把心情全都写进文字里，不管忧伤，不管喜悦，我只想就这样，让这些走过的印记在我的文字里驻足。

听、雨、记，这三个字，就像一块烙铁搁在了心里，我知道，这是我多年的心血，也是我这一生的梦。

夜幕初凉，雨下得好安静，滋润着五月天。风儿拨动溪流，吵醒山峦的沉寂。谁，在风中默默流泪，为那远去的鸿雁黯然神伤；谁，在细雨中轻轻叙说思念？是谁，吹箫弄笛？又是谁，吟诗赋曲？

我用雨伞支撑着记忆，推开心灵的窗，窗外一片雨雾……哗啦啦的雨声，滴入我的心，烟雨的天际。雨纷纷，听雨惆怅，思绪满天飞。如果仔细去听便会听到雨的心事，或悲、或愁，雨声似近似远，若有若无，声音多情婉约，如泣如诉，像诉说着一种神秘的启示……它更像是一个湿漉漉的灵魂，在夜幕下哭泣，最是容易触动到心灵深处的某一痛楚，引起感情上的共鸣，于是我心也跟着悲了、愁了……

举头看看清夜的檐雨，凝眸望望满目的葱茏，这无尽的雨丝像是叙说对你轻轻的思念，那暗香里有你的疼惜在弥漫。独自走进雨里，撑一把小伞，任由思绪像雨滴一样飘落而下，思念是一种痛，一种揪心的痛，看着雨雾中那一张张朦胧的脸，仿佛都是你的模样！我幻想着，你会涉水而来，在一帘细雨中与我深深相拥。撒腿在雨里跑、跳、转圈、笑、唱……然而你难以割舍的眼泪，此时涌出我的心窝，化作一汪清澈的泉。伞飘进雨雾里……雨一路飘洒，梦轻轻啜泣，我踩着湿漉漉的心路，陪伴我走过这寂寞的雨夜……

听雨，少了古人的浪漫情愫和雅致风韵。我只孑然于窗前，听风纤纤，看雨绵绵。从"好雨知时节，当春乃发生"的春雨，到"黑云翻墨未遮山，白雨跳珠乱入船"的清凉夏雨；从易安的梧桐滴到白居易的云窗下。

淅淅沥沥的雨，是缠绵的往事。偶然想起，时光似乎被定格在一幕幕美丽的风景里，回忆中温暖的片段会让日渐疲惫的心灵得到一份澄澈与宁静。

喜欢听雨，总以为凡俗的生活背后，会有一份纯白的、馨香的情怀绽放在缠绵的细雨中。琴若雨，雨似弦。在一段美好的旋律里，沉淀着一份安宁淡然的心境，枕雨入眠。纵使在最深的暗夜里，也会有娇娆的子夜花在盛开……

时光寂寂，携缕缕寂寥，从一篙平平仄仄的韵脚里，捞起一枚枚岁月的音符，让古代的风骨渐行渐近。

小雨轻柔的絮语伴无眠，我轻轻卷起柔情的衣袖，轻拈一朵雨花，雨花拨动无眠的梦弦。观细雨连绵，落花醉是伤心处，恨不相约，叹罢回眸，轻纱绕半山。残留在风雨中的眼泪，欣赏这孤意的凄美！雨水却隐藏了我的眼泪，就让雨水带走我的眼泪，让眼泪在风雨中飞散……

晨雨后，天高云淡，夕阳浸染遍山川。清泉石上歌声流，恰是金秋叠满天。枫叶红，野菊漫，三岔湖畔鱼米鲜。望月湖畔，挚友齐泛舟，摇桨问仙子，与谁抒游缘？

晚风送，光阴荏苒，魂牵梦萦唤乡恋。梧桐落叶情未央，坐看田园舞蹁跹。月儿明，相思满，疏影妖姿暗香还。登丹景山，心里写乡愁，采撷一香叶，遥寄何人怜？遂寻之，乡音一片，和谐新风人尽欢。丹景山色游人醉，悯农耕桑自悠闲。朝霞起，暮霭烟，傲视西蜀沧海间。极目四盼，九曲川西水，吾将何处去？还是栖故园！

　　此时，窗外有雨飘过，而我的心，却在这细长的雨丝里，感受到无限的期许……

人生多歧路

人生就像一条蜿蜒的巷道，盘曲着折折拐拐地前行，没有退路只有前路。

唯一陪伴我们的是途经的悲喜与荒凉。苍凉就是人生的一种感受，它时时刻刻伴寂寞终身，余音缭绕来鞭策着我们悲寂的躯体和灵魂。人生的苍凉，是每一个有热乎躯体的人，在人生大道上遇到感怀悲凉之事的无奈之举，悲凉就像人生中天天要解毒的良药与我们时时相克、终身相伴。"生于忧患，死于安乐。"只有在忧愁祸患中才能发愤，在安逸享乐中只能走向灭亡。苍凉是一种对生命的感怀，对时事的悲叹，也是人生跌入低谷的一种心理状态的低调表现。南唐后主李煜是一个死于安乐"不恤政事"的国君，在亡国被囚苍凉的时候，却在忧患之时创造了让后世赞叹不绝的不朽词篇。这刚好验证了悲凉之美。人生如果没有饱经风霜的苍凉，也不会有创造佳绩的辉煌。

人生中的一个低谷的沉溺，也是另一个起点的高昂。人生征途中总要去面对无数个结束、无数个开始，苍凉也成了人生中无奈的悲叹，是人生低潮时自我解嘲，是对前路的一种唤醒与总结。人生路伴着坦路与险滩交织而行，我们在喜极时而忘形，苍凉就成了悲情时的一执念，恋爱中的男女不懂得珍惜而分道，苍凉有时就成了一执而念过后的感叹而所息。婚姻中的男女不懂得去经营却成陌路，悲凉就成了夜晚时一碗孟婆汤。

悲凉之美就是自我意识的一种反省的修为，是对灵魂深入痛彻痛悟的感慨。

"众鸟各自飞，乔木空苍凉。"苍凉是喧嚣过后的凄婉，心净，才能以心为净，这是佛家的智慧，除去了心里的尘垢，即使生活简单朴素，也能安守清贫、自得其乐。人生莫过于众鸟各自飞后的苍凉，本无存，何须虑；人生之事莫过于大喜之后的狂奔，大悲过后的沉静，苍凉就是大悲过后的人生净悟。本无物，那何去惹尘埃。佛家崇尚心境自然开，随性，随遇，随缘，世间万物皆是空。一切空，何为空而去面壁，苍凉就是世境之后的醒的自悯。奇葩与杂草，人生际遇有时像奇葩，有时似杂草，苍凉就成了杂草境地时的一极清光，当南唐后主李煜用"小楼昨夜又东风，故国不堪回首月明中"来借喻自己的境地，那是他怎样的杂草人生。曾经的奇葩天子，一下沦为亡国奴那种落魄，繁华散尽后的悲寂，天堂到地狱的跌宕，这是人生的起伏，潮起潮落本来就是我们无法去左右，实事我们不可以掌控，但是我们可以明净自清。

人生在世，富贵也得过一世，贫穷也得过一生，宛如蜉蝣寄生于尘世溪流间，不管你的皮草多昂贵或你的青衣多廉价，所承受的因果报应一样多，所受的折磨不会少。唯一不同的就是享受人生的方式或多与或少的区别，都一样地要去面对生死、面对人生的苍凉。

如果说人生的际遇由天定，那凄凉中隐忍的苍凉，就是你再次出世的厚积薄发的等待。苍凉也隐于世，也出于世，只有在人生苍凉时立于志，不为际遇而左右，所以苍凉也是冲出屏障的暂憩。唐宋八大家之首韩愈，为立志而努力，24岁以前，三次进试不利，25岁至30岁三试博学鸿词不入选，到36岁至49岁就成就了人生的辉煌，际遇中的苍凉是一个人沉沦的砝码，也是一个人成就前的蓄势待发。苍凉也许毁一个人也会成就一个人，谋事在天，行事在己。每个人永恒的经历，都要去面对人生一瞬间的无助与无奈，人生的苍凉就成了一种情绪理性的回归，成功过后喜极而泣的苍凉是人性的淡定，失败过后的苍凉那就是对前事的总结，对后事的展望。梅花香自苦寒来，没有经霜雪洗礼的人生不叫人生，所以苍凉之美，别人会感觉到你的力量，就会尊敬你，成兴在己，败兴在己。

如果是月朗星稀的夜晚，缕缕银丝透过窗棂牵动着你的目光，诱惑着你蠢蠢欲动，使你辗转反侧，久久不能入睡。此时，不如披衣起来走出屋外，仰望朗朗苍穹，玉兔当空，皓月千里，丝丝夜风拂着面颊，徜徉在皎洁的月光下，享受着这无限的良辰美景。面对宇宙的广漠深邃，月夜的空旷静谧，无不使人联想到一位远方的朋友，在此时是否入睡，是否在月色下漫步，是否在和我一样思念着远方的人，是否也在享受这如水的月光呢……

在这苍茫寥远的境界中，我独自品读那远山的孤独，寒林的神秘和一碧湖水的浪漫，是源于一首诗、一阕词。就立在满目苍茫之中。那"百年多病独登台"的千古寂寥，那"醉里挑灯看剑"的千年一醉，叫我心驰神醉，唏嘘不已。独立苍茫，大醉而不归，自古英雄多寂寞，如此寂寞古来又有几人能读懂？

一个人的成就，不是以金钱衡量，而是一生中，你善待过多少人，有多少人怀念你。生意人的账簿，记录收入与支出，两数相减，便是盈利。人生的账簿记录爱与被爱，两数相加，就是成就。一些人，一些情，一些事，都装在心里，会累，会挤，懂得卸载，给心一个空间，让心得以喘息，让阳光给以沐浴。生活中真正的快乐是心灵的快乐，它有时不见得与外在的物质生活有紧密的联系。真正快乐的力量，来自心灵的富足，来自一种教养，来自对理想的憧憬，也来自良师益友的切磋与交流。有些事情，拿不起，就选择放下；有些东西，要不得，就把它放弃；有些理念，想不通，就不去理会；有些过客，留不住，就让其离开；有些感情，理不顺，就忍痛割舍；有些伤痛，挥不去，就学着遗忘；有些过去，忘不了，就藏于心底；有些工作，做不好，就求助别人。人生，总有路可走，风雨人生，淡然相随。

夜晚，在那一轮皎洁的月光下把酒言欢，长袖挥舞，舞出那人生最美的姿态。让往事不再，让心灵与震撼碰撞，让岁月流逝，不知今夕是何年？让纷争喧嚣的世界化为平淡，让月光抚平所有的挫折与创伤涤荡那脆弱不堪一击的心房，让那皎洁的月光如同母亲在轻吟哼唱摇篮曲任思绪肆意婆娑流淌。忘却所有烦恼、恩怨、忧伤求得即逝的安宁，凝望天空何是在人间？月光啊月光，酒未尽兴，曲未终，你且别慌别忙，莫催上征程，前面就阳光大道、前面就繁花似锦。来干一杯，有你今生不后悔，有你今生不虚行；再干一杯，愿天下父母幸福安康，有情人终成眷属。哎呀！不早了，鸡鸣了，赶快借我琴和笔去谱写弹唱一首人生的壮歌。

寂寞如雨夜，世间又有几人能感悟这如泣如诉的秋雨情怀？又有几人能明了这份干净？哪怕是脸上流淌着的泪水也是清清爽爽不沾俗气的，不需有人陪着聆听这秋雨的歌唱，不同的心境感受到的是不一样的秋雨景致，有人欢喜有人愁，就如人饮水，冷暖自知。菜农看到了及时雨，离人悟出了淡淡的离情别绪。我呢，悟出了王维"渭城朝雨浥轻尘，客舍青青柳色新"的那份明净。

岁月咏

　　吃茶读闲书，茶润书无声；听雨看落花，花去雨有声。很喜欢一句诗：最是人间留不住，朱颜辞镜花辞树。冷静，却又犀利无比。是啊，光阴是刀，所以这世间，没有一段不被宰割的人生。自古以来，人间万事，要经历多少风云变幻、沧海桑田？许多曾经纯美的事物，最终都落满了尘埃。任凭我们如何擦拭，也不可能回到最初的色彩。人生走到最后，都要回归朴素和简单，过程所经历的繁芜，只是为平淡的结局写下深沉的一笔。

　　都说一寸光阴一寸金，仿佛要将所有的时光，丝丝缕缕都用得恰到好处，才不算是虚度。然而，当你静下心来，看一枚叶子无声地飘落，看一只蜜蜂栖息在花蕊上，看一炷檀香渐渐地焚烧；或是喝一盏清茶，和某个不知名的路人，若有若无地闲话家常，光阴倏然而过，这时候，你却会觉得，时光是用来浪费的，并且一点都不可惜。因为我们品尝到生活真实的味道，这些微不足道的细节，才是人生的感动。而江湖所酿造的风云和气象，却像一座宽大的囚牢，困住了我们清醒朴素的思想，束缚着压抑着生命的本性。

　　这是一个丰盈饱满的时代，太多的诱惑横在眼前，让醉者会更醉，醒者会更醒。一个富足的人，其实拥有了世间许多的华丽，他却常常感到空虚落寞。一个贫瘠的人，所得到的只是一些微薄的片段，他却有种满足的快乐。一物一风流，一人一性情，每个人落在红尘，都有一份自我的追求，从不同的起点，到不同的终点，历程不同，所悟出的道理也不同。只是想象的空间越来越狭窄，飞翔的距离越来越短，就连做梦，都需要勇气。

所谓得闲便是主人，也许我们更应该将远志封存起来，用闲逸的山水蓄养，于杯盏中自在把玩。看一场烟雨，从开始下到结束；看一只蝴蝶，从蚕蛹到破茧；看一树的蓓蕾，从绽放到落英缤纷。不为诗意，不为风雅，不为禅定，只为将日子，过成一杯白开水的平淡、一碗清粥的简单。也许只有这样，生活才会少一些失去，多一些如意。

日子如水清淡，来来往往的人，不过是为了各自的归宿，做着无奈的奔忙。也许一生真的不长，但是亦可不仓促地要把生活的滋味尝遍。不如在缤纷的红尘里，只将简洁的心灵，栖息在一段菩提的时光里。把颜色还给岁月，留一份从容给自己。

一庭清韵，夜空宁寂，明月静好。书案上新沏的绿茶，几番沉浮后，静静地于杯底沉淀生命的柔软与淡定。独坐，细品一杯清茗，闭目冥思，忘了忙碌和疲倦，忘了忧心和烦恼，仿佛置身于绿意葱茏的大草原，凝眸着广袤高远的蓝天，风轻闲，云淡定，万物悄然无语。一杯茶洗尘埃、物我相忘的感觉在心头潺潺流淌。

在对耳朵和眼睛更加亲昵的时代，记忆中的花香，心灵上的雨伞，天地间的静谧，仿佛梦幻般悠远。热闹的，总在身外；冷静的，总在心里。每日在纷繁里陀螺似的旋转，耳鼓里充斥着各种喧嚣与聒噪，我们可曾听到自己心泉流淌的声音？

知足方能幸福，知心方能宁静。淡定从容。或闭目凝神，或沉思静默，于心灵一隅求得喧嚣中的宁静，达到物我两忘的静心境界。心有多静，思想的触角就能伸多远。

岁月如歌，歌伴岁月，或风和日丽，或凄美哀婉，或平静似水，或动人心魄；岁月如清风拂动着悬窗风铃，荡悠着至美的天籁音响。每一首歌都代表着一段岁月，每一段岁月又注释着歌所蕴含的情感。感悟着不同的人和事，也领悟了歌里深蕴的内涵。在生活的寻觅中，把歌声和着岁月的泪水，珍藏在生命的行囊里。

日月轮回，季节交替，生命易逝，岁月常在。冬去春又来，万物复苏，然而春天也快走了。流逝的岁月痕迹从生活中一点一滴慢慢滑落，而我们只有在蓦然回眸时，感叹岁月依然在流逝中。这就是岁月，走过所有，经历很多，最后还是要回归淡然，这样很好。

滚滚红尘，历千回百转，有时候会发现自己的目标，始终是若隐若现，似乎梦里梦外，内心的目标终究是此生无缘。这就是岁月，有时会留下遗憾。"岁月"这两个字，活在这风尘世俗上的每个人谁也避免不了，有时候随着岁月的流逝会在突然之间就有了沧桑，有了人情练达，有了懂得。只有在滚滚红尘中，经历过世事的变迁，一切都会释然。

时间转瞬即逝，任何人都不可能挑战岁月。流逝的是岁月，留下的或许只是痕迹。在流逝的岁月里，无论有着怎样的记忆痕迹，或欢喜、或忧愁、或幸福、或痛苦，总之，一切都已留在了岁月的痕迹中。而随着人生岁月的日积月累，人的情感却不知能否经得住岁月流逝的考验。很多时候，回头才发现很多都已然忘却，努力想去寻找遗失在岁月里的那些过去，却已始终无法找到曾经的美好。

岁月无情，然而，岁月无情亦有情。七十多个春夏秋冬的轮回就在弹指一挥间。日月如梭，那些曾经发生的都已留在流逝的岁月痕迹里，偶尔也许会在错觉中看到一丝褪色的岁月回忆。只要我们学会珍惜，足够耐心地去珍惜，读懂岁月带给我们的内涵，这样我们便成为自己岁月的主人，哪怕无情地流逝，也会给自己留下一抹难忘的岁月痕迹。

做个懂得岁月的人，把岁月小心地捧在手里，放在心上，慢慢地解读岁月的味道，因为，岁月虽已远去，可心依旧。

走在不同的年龄阶段，人生便又进入一个崭新的岁月旅程。而在每一个不同的岁月阶段，一定会有与以往不同的自我新发现。从不同阶段的岁月中一路走来，也许学会了从憧憬中走向恬淡。平静地去享受生活，平静地去享受爱与被爱，爱自己所爱的，弃自己所不需要的。

平淡的岁月中有爱情、友情相伴，即使琐碎平凡，也能温暖人生……

扬手是春，落手是秋，在这一扬一落之间，心中突然有种无言的痛，那种难言的疼是被青春抛弃的无奈，是被岁月洗尽铅华的不舍，在若有若失、若即若离的相似岁月里，不经意间，年轮已悄悄地为你的脸涂上了淡淡的岁月印记，增添了流年的风霜。

生命像一条河，左岸是我们无法忘却的回忆，右岸是我们值得紧握的璀璨年华，中间飞速流淌的是我们年年岁岁淡淡经历的欢悦与感伤。

蓦然回首，人已老年，心中盈满了太多的温柔思恋，暖暖地在相似的日月之间共度人世沧桑，看尽繁华红尘，我们总是认为时间会等我们，容许我们从头再来，弥补人生缺憾，岂不知时光一去不复返，曾经我们无论倾注了多少真心和热情的日子，最终也只是那么闪亮的一瞬，在生命中留下的只是一缕缕的馨香。数年之间的生活变迁，是平淡的生活，是太一般的小事，却堆积成一个个精彩的故事，激活感动着真真实实我们的生命与心灵。

我喜欢淡淡的颜色，不要那么绚丽鲜艳，像早春开着的淡粉色的樱花清清浅浅。我喜欢淡淡的话语，没有殷勤也没有心机，只那么一句淡淡的祝福就能让人感动无比。我喜欢在淡淡的雨中闲步，任微雨润湿衣襟，看青翠的远山蒙上了一层淡淡的氤氲。我喜欢在淡淡的黄昏随意徜徉，看晚霞逝成一抹淡淡的嫣红。嘈杂的世间有多少无奈呀，城市就像一个锁人的樊笼，何不放飞淡淡的心情，走进自然，亲近山水，去感受那种淡淡的意境。

夜，迷茫

　　夜，迷离着清醒！人，清醒着迷离！此刻，周围安静深邃，灯光引领夜的精灵，独自在朦胧低语……尘世清浅，更漏声远，落枕却是无眠。将心思忧伤着遥想，捏几阕残词低吟浅唱，抟几点心思编织成网！心如断线的风筝飘荡在洪荒尘埃！浮光掠影，穿越千山万壑，沧海岸边，夕阳正好，叹沧桑虚化，红尘苦渡，一颗心傲然孑立，却又肆意地将身心灵魂放逐，低沉低沉……最后沉向何方？何处才是终点？

　　夜，空洞得没有边际，心始终无法着落，悬浮，无序！我知道我心跳不出三界，我是谁？谁是我？谁是谁？染尽铅华，肆意着挥霍流水的时光，烟雨空蒙，你听，那不是涉水的渔父撑篙而来，船渡彼岸的呼吸？长歌舒袖，轻吟和风细雨！深深浅浅，你的孤寂，你的疲惫，你刻意地禅悟灵醒……流年依旧，轻吟一曲疏影惘然！轻轻地问自己："生，以何欢？！情，以何叹？！"

　　叹花花妩媚，观影影憔悴！落红飞过心易碎！灯影缱绻人难寐！忽生的心境，找个人说说话吧。一路行走的陌生人，是谁？有甚关系？敲几个随心的文字，他说："我喝着咖啡享受你的文字！"他说："夜静正是动笔的时候。"写什么？也许并不是想写点什么，也许只是一种心灵的放逐！一弦一柱，华年难驻，尘寰如故，一阕一赋，残灯日暮，痴狂纨绔！想表达怎样的心境，诉说怎样的魂灵，都付了文字吧！心，乱！文字，更乱！凌乱的文字，纷杂的心！知？不知？？醒，非醒！！睡，难睡！！夜，肆意翻腾心底的痛！在黑暗中铺开，以为冷冷的月光可以晾晒一席的甜蜜！你心自说："也许梦甘如怡！"是一帘梦，尘烟过，知多少！记忆就在一瞬间开闸！夜，迷茫！灯，迷茫！人，也随着迷茫了！！我在这端，你在那端，却是无法逾越的遥远距离！关山万里，我在这头，你在那头，下雨了，淋湿了我的心！

不知不觉，竟入了秋，早起时感到了浸骨的凉意，恍惚中，好像看到时光从身边溜走，却无力留住。

曾经有人问我，可会寂寞？我说，寂寞是一杯好茶，仔细品，会有深刻的味道。是的，身边从来不缺少人群。然而寂寞，如影随形。一个人的寂寞，不一定是为了爱情。就像写忧伤的文字，不一定是因为低落的心情。有一个梦藏在我心里，那是我的梦想，也是我的孤独。陪伴我的是时间的脚步。

静夜里昙花悄悄地绽放，不给人太多的时间去欣赏，它的生命只是等待、绽放、盛开、凋谢。数小时之内完成，或者更短。有多少人去留意过昙花盛开时的娇媚，闻过它的幽香？他们或者不耐于等待，没有看到它吐蕊时的美丽。或者错过盛开的芬芳，只余面对枯萎时的遗憾。

所以，大多时候，昙花都只是静静地开放，静静地凋谢。它的寂寞又有谁懂，谁明白？谁又愿做昙花？花开时固然可爱，谁有耐心去等待花开？

你说爱世间一草一木，爱宇宙中每一粒尘埃！在无为中到达有为的彼岸，快乐地活着，而我只能喝下身边这杯因茶叶浸泡太久而显苦涩的茶，然后用键盘记录此刻的心境！然后，沉睡去，希冀有梦到天明……

回顾过去，曾经的锐气已被岁月磨平了棱角，现在已不会为一些小事而斤斤计较，也不再为生活的不如意而沮丧，很多的事情也看淡了，但有一点不会变，我自认为始终还是个正直、真实、善良的人，个性还在激情还有，不管岁月如何变迁，我都会坚持自己为人处世的原则，真诚、珍惜、感恩、回报。不会让自己成为一个逢场作戏、察言观色、见风使舵的人，即使在这网络上，我也不会屈从于所谓的虚拟！

夜，蝉鸣伴着蛙声此起彼伏。孤寂的心，不免有些烦躁！窗外，树影婆娑，有韵律地摆动着……手把茶盏，静坐窗前，看着满天繁星点点，不知自己该魂归何方。星儿眨眨，忽隐忽现。月影阑珊，夜深人醉。心，早已疲惫，双目，却顽强不眠！思绪啊，你为何又渐渐飘远……

曾经，我是你的唯一。今夜，我的唯一又在与谁做伴！心已碎，泪已干，无奈思绪不得闲，久久盼，人未现，一声长叹无缘见。常思念，唯梦间，午夜梦回情缠绵，思君泪，湿枕边，愿随长梦伴君眠。顽固地念，不听人唤，心，好似油煎。心如止水，死水为何要起波澜！习习微风，带着丝丝凉意，迎面而来，不禁打了一个寒战。惦念与挂牵，才会是情之根源。与孤独为伍，与寂寞为伴；吾之一生，堪怜！

如此天高地阔人静，繁华落下，水落石出，闭目凝神，一泓秋水从视觉听觉之外缓缓流来，流过耳际，流过心田，流向苍茫，生出大面积的静远，空旷回响……

静能生净。红尘飞扬，浊水激荡，市声喧腾，当然难以尘埃落定。施之以瑟瑟秋风，摇落了繁茂葱茏，熄灭了执念贪嗔，那微微的凉意让人安静下来，让水平缓下来，让人可以静静看水，让水可以静静沉淀，沉了那尘，沉了那菱荇荷萍，沉了那利来利往，留一篙波暖，留一只孤鹜，留一盏渔火，留几声渔歌唱晚，留一湖烟波，留一轮明月，留一湖箫声……

人生，无论曾经有多少鲜衣怒马的时光，最后，也只剩下一杯清淡的茶水，一如你我洗尽铅华的人生。光影交织的长廊里，有峰回路转的喜悦，也有雨打芭蕉的怅然，但我知，我是为了看到阳光而来到这个世界的。

俗世的花红柳绿中，寻一份诗心，在春天里栽花种树，在秋天吟诗赋月，时间不是用来追赶的，等待是一种安稳的美，谁又能阻挡春意萌动呢，一朵花开，便能绽开一个春天，大地逐渐丰盈，日子也要鲜活起来了。

生命中，总有些人陆续走进，也有些人逐渐淡出，在这人来人往之间，有时也孤独，所幸的是，走着走着，总会遇到懂得之人。喜欢一种懂得，没有太多的牵绊，只是简简单单，干干净净地喜欢和欣赏，如青花瓷的美丽，隔山隔水，依然生动，如春天明亮的阳光，润泽生命。总有一种情愫，会在一瞬间直抵心灵，有些懂得，不言不语，唯在遇见的刹那，喜悦如莲，张扬也好，低眉也罢，都开在心之上。

窗外，明媚的阳光已满是春天的味道。烟月不知人世改，桃花依旧笑春风，无论季节如何更替，心中若有风景，便是最美的流年。苍翠的时光里，倚窗赏花，望月怀友，自是一份清雅，人生山一程水一程，与温暖人同行，看一路绿肥红瘦。

光阴深长，把雪看落，便会有繁花盛开，把相思写满，便会有一处风景，妥帖着往事。总是觉得，岁月的花枝上，定藏着那些唇红齿白的时光。百花深处，如若不曾与我同开同落，只愿清香细细，彼此相惜为暖。走过风烟俱静的小巷，总有一处风景，时光与共，总有一个人，陪你看绿柳春花，度晴好岁月，光阴的山长与水远，终不曾相负。

风吹入帘里，唯有惹衣香，又是一年春意暖，行于陌上，看一场春雨，掠去尘世浮华，一枝桃花，引来一剪春情，那些花开的惊艳，那些唇红齿白的时光，足以掩映一个盎然的春天。

宁静未央

若有人问起：你喜欢什么样的生活？我会毫不犹豫地回答：宁静！宁静不同于安静，它重在平和，是一种心灵的洁净和心绪的安宁。心中宁静，便会忘却红尘的喧嚣和世务的繁杂，使自己的心智得以澄澈透明，在安静的思考中使灵魂得以自由和永恒。江水绵延千里，在平淡中执着地奔流；群山巍峨千年，在静默中恒久地伫立。日夜更迭，季节流转，如同清泉流淌，松涛起伏，一切皆在淡然之中，一切皆在平静之中。只有在淡泊宁静中，才能觅到那份"行到水穷处，坐看云起时"的闲适与潇洒，我们所向往的，所追求的那一种生命形式，才能真正地呈现于眼前，而不再是糊涂和慌乱中的一时梦幻。

宁静更是一种文化概念。就像一副对联所说：柴米油盐酱醋茶，不可不要；琴棋书画诗酒花，非要不可；横批，活得像人。文化给予人类最宝贵的是思想的能力，有了思想的能力，我们才能抵御孤独享受宁静。宁静，能使生活更有品位。凡是享受宁静的人，他的生活便不同于流俗，人类一直追逐着幸福，殊不知幸福是一种感觉，一种心灵愉悦的感觉。有人爱你是幸福，有人愿意为你分担苦乐是幸福，有人愿意等你也是幸福，幸福存在于生活中的每时每刻，它不一定是物质的，也不能量化。获得幸福，只需要一颗宁静的心。我们不可能人人都要有份伟业，也不可能人人在不知疲倦的拼搏中都拥有丰盈的物质，但我们完全可以做到像梭罗·亨利和约翰·海恩斯那样，寻一方净土，让自己的天性在自然的宁静中尽展，在和谐健康的生活中领悟世界，了解自己。正如约翰在其《星·雪·火》中所写："什么都不做，当个无名小卒，那会是一种好生活。像阳光下一块石头那样安静，伐木、劈柴、生火煮饭，将雪和冰融化成水，这一切，生活的追求，事物的追求，都是无穷无尽的。"

社会，使人性趋向复杂化。对于精神本能强烈的人来说，节制社会交往从而简化社会关系，是理所当然的事情。梭罗和约翰是宁静幸福的，他们是自己真正的主宰。宁静，是"孤舟蓑笠翁，独钓寒江雪"的远离喧嚣，是"采菊东篱下，悠然见南山"的优雅休闲，是"宠辱不惊，看庭前花开花落"的恬淡从容，更是"不以物喜，不以己悲"的超脱人生。

前人曾有"小隐隐于野、中隐隐于市、大隐隐于朝"之说，其实隐者无大小，无论城市乡村还是塞北岭南，皆可随遇而安。宁静是心境，所谓我心即万物，我心宁静，万物即宁静。

宁静，是一种领悟生命的境界。"长亭外，古道边，芳草碧连天。晚风拂柳笛声残，夕阳山外山……"清澈悠远的歌声，至今飘荡在万里长空。李叔同，这个曾在文学音乐、书法绘画、话剧表演均有极高造诣的风流才子，在事业巅峰时期出家为僧，成了青灯黄卷持斋诵经的弘一法师。

美丽的，未必是快乐的。李叔同由情欲走向空灵，以其独特的方式走进了宁静。人的欲望可以很小很具体，也可以无限膨胀。当人们共同承受患难的时候，每一个平凡宁静的日子就会变得无比美好，那种只求在天长地久之中享受粗茶淡饭的愿望，就足以成为幸福的期盼。痛苦与快乐永远是相对的，凡是享受过极顶欢乐的人，欢乐结束便要承受极顶的痛苦。以宁静的心态去感受生活，虽然世界还是那个世界，却能享受那份平淡之中的永恒安详。一个人的幸福，取决于自己的内心感受。卢梭曾经断言，人类可以有两次诞生：一次为了生存，一次为了生活。也就是说，作为一个完整的人不仅有肉的诞生，还必须有灵的诞生。宁静，是诞生和滋润人类灵魂的绿茵园地，是人类追求圆熟通达境界的必由之路。

宁静和寂寞是孪生姐妹，有人在宁静中感到寂寞，有人却在寂寞中享受宁静。前者因为灵魂的空虚，后者得益于灵魂的丰厚。宁静，是经历沧桑后的沉静，是一种充满内涵的悠远。宁静不是消极退缩的同义词，它是看透历史风沙后的平和，是抚平岁月沧桑后的恬淡。宁静含有一种震撼生命的力量，它不仅是人生中的一种丰盈和豁达，更是心灵上的一种抵达和升华。宁静，孕育着人类的睿智。外面的世界虽然很精彩，但是，我们依然渴望回到家里品味那份宁静。我们的心灵只有置身于家的宁静中才能像那杯浸泡在开水里的绿茶一样，彻底地舒展放松。宁静是人生最美好的境界。谁都可以拥有雨打芭蕉那样的美好境界，只要你把心灵托付给那芭蕉绿叶和潇潇雨滴，在清净优雅之中过滤掉那些浮躁妄念，你就会在心底生长出清逸纯真和安详快乐。

宁静的心灵，是快乐的源泉。历史的宁静沉淀了岁月的艰辛，社会的宁静充满着人类的磨难，生活的宁静蕴含着平淡的幸福，在宁静中我们领略宇宙的奥妙，思考生命的意义，感受爱的真谛。享受宁静，就是享受生命旅程中最感动的时刻，就是享受灵魂的安详。一片落叶，一丝阳光，都会使你感受到生命深处悄悄蔓延开来的美好。海德格尔说过："人应当诗意地安居。"这"诗意"，正是指现代人生活中缺少的那种宁静。宁静，既是工作时的宁静、思索时的宁静、享受时的宁静，也是痛苦时的宁静、失落时的宁静、反省时的宁静。当这份宁静慢慢渗入我们心底深处的时候，生活就会变得豁达洒脱。

　　享受宁静，就是享受那份清幽淡雅的闲适，就是享受那份灵魂深处的香味。我爱上了寂寞，在寂寞中我享受到了宁静给予我的快乐，在宁静中我也感受到：何处远尘嚣，山深常思远。天涯寂旅客，清风逐云烟。感时鬓华发，和光同舒卷。人间兴存吾，何以做神仙。

心中的桃花源

关于人生，要说的东西很多，却又不知从何说起，因为人生太过复杂，在短短的几十年内，有那么多的纷扰，有那么多的诱惑，有那么多的争斗，有那么多的矛盾和困惑，每个人身上所带的名缰利锁，都是那么牢固，都是沉甸甸的。但另一方面，人生又异常简单，生、老、病、死，如此而已。

在生与死之间，奔波劳碌，所为的不过是名和利。名有当代之名与后世之名，当代之名就是各种各样的荣誉称号，各种各样的奖励，这些实际上又都与利联系在一起。后世之名也就是所谓的不朽，所谓的流芳百世，这有点远，有点虚，所以绝大多数人都放弃了这个梦想。

于是就只剩下了利，与之紧密相连的是房子、车子、级别、职称……看着大街上熙来攘往的人流，像是被什么驱赶着，不知奔向何方。挣钱、穿衣、吃饭、买车、买房、退休、故去，这就是整个人生吗？如果真的如现代科学所言，人死如灰飞烟灭，没有灵魂，没有来世，这样短暂的一生有何意义？我们的奔波劳碌又是为了什么？

这样的问题看似玄虚，实际上对人生的意义极为重大。虽然如庄子所说的，朝菌不知晦朔，蟪蛄不知春秋。认识的局限使人类可能永远无法参悟宇宙和人生的奥秘，永远不知道是否存在另一个世界，是否有往世和来生，永远弄不明白命运，但是如果我们认识到人类在这个世界上的位置，认识到人所居住的地球在宇宙中的渺小，认识到人的生命如草木一样脆弱，对人生当有另一种理解，对幸福当有另一种感受。从古至今，无数哲人明知没有最后的答案，还是不断地求索，也正是由于此。

对现代人来说，幸福更加虚无缥缈，不仅因为所谓幸福几要素聚合起来很难，更因为对绝大多数人来说，幸福还不在于那些要素本身，而是在于同别人的比较，不仅要自己过得好，更重要的是比别人过得好。我们为了那些自己并非真正需要的东西，奔波劳碌终生，根本没有时间静下心来想一想究竟为什么如此奔忙。人世的功名利禄真的如黄粱一梦，但觉醒的没有几人。

感悟人生，不是为了成佛成道，是为了活得自在。这样才能淡然面对成败，才能真正淡泊名利，才能真正找到心灵的栖息地，才能有享乐的心境，才能在滚滚红尘中忙里偷闲，停下脚步，欣赏清静溪山，吹吹山野凉风，才能获得心灵的安适，才会有真正的幸福。

古人对很多问题的思考，虽然也没有得出最后的结论，但对今天的人们有重要的启发。比如幸福，虽然古人没有作出具体的阐释，但古人所说的"人生贵在适意尔"，或者可以作为幸福的注解。所谓的适意，也不一定就是回归田园，只要是自己心里感到安适的生活，就是适意自然的生活。实际上，如果剔除种种非自然的欲望，最适意的生活往往就是最简单的生活。正因为如此，陶渊明笔下的桃花源成了无数人的梦想。

他人观花，不涉我目；他人碌碌，不涉我足。人生很短，活着很难，终其一生所追寻的莫过于一份心安自在。名如空谷回音，虽响却只是稍纵即逝；利如空中浮云，总会随风而逝。

不为虚名劳碌伤神，不为私利折腰丧颜。尊严重于泰山，怎可任意践踏；心安即是身安，怎能碌碌而为。友不在多，投缘为佳；人不在众，志同为好。三两知己，已是财富；有人懂心，已是知足；爱你信你，已是满足。一生何须太多，踏实充实；一生何求太多，身安心安。智者不锐，慧者不傲，谋者不露，强者不暴。心越沉稳人越平和，人越多能越低调。智者懂得收敛自己的光芒，不会肆意卖弄；慧者懂得谦卑律己，不会孤傲自我；谋者懂得恪守己心，故不惹无故麻烦；强者不随意招摇，内心强大无畏他人评论。与人相交，随方就圆；与心相通，忍让随喜。示弱而不逞强，示拙而不逞能。能忍是聪，会让是明，心灵聪慧，随性随和。

心情不好的时候，请走出去，走出去你会发现风景无处不在，心情也随之愉悦。不论春暖花开、酷暑炎热，不论秋风瑟瑟、天寒地冻，走出去，只要你用心去体会，身边就有感动你的美景。

在春天这个如诗如画的季节里，走出去，只要你细心，不难发现"竹外桃花三两枝，春江水暖鸭先知。蒌蒿满地芦芽短，正是河豚欲上时"的美景。

在夏天这个酷暑炎热的季节里，走出去，如果晴空万里，你来到河边，一定体会到"水光潋滟晴方好"的诗意，如果是雨天，一定可以感受到"山色空蒙雨亦奇"的意境。

秋天是一个丰硕的季节，古人云："一年好景君须记，最是橙黄橘绿时。"看着挂满果实的果树，看到金灿灿的稻田，你能不开心？看到"满山红叶似彩霞"你能不高兴？就连满街的落叶，也会带给你无穷的遐想，这时候，你想不开心都不行。

几千年前的古人所渴望的，现代人仍然没有得到；古代人所厌弃的，现代仍然存在；古人没有弄明白的，现代人仍然感到困惑。在这个生存竞争激烈的时代，在这个欲望横流的时代，在这个大自然一步步被侵蚀殆尽的时代，我们要重建一个桃花源，只能是在心里建立自己的桃花源，就像在钢筋水泥丛林中浇灌一小块人工绿地。在钢筋水泥浇制的都市中，只要心在，桃花源就在。逍遥乎山川之阿，放旷乎人世之间，优哉游哉，聊以卒岁。

幽窗小记

　　自然，把一方山水镶嵌在窗外。山柔情，水妩媚，绿是沁绿的，凉是浅凉的，在眉峰上横亘，在手腕里温润，在心窝里波光潋滟，招惹着人。

　　窗子打通了人和大自然的隔膜，把风和太阳逗引进来，使屋子里也关着一部分春天，让我们安坐了享受，无须再到外面去找。其实，窗子逗引进来的，何止是风和太阳啊！星辉、雾岚、暮鼓、晨钟，朗月载来的皎洁，庭树摇碎的细影，夜歌的恣意与悠扬，都从窗外来。软软的、酥酥的、细细的，像初生羔羊的蹄印，又像淡春的润雨，落在你的心坎上。而这一切，仿佛又能给人以极大的解脱，痛苦、忧伤、落寞，一样一样地卸下来，让你浑身没有了挂碍，变得轻松惬意起来。自由的生命，都在窗外。田野里悠闲踱步的一只蚂蚁，电线上晾翅的一只鸟，塘里的一只蝌蚪，泥土下一条蚯蚓，活得无牵无挂、无拘无束。无论是茅屋的草牖，还是高楼大厦的玻璃幕窗，作为窗户本身，从来没有阻隔过谁，也没有拒绝过谁。你推开窗户，看看天的高远与蔚蓝，听听鸟的鸣叫，闻闻青草的芳香，就感受到了另一种方式的温馨和爱。这是窗外的意趣，也是人生的意趣。小屋的窗子是朝西开的，我便有机会尽情地欣赏那迷人的夕照了。透过窗子向下看，是一排整齐的红砖瓦房。砖瓦房后面立着一排挺拔的钻天杨。每临近黄昏时，太阳顺着这排杨树缓缓滑落下去，便出现了如诗的夕照。

太阳被裹上橘黄色，没有了刺眼的光芒，稳稳地站在那排杨树的树梢上，没有丝毫衰老的样子。柔柔的光泻下来，给砖瓦房镀上一层华丽的金黄；房顶顿时化作一汪晶莹的湖水，每一片瓦都跳跃着红润的光，变得波光粼粼。很明显，这雀跃着的"波纹"是夕阳得意的杰作。那平静的"湖面"难道不是被它踩碎的吗？啊，它和我们一样调皮！

这样想着想着，眼前的太阳便又向下溜了一截。这会儿，太阳的脸上开始泛出微红；轻轻的，如纱一般。不一会儿，那红色变深了，成了小姑娘脸上害羞的红云了。又一会儿，那张可爱的脸渐渐变红，变红，最终一只熟透了的"大石榴"出现在树杈当中。光带着收获的喜悦从"石榴"里溢了出来，映着钻天杨矫健的身影，在天际形成一幅绝妙的工笔画。

天空的黑色渐渐漫了过来，几乎要把太阳包住了。太阳则变得越发得红，宛然一团燃烧的烈火将黑暗照亮。我呆呆地望着这如火的夕阳，油然而生出一种感慨、一种激动。渐渐地，夕阳在我的视野中远去，远去，最终完全消失了。我知道，此时它已经到了地球的那一面，又为那里的人们带来一个美丽的黎明。

窗外还是下着雨。书里也是细雨凄凄，旧时缠绵。字句间娓娓述说着一个懵懂的少年，看着一个小镇女人，走过他的青涩年代，走过幽幽的青石板，走过烟柳断桥，撑着油纸伞走进幽深的巷子，走向阡陌光阴的对岸。这些都装点了他寂寥的少年时期，那个幽怨的背影，有着和母亲一样清婉的月眉，隐忍的泪眸，也是盈盈的衣袂飘着浅香，也是有着糯米清香的味道。还有小篮子里的水葱，头上的花鬟流苏，足下的玉脂纤纤，手指甲上的一点胭脂红。他一直幻想着，他以后一定要娶这样的妻，有着和他母亲一样的颜色，一样的清秀委婉。

她身着粉色的纱裙，起舞绣台间，水袖轻缦，黛眉含烟。裙边是荷花的样子晕染而出，但见芙蓉滴露，蹁跹戏凤。燃眉之急，果真一曲清笛缓缓移来，笛声婉转幽远，如清泉凛冽玲珑，柔高山流水之灵气。一曲长相守的笛音，一奏长相思的琴声，天作之合，惊为天上人间，也就此成就了一段凄美的情缘。

窗外的雨越下越大，瓢泼四溅，苔墙摇风。像是果郡王策马乘鞭，死守边城。堞墙飞雪痕，旌旗猎猎紧，劲风呼啸来，幽窗冷月清。

锦水汤汤，于君长绝，且看华丽的宫廷，轻歌曼舞下，红鸾暧昧千帐灯，铜镜照花影，繁华落尽终是空。

夜静谧，小窗幽静，薄衾榻凉拥，玉落清枕，一寄魂牵梦萦。和衣而睡，薄丝锦柔，有浅暖的熟悉气息悠然靠近。恍惚间瞥一眼帐外，栀子花正香着呢。在寂静的夜里，从容地审视自己，内心的空白该用什么来填埋？生活的色彩该由谁来主宰？有时候感觉做一名观众也很好，看孩子的嬉戏，看感人的剧集，看风起云涌，看日落归西，不禁让人思绪连锁……

人类世界迷离多姿，变化万千，但都在动静之中。动体现变化和丰富，静展示内涵和理性。静作为万物之一种存在状态，也是一个高级生命。作为人而言，若能习静，必定非同一般，所表现出的不仅是语默，更是神定、心明和超然的智慧，与世无争，悠然自在地生活于人群中。他们静观世事，看似和常人无异，却有着丰富的精神世界，能洞穿事物本质，不为表象所迷、所惑。

静有着无穷的魅力，有着非同寻常的力量，可以让世间一切狂躁变得渺小，变得无力，直至销声匿迹。静均衡着人类生存的环境，均衡着人类的发展。如果没有了静，人类必致疯狂而毁灭；如果没有了静，这个世界必将崩溃，不复存在。没有静，四季失控，星球脱离常轨，一切生命瞬间走向灭亡。可是仅一个静，没有动，一切都没有乐趣，没有生机，如死水一潭，这个世界也将不会存在。正是这一对孪生子的存在，才使所有生命遵循宇宙的规律运行，在生生息息中，周而复始。这个世界就在动静之中，演绎着无数的生命，维持这层空间的存在。

　　人只有能静，才会理性，才能战胜各种恶魔。在佛法中，有一句话"一个不动能制万动"。简简单单几个字，但却有非常深刻的内蕴，非人心所理解。不管貌似多么强大凶残的邪恶，在静的威力下，必定胆怯。印度的圣雄甘地，面对强大的英国殖民者，在刀枪架到脖子时，丝毫没有畏惧，而是处之泰然。他领导的非暴力不合作运动，最终取得成功。佛陀在菩提树下静坐时，面对各种恶魔，一点都不动心，坚如磐石，令群魔自然而退或灰飞烟灭。在那一刻，他即超越生死，看到宇宙的至理，开功开悟，而成就佛的果位。

　　在当今世界，也有这么一群人，他们坚守真理，不为任何暴恶所动，皮鞭、棍棒以及历史上一切卑劣手段，都撼不动他们守卫真理的至诚之心，他们的意志如金刚般坚不可摧。看似普通，可心如明镜，他们稳健地书写着人类灿烂的篇章，默默地改变着这个世界。

　　能静的人，虽少言语，但举手投足都是美和善，让路过的人都感到愉悦。男人能静，必定成就事业；女人能静，必定宜其家。社会静，才能稳定发展，人心才能归向。静，能化掉所有的喧嚣和无聊，让生命的本性慢慢展露。

只有静，才能表现真诚、善良和宽容，才可纯净如莲。能静的人，必定清心寡欲，妄念无存，不执于世间得失，不随波逐流，而始终固守一片净土。

静有着人难以洞彻的深蕴，有着言语无法表达的内涵，只有修行至此的人才能深刻领悟其奥妙和玄机。

一路之上，我们会遇到很多很多的人。不同的阶段我们擦肩而过或并肩同行。弯弯小路，轻轻溪流，疏影横斜间会有暗香盈袖。温暖我们，或是让我们暗自忧伤。柔情缱绻，低吟浅唱，在生命中划过深浅不一的印痕。

一些悠远的记忆，一些渐远的足音，一些温暖又苍凉的思念，会在那个时候填满我的落寞，抚慰那一份淡淡思亲的哀怨。那种感觉虽然忧伤，但真的很美。一生之中，我需要远行，需要怀揣一些回想。

生命是一场孤独的跋涉。相聚之后会分手，遇见之后会告别。陪伴我们的不一定能相知，温暖我们的不一定能相伴。所有的爱恨悲欢、聚散离合就像繁花，也像盛宴，都将随着季节的远去，随着时光的流逝而凋落散场，空留下繁华之后的苍凉。抚慰我的只有音乐、文字，还有我的梦想。

山水虽无言，却不言而言；花开只一季，却生生循环；云且留住，那是心之所往。在忘却与铭记之间，在爱与恨之间，在枯草与寒冰之上，浮华不过是一指流沙，苍老了一段年华。能留得住的，是内心的安详与快乐！

春意阑珊

　　端坐在春的时光里，却不见春暖花开。也许城里的春光总是迟缓到来。或许，春光轻易挤不进这铜墙铁壁似的建筑群。然而，太阳光照射到鳞次栉比的楼房和光滑的柏油马路上致使温度攀升，让人感到一时很难适应这烦躁的天气……

　　还好，街上行人的穿着有了春的气息。少男少女按捺不住温度的热情，穿上看起来清爽舒适的薄衫或衣裙，有甚者索性穿上了丝袜。作为老人的我真的很羡慕且不敢恭维，只能由衷地感叹：年轻真好！

　　抬头，广场的大屏幕正放着五花八门的广告，时不时地有绿树红花、蓝天白云出现，似乎这里是饱览春色的好去处。站在这里仰视许久，终究闻不到花香，怀着对春的期盼怅然离去……

　　"天，终于放晴了。""是啊，这样的环境令人担忧……"

　　循声望去，是两位看似颇有资历的长者在发出内心的感慨吧。"在这鸽子笼生活，还不如乡下的小木屋呢！""那里的空气多好啊，这个时候早该看到柳绿花红，春意正浓了……"

　　"唉……"

　　一阵长叹送走了二位老人的身影。"乡下小木屋！"听到这个名字，我的心底涌上一阵暖意。我那心中永不会丢失的乡下小木屋，存留我多少希望，带给我多少温暖和快乐……

此时节，那里的油菜花该是金黄满地，灿烂耀眼，芳香怡人了。那一刻，我们手牵手，如蜜蜂在花中奔忙，快乐得连空气都充满甜蜜，感觉世界上此时此地最美……

四季不懈地轮回，生活如陀螺，不停地旋转，生活条件越来越好，什么都不缺，似乎什么都没有。也许真的老了吧，对养尊处优的生活有些失意，总喜欢回味那乡下的春光，每每想起来，就春意荡漾……

依凭阳台，欣悦于日照，我看到城市千姿百态，看到万物从沉睡中苏醒……阵雨留下一些潮湿，大地豁然开朗，面对大片天空中，北方缓缓出现的由白转蓝，清凉的春天，空气里有一点寒意，在这空旷和深不可测的瞬间，我想把自己引入春的尽头……

春风真是个善解人意的使者，又是无所不能的画家、魔术师，转眼就带我进入了令人欣喜的境地……瞧，春风用那灵巧的手轻轻一抹，就给柳树挂上了一幅淡绿色百叶图，清新淡雅，惬意生情。此时，头脑中不由浮现出唐代诗人贺知章的《咏柳》：

碧玉妆成一树高，
万条垂下绿丝绦。
不知细叶谁裁出，
二月春风似剪刀。

转身，春风就顽皮地跑到杏树面前施展魔力，一夜之间，千朵万朵压枝低，朵朵片片尽笑颜；桃花也一改往日的娇羞，扯着春风往自己的脸上涂脂抹粉，饱胀的脸，红得像等待出嫁的新娘，那种风韵让人油然而生怜爱之情……

嘿！这个可爱的小生灵也不失时机地享受美的甘露，贪婪地吮吸着花之蕊，似乎此花为之尽展风姿，其乐融融。我灵机一动为他们默契合作留下美好的印记……

"这简直是世外桃源，真美！"不远处甜美的赞语吸引了我，循声而去，一对年轻人如蜜蜂奔走在桃花丛中。帅哥不时地把美女明媚的笑颜留进快门。真是人面桃花别样红，美女更胜春光景。

羡慕，真的羡慕青春的魅力，我似乎受了感染，心中涌上一股莫名的欣喜，走向他们，也留下一份与花枝共舞的镜头……

"美景，岂止春天。笑看人间，面向大海，永远春暖花开！"感受到这一点的时候，我满怀希望，而且在这一刻认识到希望是一种纯粹自由的感觉。明天，春天以及希望，统统是与情感诗意相连的词语，与心灵中的情感记忆相随……

每一个春天，我都没来得及看到它抽新芽，发枝节，朵朵桃花便急不可待地绽放了。或热烈奔放，或温柔淡雅，像一个正当年的姑娘，就那样不管不顾地开在春的眉眼间，开在画家的宣纸上，开在诗人的字里行间，开在光阴的轩窗里。也许，每一朵花，都是为了懂她的那个人而开的，如若能开在一个人的心上，春风传花信，花开不知年，定是最美的绽放。

心里，有个人放在那里，是件收藏。偶尔，会在某时想起，也只是淡如水痕，将欢喜深深浅浅地安放在杯盏里，不与外人道，独享内心的繁华，这便是春天里的想念。站在春的眉眼，往事幽居在心头，多少深情，在光阴中零落成泥，我们总是有好多的事情没有做，却因时光蹉跎而远走了，总是有好多话还没来得及说，就与某个人错过了，人生的风景，一直在辗转，还有多少来不及，被丢在生命的驿站里？还有多少遇见，在转身之间，被一笔拂去深意？

春风解花语，疑是故人来。总有那么一刻，被一些感动抓住了心怀，那些埋藏在内心深处的柔软，是未曾写意的圆满，是谁将那一瞬间的相遇，妥帖成永远，在蓦然回首的刹那，千回百转。冷暖交织的岁月，不用写意更多，将一份情爱到极致，然后在漫长的光阴中，当你回味时，涌上心头的是温暖，是铭记，便是值得的。

一个人的时光，总想寻一份心心念念的净土，让思想的羽翼，随着阳光和泥土的芬芳无限伸展，华丽清寂和优雅地孤独着。我在花下饮茶，光阴便是含香的；在原野里散步，心便是开阔的。光阴的守候里，总有一份快乐与恬静，穿透心海；总有一份记忆，温暖心扉，不求所有的日子都泛着光。只愿每一天都浸着暖……

桃之夭夭，灼灼其华。折一枝桃花嗅嗅，便满是春天的味道，每个人的心里，都有半亩花田，种着满园春色，期待着与美好桃花相见。日子，短暂得不像话，虽粗糙却是温暖的四季更替。总有人陪你颠沛流离，花开花谢流年辗转，总有人陪你细水长流。所有的别过，有一天都会以另一种方式释怀。有的时候，岁月繁华可以和我无关，简单快乐地过好每一天，就是上苍的恩赐。

更深漏残，冷月光华，清辉如流水倾泻在地，烛泪堆积，灯火飘摇，夜色迷离，窗外有轻薄的月光透过窗棂无声地洒了进来，满地清霜般的月光和着灯火的橘色光芒，顿生一种旖旎的曼妙景致，却又带着极淡的冷涩意味。世事荼蘼，谁人看透？浮生尽流，薄情难相守，回忆载千愁！秋送繁花岁月流沙，红尘碧落谁能描画。

凭栏远眺，见清江水碧，鸥鹭留迹。去棹归帆风又起，惊得鸳鸯双翼。拾步长堤，过桥流水，又在兰亭立。夕阳西下，望西川旧事忆。遥记小夜空庭，梧桐树下，软语甜蜜。一份诺言明月寄，誓约白头朝夕。空有柔情，已成过去，从此无消息。异乡孤客，天涯芳草何处觅。

人生，不要去追逐潮涨潮落，安然自我就好；不要给自己画地为牢，看清真实的自己为妙，不要说时光只是一场枉然，只是自己没有在时光倒影里学会祭奠、埋葬和沉思。

人生就是这样，在时光与时光的倒影中，从清晰到模糊，又从模糊到清晰，也从懵懂到成熟，又从成熟到简单，在无法预料的瘦影中，升华出一种人生的美丽。

实际，时光就是一面镜子，镜中的倒影，就是你我的身影。镜中自己，人生风景，有时候，也需要在回眸里，倒影中，慢慢感悟和品尝。

怀古觅踪

修觉山怀古

这里都是平原，唯独这修觉山。虽然只有一百多米高，但修觉山文化脉络恢宏深厚，历史悠久。有上古传说历史人物的光芒万丈，有五水汇流众山龙脉之始的自然馈赠，禅宗六祖神秀结庐于此，叶法善神引，唐玄宗为其提名，名人雅士络绎不绝。李白、杜甫、陆游、范成大、苏轼、苏辙、钟惺、方孝孺、杨慎，皆流连忘返留下佳作。

令人费解的是，这处百米之山竟然还入选了明末的《中国名山录》，排名甚至高于青城山。这就是成都新津县的修觉山。

可惜它已荒废许多年了，形态神韵恐不似当年，倒是很适合去探险徒步。所以我就试着半真半假地讲述就踏上了修觉山之路了，过了南河桥头就能看到一条小路上山。

乃抒君之情怀，拾山路而上，刚上山的时候没遇到一个人，路是石板路挺好走的。路旁稀稀落落有几处农家户镶嵌在山腰，最让人羡慕的是风起云涌的时候，可以晒那久违的初春的阳光。可这里不仅没人住，似乎连鸡狗也没见到一只，实在可惜。走着走着就到了一个小平台，真的是杂草丛生，荆棘满丛，也没有参天大树。最多的就是半人高的草丛和废弃的小建筑。看得出这里当年也有要打造景点的意图，只是不知道为何只修了一半的工程就停了。

当年神秀禅师的结庐之所，多年后成了唐玄宗李隆基避安史之乱前来游览的驻跸之地。时间应该是赐死爱妃杨玉环、即将"天旋地转回龙驭"的第二年秋天了。唐玄宗在南京、成都度过了一年零八十五天的清闲日子。此时的北方虽战火不断，却捷报频传，而处于大后方的四川仍是一派歌舞升平景象。作为太上皇的玄宗，自然有心情寻幽览胜了。这一次，玄宗出成都，由新津老君山、修觉山，并经蜀州去青城山。明《蜀中名胜记》引前代《志》有明确的记载：新津"县南一里，修觉山，神秀禅师结庐于此，唐明皇驻跸为题修觉山三字。"唐玄宗所书的"修觉山"三字，刻于寺前左边山岩上。对此，钟惺《修觉山记》中有载："明皇书嵌佛殿左侧岩壁上，字方广二三尺，一字各专一石，飞篆沉着，且甚完好。予入蜀所见唐碑，独此耳。"修觉寺原来只是一座不知名的寺庙，因明皇题写"修觉山"名，而更名为修觉寺。

题记：修觉山位于四川新津县岷江东岸。唐时大诗人杜甫和唐明皇李隆基都曾在此驻留，留下了诗篇墨迹。而今古人已逝，物是人非，作者游历此地，低吟着"江山如有待，花柳更无私"的诗句，仿佛感到遥远的往事正呈现在面前，使文章一开始便有了浓重的怀古氛围。第二段，作者（明/钟惺）不断变动视角，随着山路的崎岖蜿蜒，描绘出一幅幅优美奇丽的画面：险峻的峰峦，众多的古迹，繁茂的林木，辉煌的庙宇，等等。

然后笔锋一转。视点由修觉山过渡到雪峰。登临送目，与在修觉山上的视野和感觉迥然不同，令全文产生了一种错落变化、柳暗花明的意趣，读来别致新鲜、赏心悦目。

《修觉山记》（明）钟惺：辛亥十月，十有九日，早发新津，叔弟恬，不知隔江者为何许山也，与童骑疾驱过之。予与艾子后，坐舟中，指江干削壁千仞，竹树榱桷，出没晴岚云浪外者，异焉。问之，则修觉山。子美（游修觉寺）诗曰："野寺江天豁，山扉花竹幽；诗应有神助，吾得及春游；径石相萦带，川云自去留；禅枝宿众鸟，漂泊暮归愁。"（后游）诗曰："寺忆昔游处，桥怜再渡时；江山如有待，花柳更无私；野润烟光薄，沙暄日色迟；客愁全为减，舍此何欲之？"及唐明皇幸蜀，大书修觉山三大字，嵌石壁，今犹存者，即其处也。决策登焉。所从径，哀山石之复者为磴，乱整枉直，各肖其理。

登者屡憩，憩处每平，平处每当竹林隙，隙处必从其下左方见江，江错碛渚，或圆或半，或逝或返，去留心目间。土人缚竹为乱，若童子置叶盎中以度蚁。设身处地，颇危之。从上视下，轻且驶，甚适。度磴去顶可四五之一，行住坐立，更端者数矣。其傍乃有石级齿齿，蜿蜒壁间者，往修觉寺道也。日始舍是，寻中径数折上，有亭翼然，祠杜工部、李供奉、苏端明、方正学。方有石刻诗，可读。亭后数武，为宝华寺。礼佛毕，反自亭，出山门，左行，竹材纯驳夹砌，数折即修觉寺。寺前双井，一井置一塔，唐物也。明皇书嵌佛殿左侧岩壁上，字方广二三尺，一字各专一石，飞翥沉着，且甚完好。予入蜀所见唐碑，独此耳。出寺，无所见。欲返，寺僧指石隙一小径，才容足。出此径，乃有平田大陆。复缘磴数折上，蠹然兆江者，曰雪峰，两寺乃在其下。始悟所云磴去顶四五之一者，第可指修觉耳，非此峰也。左眺稠粳山，如旅行，而稍居其傍。下凭栏视江，则已正，无所不见。不若初所见江之从其下左方也，然从下上修觉，去江趋远，从修觉上雪峰，视江乃反近。舟中所指江干削壁者，即今着脚处也。降自雪峰，复葬井塔下，屈曲一二里许，不复见所由宝华寺径矣。乃忽得所谓石级齿齿壁间往修觉寺道者，则今还道也，与初所径合。径穷登舆。

是日抵彭山宿，记授弟恬。

修觉山为何会列入天下名山？首先，是地异。在五水汇流处的大江边，千仞峭崖拔地而起，修觉山奇特的地貌，注定了世人必然为之怦然心动。其次，是地胜。修觉山风景绝美，古迹昭彰。那时，隔河相望的修觉山树绿山青，刹观错落。此山虽方圆不足二里，却耸立着四庙一亭：半山腰的白观音，山顶的修觉寺，修觉寺左侧不远的宝华寺，修觉寺右后山巅的玉皇观（雪峰观），以及左侧翼然于绝壁之巅的纪胜亭。其间，绝壁、古柏、灵泉、白塔、诗碑、岩刻、殿宇、竹树交相辉映，景致变化纷呈。

在这个开阔地上又有三四条小路通到不知名的深处。此时有几人从左边小路走了出来，听口音应是出来爬山遛弯的本地人。凝视周围后，我带着滞重的步履继续往前。这条路看着比较正常起来，慢慢出现了一段台阶，还有带栏杆的平台。台阶上去又是一处荒废大平台，估计就是那个修觉寺的遗址了。比较引人注目的是一座石碑，碑前正有个人在驻足沉思。据新津县志记载，大概知道这破败不堪的石碑就是新津十二景之七的《修觉寺碑》，上面刻的有三首五律——《游修觉寺》《后游修觉寺》《题新津北桥楼》，是清代乾隆时新津知县徐尧手书（徐尧是历史上治水和复修通济堰的重要人物）。此碑三尺见方，笔力雄劲有力，文化价值很高，但坏成了这个破败不堪的样子。我们借着荒凉修觉山的没落来领悟一下千年前杜甫《游修觉寺》的意境："野寺江天豁，山扉花竹幽。诗应有神助，吾得及春游。径石相萦带，川云自去留。禅枝宿众鸟，漂转暮归愁。"《题新津北桥楼》杜甫："望极春城上，开筵近鸟巢。白花檐外朵，青柳槛前梢。池水观为政，厨烟觉远庖。西川供客眼，唯有此江郊。"《后游修觉寺》："寺忆曾游处，桥怜再渡时。江山如有待，花柳自无私。野润烟光薄，沙暄日色迟。客愁全为减，舍此复何之？"

唐太宗贞观年间，有位少习经史、博学多闻的高僧神秀，云游至新津修觉山结庐，创建了修觉寺。修觉山钟灵毓秀，抚慰着在此修身养性的神秀。神秀（606—706），是唐汴州尉氏人（今河南省），俗姓李。他后来到蕲州双峰山东山寺（在湖北黄梅县东北）拜谒禅宗五祖弘忍求法，这时他已50岁了，仍努力从事打柴汲水等杂役六年。弘忍对他深为器重，称其为"悬解圆照第一""神秀上座"，并令为"教授师"。五祖弘忍圆寂，神秀成为禅宗六祖所谓渐悟法门的北宗创始人，在江陵荆州当阳山玉泉寺传法，声名远播。后为武则天遣使迎至京师长安内道场，时年已90余岁，深得武则天敬重，朝野景仰。神秀大师圆寂时，享年100岁，中宗赐谥"大通禅师"。

满地的落叶，腐蚀了多少岁月；一树的枝头，拦下了多少光阴；山下奔流的岷江，冲走了多少风霜；天空的烟云，撒下了多少希望……有的地方，散落着天下文人学子们共同的根，是不应该忘记的。应后续贤良，昌中华乃弘扬，彰历史之文化。承之学士，忠贤敏于守真，文翰奋以勤笔。

看到前面百花盛开，听到泉水叮咚，感受到世间的美好。放弃不能挽回的岁月，往前看，前面阳光明媚，春光灿烂。走在雾里，思绪与飘浮的岚烟，一路相随，凌空飞扬；心儿在若隐若现的琼楼玉宇间，迷茫穿行；走在雾里，被湿润萦绕、抚摩、呵护，行进的脚步愈显匆匆，追赶未来的渴望分外强烈。走在雾里，似幻似梦，或真或虚，无限的遐想充盈心田，执梦之手撩拨起莫名的冲动，真想摸摸雾霭之后那不知道是否真实存在的魂魄；走在雾里，空气仿佛凝固，时间似乎停滞，一切好像沉睡梦乡。此时，什么都可能想起，却又什么也无须多想。空灵的世界可以容纳万物生灵，空灵的世界却又什么都不再需要。脚步渴望着那方晴空艳阳，心却在静谧中徘徊。直至我隽永绵长的回味，让我们陷入无穷的遐想……

苍茫荡气的西北原野

黄色的地平线，远去的驼铃，时隐时现的色彩，空旷、孤寂的思绪。

历史的长卷，屹立着不老的风景；历史的长廊，诉说着风沙的苍凉。仰望，远古的烽火台；仰望，滔滔的民族魂。远古的灵魂里，有中国丝绸之道的回音。风沙在你的身上奔跑，强悍与庄严，构成洪荒万年。起伏的沙在你的脚下流走，涛声与沙浪，冲刷着历史的长河。胡杨在你怀里僵直，不屈与坚强，风沙的笔墨，书写着你生生不息的孤独，疮痍的凝重，诉说着黑暗里的光亮，落日与晚霞，诗意般的美丽，一亿年，又几千年。轮回里，岁月沧桑，没有答案！苍茫的世界，浩瀚大漠，你还在沉睡吗？

溯洄万年，那苍凉的驼铃从盛唐走来，我仿佛已经看见，"大漠孤烟直""美酒夜光杯"里的忧愁。那些散落的四合木、芨芨草，我静静地从你身边走过，你是沧桑的化石，你是千年的歌谣，你对艰苦的忍耐，让我不忍凄然。那一枚骆驼刺或者沙枣花，也许，就是这苍凉世界的一片珍贵绿洲。

深邃的世界，曾经刀光闪动，曾经的苍白，金戈铁马，凝结着岁月飘过的痕迹，飞雪连天，镂刻着天涯的迷惘。

那马，那驼，尘土里的战袍，欲将轻骑追，大雪满弓刀，那些英雄屹立在风里，接受粗野与残暴的蹂躏，无比坚强。万年呜咽，沿着黄沙与野性的脉络，这是一片豪情万丈的乐土，匈奴，胡马，弯刀，那是你的豪情。亘古的沉钟，沿着明月与驼铃的声音，这是一片迷失的乐土，烈酒，美人，刀剑，那是你的柔情。

在那邈远的羌笛声里，有楼兰姑娘的美丽，有边关弯月的苍凉，穿越千年，那迷人的丝路花雨还在眼前。这里有伟大的胸怀与气度，这里有永远解不开的神奇，朔风，战旗，还有那神庙。琵琶、古筝还在拨动着谁的心弦？

谁在雄关道上，用羌笛取暖，这苍凉的世界，风吹不散，生命的凄凉。这荒凉的大门，让沉重的思绪都不会飘远，暴戾里压榨出的只能是坚强。我站在黄沙之巅，在夕阳余晖里凝望，滚滚黄沙里，你我都是一粒被岁月磨砺的沙。西出阳关，一路风尘，孑然坚强。

一阵风沙，淹没了残垣断壁，一座空城，从繁华走向静寂，风化的只有历史的容颜。也许，只有胡杨还在守候着荒芜里的地老天荒，但是，也被风吹成了沙漠的金黄。

独立于旷野之中，大醉，环顾四野，满目苍茫，无归处，唯有题诗而已。这就是叫我沉醉的情调。在我看来，比"念天地之悠悠，独怆然而涕下"来得更为慷慨，比"子在川上曰：逝者如斯夫"来得更为苍凉，比"众人皆醉我独醒"来得更叫人绝望。也许这也是一种美。

穿越那缥缈的楼兰古道，海市蜃楼出现在眼前，罗布泊流失了多少远古的情怀，却干涸不了你我的血脉相连，贺兰山响起了鼓角争鸣，丝绸之路繁华落尽。大漠黄沙，驼影远去梦断楼兰，一缕心香追随，怎样才能走出你的沧桑，怎样才能抚平你的忧伤，残垣断壁，难掩苍凉，泪水浸透了梦的衣裳。是你用深情守护着楼兰，历经多少不眠的夜晚。沙漠和驼铃渐渐隐没，蓝色的风情，当夜幕收藏了最后的一抹晚，夏日已经繁华落幕。

这是一种苍凉的美，苍凉的氛围可以沉寂我们日益浮躁的心情；这是一种超凡的境界，神圣的境界可以净化我们日渐污秽的灵魂。在你大醉的时候，或者在你无法大醉的时候，不妨独立苍茫，在苍茫中醒来或沉醉。

枫桥边上

　　很早以前就久仰枫桥的大名了。"月落乌啼霜满天,江枫渔火对愁眠。姑苏城外寒山寺,夜半钟声到客船。"这首家喻户晓的《枫桥夜泊》就是源于枫桥。这首诗以寒山寺与枫桥名满天下,诗人也誉满天下。坐着大巴,望着窗外,苏州这一古都到底孕育着怎样的情怀?张继为何"愁"对枫桥?枫桥的"真面目"又是什么?带着疑问,我们来到了枫桥风景区。走过长长的林荫小道,观摩着左侧京杭大运河上来往不息的船只,欣赏着右边三三两两的小凉亭,渐渐向中心靠近。转过一条小长廊,哇,那就是枫桥了吧!河上一座桥横跨两座古镇,河水微微激滟。桥下游船行驶,桥上游人来往,真的很美。桥下旁边,是一座张继的雕像。他紧闭双目,悠闲地半卧着,像是在思考什么。而他的手指,已被人们摸得脱了色。据导游介绍,因为张继是中过举人的,所以摸他的手自然也能有所成就,我自然也不能免俗,侥幸地摸了摸。雕像的对面是一块大石头,上面刻着《枫桥夜泊》,张继为何看到这美景要"愁"呢?我百思不得其解。接着我们又逛了寒山寺,一座美轮美奂的寺庙展现在我们眼前,这就是名扬四海的寒山寺了!虽然我不信佛,但还是满腹虔诚地走了进去,这是对信仰、文化、历史的尊重。参观完毕后,我依然未找到答案。

　　"愁",为何要愁。他有功名、有才华、有朋友,唯独没有亲人的陪伴。对，他思念家乡的愁，思念亲人的愁，孤独的愁！

他虽然是人人敬佩的大诗人，但他也有这样浓重感性的情感。是啊，人何不愁呢？深秋，江枫渔火萦绕着淡淡乡愁，半卧石阶聆听着悠悠钟声。他的种种感受，尽在这不言之中。

枫桥很小，单孔石桥边，横卧了唐朝诗人张继的铜像，却大过了两个真人。知道，寒山的钟声很响，响了一千多年。真所谓，庙小名气大。钟楼，罗汉堂，大雄宝殿，都小到了别处的一半。几千年中国，何处无古城，何处无钟楼？偏偏就是，这里的钟声，敲打了一代又一代人的无眠。

几艘木船，给你一个感觉，但夜泊是不能的。不如，找一个寺外的旅馆，越破旧越好。最好，天气极冷，外面飘散着雪花。一个人，对着红烛和香火，就让寺里的钟声，敲打整整一夜的无眠。然而不能，近处无处可栖。

不见当年的夜晚。

而今这里，没有月落乌啼，没有江枫渔火，唯有涛声依旧。

黄昏了，远远水上，黑影，一点两点；大了，是船，一艘艘过了，如一幢幢微型的大楼；横着，黑压压地移动，无声而又紧张。水波大乱，高了，低了，哗哗击打着两岸。哦，这是一种大水，一时，旋转了五湖四海，浮动了天地人间……一切，不是因为新年的钟声。

石径风牵袖，枫桥目送郎。水清波细对鸳鸯。几缕情丝，几缕鬓毛霜。几缕暮春折柳，软语诉衷肠。

秦淮幽幽梦

十里秦淮十里歌，水洗脂粉荡金波。阅尽金陵兴废事，朱雀桥上品笙乐。

一水秦淮千秋流淌，六朝金粉香气犹在，悠悠千古事，几多风流逐逝波，缓缓脂香水，多少梦幻归大海。

绿树轻舞，芳草如烟，桨影摇曳，灯光点点。那是谁？乘兴游秦淮，写下传唱名篇《桨声灯影里的秦淮河》。金粉楼台，画舫凌波，粉影婵娟，轻歌曼舞。又是谁？虽身处底层，卖艺为生，在国家危亡之际，弘扬民族气节，终以八艳之名垂留青史，为秦淮河平添一曲荡气回肠的壮歌！

十里珠帘，文采风流，江南锦绣之邦，金陵风雅之薮。秦淮河承载了无数人的梦想，吸引了八方才俊的眼光。朱雀桥边的野花，乌衣巷口的夕阳，王谢堂前的飞燕，无不诉说着历史的沧桑。贡院书屋中的谦谦君子，阁楼红帐里的二八佳人，文人骚客笔下的诗词歌赋，无不传颂着秦淮往昔的风流。

她生在秦淮河边，品尝着秦淮河里的鱼虾长大。她留恋秦淮河旖旎的风光，热爱秦淮河斑斓的文化。她欣赏八艳，追求美好，她五光十色的梦想早已经融入汤汤秦淮。

秦淮河是一条流淌着诗歌的河流，多少次，她站在桃花渡，深情吟诵王献之的《桃叶歌》："桃叶复桃叶，渡江不用楫；但渡无所苦，我自迎接汝。桃叶复桃叶，桃叶连桃根；相邻两乐事，独使我殷勤。桃叶映红花，无风自婀娜；春花映何限，感郎独采我。"此时，她就是诗中的桃叶，目含秦淮水，面若桃花仙，亭亭玉立，风华绝代，殷切盼望属于她的"王献之"出现。当她吟诵杜牧的"烟笼寒水月笼沙，夜泊秦淮近酒家；商女不知亡国恨，隔江犹唱后庭花"时，她又为商女的不幸感到悲哀和怜悯，对那些不思亡国之恨，犹自寻欢作乐的达官贵人感到愤慨。她拢一拢长发，无限伤感地吟诵了张耒的《赏心亭》："楫迎桃叶家何处，桨送莫愁人已非；独立东风今古恨，春江无语又斜晖。"诗人借桃叶与莫愁的故事，抒发对历史沧桑巨变的感慨。

她却把意境引申到自己身上，把世事无常的不幸与秦淮河的风流跌宕联系起来。她哭了，泪如珍珠，打湿衣衫。"夜月一帘幽梦，春风十里柔情。"月洒清辉，星光闪耀，霓虹明灭，舟楫穿梭，歌声飘逸，水流潺潺，秦淮河的月夜舒缓、暧昧、迷离、怡人。她一袭白裙，长发披肩，独自荡一叶扁舟于河心，停桨住船，玉立舟头。她脚踏节点，金莲蹈舞，白纱飞扬，凌虚缥缈。

时而金鸡独立，时而白鹤探水，时而仙子散花，时而旋转歌唱。她足尖点地，右腿高抬，伸展双臂，眼望明月，脉脉含情，如痴如幻，宛如驭空驾云飞奔蟾宫的嫦娥。她突然发一声娇吟，美妙的歌声如同月色下在秦淮河粼粼波光上跳跃的音符，缓缓荡荡飘扬开来。

"你是我的灵魂，你是我的生命，我们像鸳鸯般相亲，鸾凤般和鸣。你是我的灵魂，你是我的生命，经过了分离，经过了分离，我们更坚定。你就是远得像星，你就是小得像萤，我总能得到一点光明。只要有你的踪影，一切都能改变，变不了是我的心，一切都能改变，变不了是我的情。你是我的灵魂，也是我的生命……"

文字踏着记载的史料扫描，早在五六千年前的新石器时代，秦淮河已有人类繁衍生息。迄今为止，沿河两岸发现的原始村落遗址多达五六十处。著名的有湖熟文化遗址和窨子山遗址。秦淮河河身宽阔，水源充沛，六朝和明初封建朝廷一直都把它作为都城御敌、防洪的天然屏障以及对外交流的天然通道。从六朝时起，夫子庙一带的秦淮河畔就是商业居住之地。东晋门阀等级观念森严，秦淮河是达官显贵的游乐场所，以后便成为达官贵人的天堂，乌衣巷、朱雀街、桃叶渡等处，都是当时高门大族所居。此时秦淮河畔商贾云集、文人荟萃、儒学鼎盛。

神思与时空隧道连接直达明清时代，那时的秦淮河畔，人烟稠密，金粉楼台，十分繁华。秦淮河畔的夫子庙、贡院是封建统治者所谓选拔人才的庄严之地。明代吴敬梓的小说《儒林外史》中，对此均有入木三分的描写与深刻的揭露。清代戏曲家孔尚任的《桃花扇》，以秦淮河为背景，歌颂了歌伎李香君的高尚情操，揭露了腐朽统治阶级内部的矛盾和没落腐败，描写了国破家亡的悲惨命运。

思绪跟着秦淮河流向，看秦淮河至通济门外九龙桥，分成内、外两支。其正流称内秦淮，过九龙桥直向西，自东水关入城，穿市区南部，汇合杨吴城濠之水，西流至淮青桥，与青溪汇合；再向西南流直达涉桥，小运河水；再经文德桥、武定桥、镇淮桥迤西而北，过新桥至上浮桥，又西北至陡门桥，与运渎水汇合；又西北过下浮桥，出西水关，与外秦淮汇合。外秦淮河过九龙桥向南迤西，经长干桥，合落马涧水，又西至赛虹桥，再分为两支，正支北折，经觅渡桥与内秦淮合流，北沿石头城至三汊河入长江；旁支西流，自赛虹桥过江东桥，流经北河口入江。秦淮河全长100多公里，整个流域2600余平方公里，主要支流有16条，流经句容、溧水、江宁、南京等地，灌溉面积达130万亩左右。远在石器时代，秦淮河流域就有人类流动。沿河已发现原始村落遗址50—60个，著名的有湖熟文化遗址和窖子山遗址等。六朝时河身宽阔，是石头城的天然屏障。自石头城东至运渎（今通济门附近），设有24座浮航，平时航船通达，战乱断舟闭航。秦淮河畔不但传承弘扬了悠久灿烂的历史文化，并且营造了夫子庙一带浓郁的文化氛围，秦淮民俗民间文化犹如一卷绚丽的风情画卷展示在我们面前。

登明远楼四眺，秦淮风月，历历在目，引人遐思。读书需要清静和幽静，缘何把孔庙和学宫修建在喧嚣的秦淮河畔，旖旎的风月场中？也许秦淮河畔古来多繁华，学宫选址只是方便豪门望族；或许是秦淮河畔原本就是文人墨客的集散之地，无数文人的招蜂引蝶衍生了那些烟花柳巷、歌舞楼台，世风日下的感慨就无非危言耸听了。清代戏剧家孔尚任的《桃花扇》，透过秦淮河上灯红酒绿的描写，深刻地揭露了南明王朝达官显贵、文人雅士，血肉狼藉，征歌逐妓，结党营私，醉生梦死以及断送大好河山的历史小丑们的龌龊嘴脸。

岁月悠悠，六朝脂粉的余韵萦萦，弥漫在秦淮河边。年轮流转，夫子庙仿佛秦淮河边绚丽的皇冠，闪烁着迷人的光彩，弥散着醉人的历史芳香。

赏洛阳牡丹有感

一次洛阳之旅，使我认识到牡丹"国色天香"的含义。进入洛阳国家牡丹园，五百亩的牡丹争芳斗艳，茫茫花海，色彩缤纷。和友人一起，我们穿行其间，领略了牡丹的风采。看牡丹，看那硕大的花冠，仿佛看见丰腴的唐代少妇；看牡丹，看那艳而不俗的色彩，仿佛看见少妇高贵的表情；看牡丹，看那各样的花形，不禁使人想到牡丹仙子顾盼的眸子和飘逸的神韵。

在园内，有"千年牡丹王、牡丹后"的石碑，笔者不以为然。用石头创造历史，随处可见。但那几株白色的牡丹，却不愧为牡丹王的称谓。看那伸向高天的钢枝铁骨，给你的是苍劲的骨感震撼。他们高雅的身姿、舒展的傲骨、无瑕的面孔，让你感到自己的卑微，感到他的妩媚，感到她的高雅，让你不敢直视，失去了侵犯的勇气。

在牡丹丛中漫步，犹如与美丽而娴静的少妇同行，更似和清纯而矜持的少女结伴，在牡丹花下与漂亮的人儿合个影，虽然有当配角的感受，岂不也是短短旅途一个美丽的片段？在牡丹花丛中漫步，慢慢品味他们高贵的表情，仿佛看见不可一世的武皇则天无奈且无助的眼神。

牡丹花好画也美。园内众多的本土画家在现场作画，又是一个牡丹园。他们技法不一，方式各异，却只有牡丹这个千篇一律的主题，挥毫之间有多少牡丹风骨。我买了几幅牡丹图丝巾，各种颜色的牡丹蕴涵不一样，同事不以为然。我说，红色有暴烈的激情，白色有默然的寂静，黑色有深沉的注视，黄色有威严的震撼，而绿色牡丹则满含和谐与安详，把傲骨隐于谦逊，把生机融于平和，让富贵的精神化作淡雅的目光，岂不是富贵图中的精品？

　　走出牡丹园，频频回首，意犹未尽。"唯有牡丹真国色，花开时节动京城。"每一个接触牡丹的人，都会为之动容。我沿着洛河行走，没有人不想去做沉吟的诗人，望河而歌，临水而念；没有人不想去翻开史册，从夏朝到唐宋，寻那么几个字眼，大惊大叹；没有人不想围河而走，守着波光粼粼，在夜幕落下的黄昏捕捉春风。仅仅是我，愿卸下一身的浮华，扔至河畔，高声歌语，愿为其一路奔走，且行且思。唐代诗人徐凝的一首《赏牡丹》诗，也透露出对这位上古美神的怀念："何人不爱牡丹花，占断城中好物华。疑是洛川神女作，千娇万态破朝霞。"诗人怀疑洛阳牡丹是宓妃亲自设计和创造的伟大作品，因为它的美丽香艳，很像是宓妃本人的化身。但除了美貌，宓妃的真正事迹，古籍却很少提及，由此显得更加神秘莫测。宓妃守望的家园洛水，是中原最重要的河流之一，滋养了汉文化的发育生长。据说当年洛水里出现过一只神龟，背负着"洛书"，也就是一种奇特的神秘的文本，向我们昭示了洛水的双重本性：一方面贡献美女，一方面产生了玄理。从肉体和精神两个方面，勾勒出中国文化的上下边界。

　　走在洛水边，想起魏晋诗人曹植在洛水边上写下的《洛神赋》，形容她外貌"翩若惊鸿，宛若游龙"，远远看去，就像是太阳从朝霞里升起，又像是芙蓉站在绿色的波纹上，双肩瘦削，小腰婉约，秀颈修长，皎洁如玉，云鬓高耸，丹唇娥眉，明眸皓齿……在她身上几乎堆砌了一切赞美女人的词语。尽管曹植笔下的洛神只是前女友宓妃的一个隐喻，但宓妃的美艳和魅力，似乎已成不可动摇的定论。曹植在邺城时作下一篇《感鄄赋》，因"甄""鄄"古字同，且后来的明帝曹叡将此赋改名为《洛神赋》。因此经过市井众口相传，就诞生了关于甄氏和曹植"叔嫂恋"的传闻。甄氏的别称"甄宓""甄洛"也是由此而来。因而一些诗人，干脆认为洛神就是甄后。《太平广记》卷三百三十一《萧旷》篇和《类书》卷三十二《传奇》篇，都记述着萧旷与洛神女相遇一节。洛神女说："妾，即甄后也……妾为慕陈思王之才调，文帝怒而幽死。后精魂遇于洛水之上，叙其冤抑。因感而赋之。"李商隐在他的诗作之中，曾经多次引用到曹植感甄的情节，甚至说："君王不得为天下，半为当时赋洛神。"那么《洛神赋》中的洛神与甄氏是否为同一人？曹植与甄氏到底有无瓜葛？从史实及常理来说，可能性是不大的。

不是说中原腹地，兵家必争吗？不是说易守难攻，四面围城吗？可是山已不再高，远远望去，仿佛吟着古城的忧郁，为行人诉讼着古老的惆怅，在暮色的时候把泪落在四月的天空里。

四月未央，雨水悄然而至，不曾打了芭蕉，却不偏不倚地落在初泛青绿的柳梢杨端。那么天变了青，草没了河堤。一切安然的时光沿着淡色的光芒落在指缝，仿佛前世不曾遇见，今世不曾分离。

若是再在四月里相见，容许我有一场邂逅，不妨去与百花演一场邂逅，只是牡丹一株，仿佛看见群芳夺艳。不用去触摸，便心感其雍容华贵，不用巧意去轻嗅，便已香溅四野，不用去等待，转眼早已满目芬芳。在王城公园或是隋唐植物园，一眼望去的是花海，行入其中，怕转身迷失了方向，怕行走错过了芳香。

假如在四月里相遇，遇在细雨轻斜的洛阳，那么在洛圃公园里漫行是最惬意的了，细珠入河，河中涟漪，不听声响，只见氤氲。多少人抛下欲理还乱的繁杂带着闲情，映着杨柳依依，漫漫而行，逶迤而游。洛圃多少里，无意与春争，只是四散而久的泥土上开出绚烂的花朵，老者闻其香，少年惊其艳。

偏偏爱上中原，不骄傲，不突兀，自然天成。若是说江南是多少楼台烟雨中，那么洛阳是多少尘事写丹青。寻不见江南雨巷，西湖杨柳，断桥残雪，因为洛阳没有那么似水柔情，一个被帝王将相宠爱的城市少了烟雨，少了脂粉，却不少与生的迷离和情恨纷争。

相逢在洛阳，像迟暮的老人步履蹒跚地行走在泥土破碎的小巷。看见史官的手写下"洛阳"二字，有过昌盛，有过废墟；听闻路人在吟王昌龄的《芙蓉楼送辛渐》："寒雨连江夜入吴，平明送客楚山孤。洛阳亲友如相问，一片冰心在玉壶。"耳旁的歌曲响起，千年后累世情深还有谁在等，而青史岂能不真魏书洛阳城。只看众人一侧；偏偏是在洛阳，弱水若有三千，我取一山河，九曲十八弯，几经回肠断道。洛阳早已经不是那个誉满江山的繁华帝都了。诗人秀口一吐，半个盛唐。过去多少年，洛阳——它退出了政治和经济的舞台，就像历史一样，朝代在不断更替，是一种悲哀还是幸运？

盐津豆沙古镇的传奇

　　云南昭通盐津县豆沙古镇，有两千两百多年历史。自古为出滇入川、连接中原的重要通道。据史载，秦惠文王更元十年（公元前316年），用司马错之策攻伐灭蜀、巴两国，公元前286年，秦昭襄王嬴稷这位中国历史上时间最长的国君之一，令蜀郡太守李冰修筑僰道，自带僰道（今宜宾），朱提江，直往如今昭通市。据常璩《华阳国志》说"其崖崭峻不可凿，乃积薪烧之"，工程过于艰难，李冰只修通成都至宜宾一段，秦始皇统一中国后，大将军常頞将僰道向南延伸到了建宁府（今曲靖），向北连接咸阳，绵延两千余里，并把李冰的旧道拓宽为五尺，故历代称"五尺道"。

　　我们都知道李冰任蜀郡太守修筑了著名的都江堰，却很少人知道他在蜀南修筑了"僰道"。有人说史记中仅记载有李冰筑都江堰，而未记录修建"僰道"，恐为后人穿凿附会，但被学者认为地方志之鼻祖的常璩《华阳国志》卷四《南中志》记载可信度也很高。

　　后来，人们把李冰、常頞接力修建的这条经过豆沙关"横阔一步，斜亘三十余里，半壁架空，奇危虚险"的僰道称为"五尺道"或"古秦道"。正是这条在山崖峭壁上开凿的供马驮人行的栈道，成为中原进入南滇的必经要道，也称为南丝绸之路。

　　位于川东北滇蜀交界处的豆沙关，因其两岸壁立千仞，山崖被滚滚关河水一劈为二，形成一道巨大的石门，锁住古代川滇要道，成为锁滇扼蜀的雄关天堑，故称"石门关"。现有石门关为隋代古城堡，关上曾驻重兵，可谓"一夫当关，万夫莫开"。只要将厚厚城门一关，就隔绝了中原和西南边疆。

唐天宝九年，云南太守张虔陀对南诏王欺女索贿，致南叛唐，石门关就此关闭。40多年后的唐贞观九年，南诏新王异牟寻派使者请求归唐。唐派御史中丞袁滋，持节赴云南册封异牟寻为云南王。袁滋入滇经此石门关时，有感而发，刻石记事，袁滋题记摩崖石刻全文120余字，字迹基本完好，成为研究唐与南诏的重要实物资料，为全国重点文物。现修建了一座斗拱石刻将袁滋摩崖石刻保护起来。在袁滋受命赴南诏时，石门关才重新打开。如今城楼上"石门关"三字，出自云南著名书法家楚图南之手，古朴沧桑，极耐品味。关楼上还刻有"锁钥南流，扼守西蜀"，说明石门关在历史上的重要作用。

古僰道即"古秦道""五尺道"，经两千多年时间浸润，商贾马帮往来、行人兵戎、铁骑不绝，坚硬的青石路也被踩踏得光滑而又圆润。最为吸引游客眼光，带来惊奇的是所经过的千万马匹铁蹄在石头上留下的200多个深深的马蹄坑。这深刻的历史印迹浸透了多少先辈的血汗和艰辛劳苦啊！古石门关如何又叫"豆沙关"呢？一说诸葛亮南征，要过石门关，守将敬佩其智慧和人品，不忍开战，也不便随意开关。就说关河沿岸有无数沙堆，沙地里掺有无数黄豆，只要蜀军三天三夜里将黄豆清理出来，便可开关放行。蜀军将士认为纯属刁难，3个月也完成不了。诸葛亮却胸有成竹，让众将士连夜砍竹编筛。只一天一夜使将沙堆里的黄豆筛出，守将折服，开门放行。从此石门关也被称为"豆沙关"了。二说是元朝守关名将窦勺，本地人念成谐音"豆沙"，久而久之，遂得名"豆沙关"。

据说古时将士出征，家人们便会守候在石门关，翘望亲人归来。故石门关又被称为"情关"。据传盐津普洱一带出美女，清代曾先后7次有美女选拔入宫，故石门关又有"美人关"之称。

这里还有号称千古之谜的僰人悬棺、观音阁、三官楼等历史文化古迹。在宜宾珙县等地见过僰人悬棺，想不到在这河边悬崖上也有。不过规模要小很多。在石壁的石缝中可以看见贮存的9具僰人棺木。这些僰人悬棺成为川南滇北特有的历史印迹。

如四川广元明月峡（朝天峡），留下了古今6条道路，远古山民的羊肠小道、先秦峡壁栈道、江边船工的纤夫道、嘉陵江船道、民国时期的川陕公路和20世纪50年代修建的宝成铁路隧道，所以被称为中国交通史博物馆。站在豆沙关古五尺道上也可以清楚地看到，这里也有先秦古道、朱提水道、内昆铁路、滇川公路、水麻高速路在此"五道并行"，而成为"交通活化石"。

云南古镇。自古有"南有和顺，北有豆沙"的说法。而现在的豆沙古镇，是在2006年3次连续破坏性地震后重新修建的，2008年开放旅游。地震前，豆沙古镇地域狭窄，空间有限，一无可开发的矿产资源，二无像样的产业。守着厚重的历史文化遗产，当地群众只有土里刨食，连条像样的路也没有。当地政府充分利用地震重建的契机，将废墟蝶变为不失古色的旅游景区。千年古镇依旧是青石板的崭新街道和各种商铺与马帮客栈，古色古香的匾额楹联，弥漫着浓厚的历史文化内涵。豆沙古镇现存民居建筑120间，其中清代65间，民国16间，共和国初期42间，最早距今已有300余年历史。

如果是节假日，游客将会欣赏到绚丽多彩的民族服饰，古朴独特的僰人舞蹈，独具匠心的牛灯艺术，气壮山河的关河号子，脸谱古朴、舞蹈粗犷的傩戏等民族风情。平常到这里也会品尝到特色的盐津美食——肉石鲃、黄姜豆花、粑粑回锅肉、豆花等。

豆沙古镇因其突出历史文化特色和现代新景，值得一游。在滇北邂逅，使人又回到历史的那一幕幕金戈铁马的回忆中，回眸现在一幅幅崭新的画面展现在历史的行进中。

茶马古道上的曲靖城。云南曲靖在历史上有"入滇锁钥"和"咽喉要道"之称，其境内存在着的古代修筑的道路，由于修筑的时代和用途不同，大体分为"五尺道"和"古驿道"及"古通道"三类。但今天的人们常把这三类古代道路的名称混为一谈，或者是张冠李戴，使得原有严格区分的古代道路名称被曲解和混淆了。那么，究竟"五尺道"和"古驿道"及"古通道"之间有何不同？

为此，笔者将对这三种古代道路的名称分别进行阐述。

战国末期，秦国灭蜀国和巴国，建立蜀郡。以李冰为蜀郡守，李冰就在今川、滇交界的宜宾地区，采用火烧岩石后浇冷水，使岩石裂开疏松之法开山凿崖，修筑通往滇东北的道路，但没有修到云南就停工了。公元前221年，秦始皇统一六国后，就派大臣常頞负责继续修筑这条通滇道路，一直修到今天的曲靖附近，使秦王朝中央政权的统治势力到达云南东部地区。这条通滇道路，其路面的宽度为秦时的五尺（大约为今天的1.155米），所以史称"五尺道"。现在曲靖市沾益县九龙山"毒水"（因此处路旁岩石上镌刻有"毒水"二字，故名；亦叫"深沟"，因路两边都是高山而得名；还有"吃水不弯腰"一名则是路边岩石上有一石碗，其中的水长年不枯，不蹲身低头即可畅饮石碗中的水便称之）处还保留着一段秦代"五尺道"，它为四川地区经济发展、文化艺术交流与繁荣、民族融合等奠定了坚实的基础。"五尺道"这条交通"纽带"，也使云南地区成为中国领土不可分割的一个重要组成部分。

在古代，还有一种由封建王朝修筑的古代道路，每隔一定距离设有供当地政府官员路过时休息的驿馆和传递书信的信使换乘马匹的驿站，以及报警用的烽燧等等。这种由当时政府主持修筑并建有驿馆、驿站和烽火台等设施的古代道路，被称为"驿站"或"窄道"，后人称这种道路为"古驿道"。在曲靖有两条古驿道，一是富源县盛境关处保存有元代时修筑的古驿道，二是宣威市杨柳乡可渡村处保留有明代时修筑的古驿道。这两条古驿道均在官修驿道出现之前，云南就有这由民间自发修筑，用以通商往来的道路，一般称之为"古道"和"民间古通道"。民间古通道常以起点和终点来命名。如从四川出发经过云南通往古印度的古代道路被称为"蜀身毒（今印度）道"，从云南通往古缅甸的古代道路被称为"骠国（今缅甸）道"，从云南通往越南的古代道路被称为"滇越道"，从云南盛产茶叶的普洱出发穿越西双版纳，入大理、经丽江、过中甸，驮运茶叶到西藏的古代道路被称为"滇藏道"。

另外，一些古代道路还以运输或流通的主要物资来命名，如用于运送茶叶入藏的"滇藏道"又称"茶马古道"；从四川经云南曲靖运送丝绸到古印度的"蜀身毒道"又被称为"南方丝绸之路"；云南境内怒江州的兰坪县有盐井九口，这九口盐井中尤以啦井最为出名，形成盐市中心，人们用马驮运盐巴到西藏和其他地方的路叫"盐马古道"；楚雄境内也有数口盐井，云南境内有很多条驮运盐巴到各地的这种盐马古道；从四川贩运私盐到湖北、河南、陕西等地交易的古代道路，被称为"铜运古道"；1913年后，各省修建的现代公路，被叫作"汽车路"。交通道路是供公众所用的，是公共行驶的共用道路，所以又称其叫"公路"，所以后来就统一称"公路"至今了。

随着历史的发展和变迁，一些重要的"民间古通道"被纳入官方的管理范围，并建有驿馆、驿站和烽火台等设施而成为"官道"。如"五尺道"后来成为汉代通南夷道和唐代通南中（今云南、贵州和四川西南部）石门关道，部分"茶马古道"成为官方入藏驿道或进京的贡道等。正是由于出现这种种变化，才出现古代道路名称被误用和混用的现象。

茶马古道在曲靖是中转站，也是一条人文精神的超越之路。马帮每次踏上征程，就是一次生与死的体验之旅。茶马古道的艰难超乎寻常，然而沿途壮丽的自然景观却可以激发人潜在的勇气、力量和忍耐，使人的灵魂得到升华，从而衬托出人生的真义和伟大。不仅如此，藏传佛教在茶马古道上的广泛传播，还进一步促进了滇西北纳西族、白族、藏族等各兄弟民族之间的经济往来和文化交流，增进了民族间的团结和友谊。沿途，一些虔诚的艺术家在路边的岩石和尼玛堆绘制、雕刻了大量的佛陀、菩萨和高僧，还有神灵的动物、海螺、日月星辰等各种形象。那些或粗糙或精美的艺术造型，为古道漫长的旅途增添了一种精神上的神圣和庄严，也为那遥远的地平线增添了几许神秘的色彩。从久远的唐代开始直到20世纪五六十年代，滇藏、川藏公路的修通，历经岁月沧桑一千余年，茶马古道就像一条大走廊，连接着沿途各个民族，发展了当地经济，搞活了商品市场，促进了边贸地区农业、畜牧业的发展。与此同时，沿途地区的艺术、宗教、风俗文化等也得到空前的繁荣发展。

　　曲靖还是中国南方第一大河——珠江的发源地。明代徐霞客曾遍踏滇东大地，写下了《盘江考》一文，探明珠江源就在曲靖市沾益县的马雄山，并盛赞了马雄山"一水滴三江"的地理奇观。"源出马雄"的涓涓细流，流过滇、黔、桂、粤四省区，创造出南国灿烂的历史文化和珠江三角洲的繁荣。马雄山风景名胜区已被列为国家级森林公园。阳春三月，殷红的马缨花硕大如盘，一丛丛灌木中，杜鹃花争奇斗艳，令游人目不暇接，流连忘返。每年都会吸引不少珠江流域的人前来寻根探源。

走进曲靖

曲靖——一座有故事的城

　　走在曲靖的大街上，看着那些被紫外线晒得黝黑的人们，那一张张饱经沧桑的脸上，沉积着生活的积累，这就是高原给他们留下的印迹，这是他们在高原上勤劳的拼搏与见证。我们的民族就是这样的勤奋，忙碌的人们在街上急促地奔波着，我们就是这样一代又一代地传下去的。他们的先人在这高原恶劣的气候环境中，不断地创造出奇迹，不屈不挠地将历史的车轮往前推进。今天的曲靖已成为云南省的第二大城市，拥有比较发达的工矿企业。漫步在著名的爨龙颜碑、爨宝子碑前，久久地伫立着，这里就是爨文化发祥地。我寻思着去探索它的起源。

　　这座地处高原的曲靖城，位于云贵高原中部，东与贵州、广西毗邻，西与省会昆明接壤，南连文山、红河，北与昭通、贵州毕节相连，是云南连接内地的重要陆路通道，素有"滇黔锁钥""入滇门户""云南咽喉"之称。这里还有着悠久的历史文化。这里是著名爨氏家族文化的遗存地，爨龙颜碑、爨宝子碑因其极高的书艺价值及史料价值而被世人推崇，被誉为"南碑瑰宝""神品第一"。庄𫏋开滇、秦修"五尺道"、诸葛亮"七擒孟获"……在漫漫历史长河中，这里演绎过多少可歌可泣的历史壮举。从蜀汉诸葛亮南征，直至唐初的五百多年间，曲靖曾经是云南政治、经济、文化中心。

这是一个有着历史故事的城市，其名"曲靖"的来历又有多少人知晓呢？唐朝时，由于曲州和靖州地域相连，已经被合称为"曲、靖州"。《云南志·卷四》"西爨，白蛮也。东爨，乌蛮也。当天宝中，东北自曲、靖州，西南至宜城，邑落相望，牛马被野。在石城、昆川、曲轭、晋宁、喻献、安宁至龙和城，谓之西爨。在曲、靖州、弥鹿川、升麻川，南至布头，谓之东爨，风俗名爨也。"《新唐书》卷二二二上《南诏传》："自曲、靖州至滇池，人水耕，食蚕以柘……自曲、靖州、石城、升麻、昆川南，北至龙和，皆残于兵。"唐朝天宝时，南诏吞并爨区，南宁州废。南诏后期以南宁州地设石城郡，石城郡一直存在到元朝建立。《元史》卷六十一《地理志四·云南行省》：曲靖等路宣慰司军民万户府，曲、靖二州在汉为夜郎味县地。蜀分置兴古郡。隋初为恭州、协州。唐置南宁州。大败，其地遂没于蛮。元宪宗六年，立磨弥部万户。至元八年，改为中路。十三年，改曲靖路总管府。就这样，曲靖这一滇东北边地的地名，如云雾一般，沿着乌蒙山，越过历史的空间，飘落到了滇东腹地。经元、明、清、民国，一直使用到今天。

　　"两爨蛮。自曲州、靖州西南昆川、曲轭、晋宁、喻献、安宁距龙和城，通谓之西爨白蛮；自弥鹿、升麻二川，南至布头，谓之东爨乌蛮。西爨自云本安邑人，七世祖晋南宁太守，中国乱，遂王蛮中。梁元帝时，南宁州刺史徐文盛诏诣荆州，有爨瓒者，据其地，延袤二千余里。土多骏马、犀、象、明珠。既死，子震玩分统其众。隋开皇初，遣使朝贡，命韦世冲以兵戍之，置恭州、协州、昆州。未几叛，史万岁击之，至西洱河、滇池而还。震玩惧而入朝，文帝诛之，诸子设为奴。高祖即位，以其子弘达为昆州刺史，奉父丧归。而益州刺史段纶遣俞大施至南宁，治共范川，诱诸部皆纳款贡方物。太宗遣将击西爨，开青蛉、弄栋为县……永徽初，大勃弄杨承颠私署将帅，寇麻州。都督任怀玉招之，不听。高宗以左领军将军赵孝祖为郎州道行军总管，与怀玉讨之。至罗仵侯山，其酋秃磨蒲与大鬼主都干以众塞菁口，孝祖大破之。夷人尚鬼，谓主祭者为鬼主，每岁户出一牛或一羊，就其家祭之。送鬼迎鬼必有兵，因以复仇云……有两爨大鬼主崇道者，与弟日进、日用居安宁城左，闻章仇兼琼开布头路，筑安宁城，群蛮震骚，共杀筑城使者。玄宗诏蒙归义讨之。师次波州，归王及崇道兄弟千余人泥首谢罪，赦之。俄而崇道杀日进及归王。归王妻阿姹，乌蛮女也，走父部，乞兵相仇，于是诸爨乱。阿姹遣使诣归义求杀夫者，书闻，诏以其子守隅为南宁州都督，归义以女妻之，又以一女妻崇道子辅朝。然崇道、守隅相攻讨不置，阿姹诉归义，为兴师，营昆川。崇道走黎州，遂掳其族，杀辅朝，收其女，崇道俄亦被杀，诸爨稍羸弱。阁罗凤立，召守隅并妻归河睑，不通中国。阿姹自主其部落，岁入朝，恩裳蕃厚。阁罗凤遣昆川城使杨牟利以兵胁西爨，徙户二十余万于永昌城。东爨以言语不通，多散依林谷，得不徙。自曲靖州、石城、升麻、昆川南北至龙和，皆残于兵。日进等子孙居永昌城。乌蛮种复振，徙居西爨故地，与峰州为邻。贞元中，置都督府，领羁縻州十八。"

新唐书中是"曲靖州"三字，这是史籍中第一次将"曲州"和"靖州"合起来使用的证据，为"曲靖"一名后来作为区域名称开了先河，夺了先声。也说明了曲靖人是曲州和靖州迁徙而来的。

笔者根据史籍中的载述认证观阅思索分析研究后认为，爨氏地方政权杀了唐王朝中央政权派在安宁筑城的使者，唐王朝皇帝玄宗震怒，支持南诏讨伐爨氏，爨氏向唐王朝谢罪获赦之后。但爨氏后随之内讧，互相斗殴并残杀。爨归王被爨崇道杀死后，爨归王之妻阿姹就向南诏请求相助攻击爨崇道。狡诈的南诏首领皮罗阁并未采取攻杀之势，而是讨好地把两个女儿嫁给相互攻城的爨氏双方之子为妻，皮罗阁以此方式劝解和麻痹爨氏双方。但争斗的爨氏双方并未警惕皮罗阁以嫁女相劝的叵测居心，仍然彼此攻击不休。阿姹再次请求南诏的皮罗阁相助，南诏军队乘爨氏双方混战之际，南诏首领皮罗阁率军攻陷曲靖城，在大肆杀戮中，皮罗阁竟将其亲家爨崇道和其女婿爨辅朝父子俩都杀死。爨氏势力遭此重创元气大伤，但爨氏地方政权的势力依然不弱。可是，受重创的爨氏双方并没有从此惨痛事件中吸取这流血的教训，停止内讧，团结对外。且依然是矛盾与纠纷，摩擦与争斗不断，爨氏这种自毁江山的行径，为南诏消灭爨氏地方政权的统治势力创造了条件。

唐代天宝七年，即公元748年，南诏的首领皮罗阁死，其儿子阁罗凤立，袭授唐王朝中央政权于公元738年封给南诏首领皮罗阁的"云南王"。这时，恰巧又逢爨氏内部再次分裂并爆发激烈的争斗及火并状况，且出现了爨归王之子爨守隅竟与其妻子皮罗阁之女，夫妻二人一起投奔南诏的情况。如此大好时机，南诏哪能错过，阁罗凤乘此机会率军攻陷曲靖城，肆行无忌地屠城并夺取"两爨"（西爨白蛮、东爨乌蛮）地区。之后，彻底削弱和消灭爨氏势力。此灭爨之历史事件，在上述史籍《新唐书·列传·第一百四十七下·南蛮下》中的载述是"阁罗凤遣昆川城使杨牟利以兵胁西爨，徙户二十余万于永昌城。东爨以言语不通，多散依林谷，得不徙"。

曾经不可一世，从公元339年在霍氏、孟氏火并同归于尽后崛起独揽古南中地区地方政权的爨氏家族势力，到公元748年止，作为云南地方家族势力的爨氏地方政权雄霸古南中（今云、贵、川西南部称为"南中"）地区长达409年，这种情况不仅在云南历史上绝无仅有，而且在整个中国历史上也是少有的。爨氏家族势力的地方政权遗留在曲靖的爨宝子碑和陆良县的爨龙颜碑此两块通碑刻文物，是爨氏家族势力的地方政权雄踞统治古南中地区409年的实物证据。然而，爨氏大姓这样一个拥有内地先进文化并发展壮大的特殊家族势力，却因内乱不休，即使在大敌当前和遭到屠杀时，也未能停止内部争斗，终将长达409年的基业毁坏殆尽，整个爨氏家族被拆分前往他乡异境，云南的统治中心也从曲靖转移到了南诏国的所在地（今大理）。连"爨"这个姓氏也随着爨氏势力在公元748年的灭亡，逐渐在云南范围内销声匿迹了。这就是爨氏家族势力走向万劫不复的根源。

徐霞客旅居曲靖后，在《徐霞客游记》中记述"曲靖"名称时说"曲靖者，本唐之曲州、靖州也，合其地置府，而名亦因之"与史籍《新唐书·列传·第一百四十七下·南蛮下》中的记载相吻合。证明了"曲靖"一名是"曲州"和"靖州"两名中各取第一个字而合为名，及曲靖人是从"曲州"和"靖州"两地移民过来成为"曲靖人"。但"曲靖"一名在当时并未通行使用，到了元代才由元中央政权正式启用并作为区域名称使用至今。

我漫步在起伏连绵的廖廊山上，在蜿蜒的山路中呼吸着生态公园的清新空气，欣赏古松亭阁，看着静坐在那里的徐霞客，久久地沉思着，又把我的思绪带到了遥远的年代去了。来到爨宝子碑前，我伫立在碑前沉思着，爨氏家族的内讧与自相残杀使这个家族走向灭亡。爨氏家族文化是否值得去延续，还是作为历史的一种警示呢？我认为爨氏家族文化只是历史留下的遗存。

仙市觅幽

　　仙市原名仙滩，从1400年前的隋代走来，经历了时光的打磨，也印刻着历史的更迭。如今它的沧桑眉宇间依旧透露出丝丝的繁荣。徜徉在寂静的青石板街上，两旁的阶梯墙兀自孤傲，在寂静的小巷中能看到端着茶碗的老人在品茗。在这小角落，也有着无数艺术的惊喜。但被时光染上斑驳的幽深古巷、祠堂、古民居，却悄无声息地诉说着一段盐商的往事。

　　相传，玉皇大帝的私生女八仙姑生性豪放不羁，厌倦天庭奢靡，向往人间美景，一日携牡丹仙子、荷花仙姑，与狮、龙、虎、象、猴偷下凡间，在古仙市一带肆情嬉戏，乐而忘返，竟在河畔侧卧而寐。玉帝大怒，遂施法收回其灵魂，让其躯体留在人间化作山水。因此从高处看，古镇的山形地貌，就像一位侧卧的美少女，釜溪河在此又有一滩，恰在仙女脚下，故名"仙滩"。具有1400多年历史的千年古镇，是釜溪河当年重要码头之一，建筑保留着原有风貌，寺庙祠堂众多。仙市镇依偎在釜溪河畔，这千年古镇经历了无数的风风雨雨仍然风韵犹存。曾是自贡井盐出川的必经之地，被誉为古盐道上的明珠，又因"四街、五栈、五庙、一祠、三码头、一鲤、三牌坊、九碑、十土地"及精美的古典建筑群和佛教文化的兴盛而闻名遐迩。

　　陈家祠堂，是清雍正时期专署盐务的县丞居所。如今，油漆驳落、吱吱作响的木门，戏楼木雕，全是镂空高浮雕，雄浑，繁密，精美，只是两侧的楼梯木板有些残缺和破损。而正殿大厅，笔直的圆柱6—7米，有两层楼高，每根圆柱下的石磉上都刻有莲花等图案，当年的威严繁华依然可见。不过祠堂"三弄"已经成了茶馆，茶馆也传承着古意，在大厅里供着香火，以表示不忘祖先之意。

近年以来，古镇在各方面都得到了长足的发展。这里蕴藏着丰富的古代人文景观和自然景观，连古镇之名都来源于美丽的传说："玉帝之女被人间美景陶醉，下凡侧卧在釜溪河岸边逍遥酣睡而名——仙滩。"因此，古代建筑艺术和佛教文化的韵味充满了这个古镇，明末清初的古建筑群：南华宫（建于1692年）、天上宫（建于1850年）红墙黛瓦、众鳌高翘、雕梁画栋、木雕飞禽走兽、花草虫鱼，造型各异、栩栩如生。这里的佛教文化也很兴盛，佛像雕塑林立，常年香火缭绕，古刹钟声回荡古镇，还有那"仙女峤"，曾有"瑶池"之称，内有摩崖石刻、石窟观音、月亮井等名胜古迹。携佳人在釜溪河畔品上一杯香茗，有说不尽的舒心。仙市古镇真是休闲度假的好去处。

川西风物志之一

花龙门，是当地旧时一大宅院的俗称。与旧乡大多居民一样，该家也是几代人在此安生服业。含辛茹苦，努筋拔力，清光绪时期，该姓家族终成一方富户。人丁兴旺，自不待说，最为光耀的，则是修建起一座华丽的宅院。该宅院，砖墙环围，玉阶彤庭，高大的朝门上还彩绘了一对门神。这般光景，周围并不多见，自然让邻里乡众非常羡慕，"花龙门"的称谓不胫而走。后来，所在村落也因之有了"花龙门"的名字。

朝门，原指皇宫正门，即由此门入正朝，故称。宋《仪礼经传通解》："正门谓之应门，谓朝门也。"后来，泛称大户宅院正门为朝门。民国《简阳县志》："施侍郎故宅，在施家坝境内施氏祠左，尚有朝门一座，上书'器重瑚琏'四字。"龙门，原指两山相夹、状若大门的自然地貌。古有禹凿龙门疏九河之说，《尚书·禹贡》：大禹"导河积石，至于龙门"。明清时期及以后，四川大部地区，尤其是川西坝子里，多称高大气派的朝门为龙门，习称龙门子。龙门，或龙门子，渐渐成了华宅大院的代名词。

以龙门比喻德隆望尊之人的府第，其历史久远。《后汉书·党锢列传·李膺》："膺独特风裁，以声名自高。士有被其容接者，名为登龙门。"唐·李白《与韩荆州书》："一登龙门，则声誉十倍。"龙门，含有高大、尊显之意，用指宅院，也表达着外人对其主人的仰慕。龙门子，绝对是一个美称。

龙门子，即宅院正门，指可通往厅房的大门。四川域内的合院式民居建筑，大致可分为两大类，一类是宅院前门即正门，开门即可见内庭；另一类是前门与正门之间有一过道，或过厅，正门为厅房内院大门。以崇州元通镇公馆大院为例，永利桥头陈氏兄弟的"陈家大院"，属于前一类；麒麟街南头的罗家大院，属于后一类。不过，在普通乡民眼中，高大气派的宅院各门，都可称作"龙门子"。

旧时，宅院正门，即龙门子的修建，尤为讲究，正所谓"千斤门楼四两屋"。宅院正门，即宅院之门面，其规格、制式与装饰，不仅反映了主人的殷实富有，也传递出主人的文化修养与审美情趣。但凡有条件之家，都会尽量把龙门子修建得华丽大气。四川各地被称作"龙门子"的宅院，大多修建于清中晚期及民国早期。这段时期，崇洋之风甚浓，砖石垒砌，中西元素配搭的龙门子，屡见不鲜。一些富贵人家，还会炫异争奇，在装饰与格调上凸显自家龙门子的特色。这种情况在川西坝子里的大邑安仁、崇州元通、郫都唐昌等不少场镇上，随处可见。

大户高门，显姓扬名，龙门子很容易就成为当地的地理标志，相关的地名也就留存了下来。例如崇州江源的张家龙门子、郫县晨光的胡家龙门子、邛崃白鹤的圆龙门子、梓潼潼江的八字龙门、汉源富乡的龙门子头，等等。川西坝子里各地农乡，这样的地名尤其多。一些地名还有着特别的来历。例如，修建于清咸丰年间的蒲江五星镇的邓黑龙门子，因宅院大门刷满黑漆而得名；郫都安靖镇林湾村的红龙门，因宅院大门漆色红艳而得名；广汉连山镇的石梯子龙门，因宅院地势较高，门前有石阶梯而得名；广汉万福镇的谭家狮子龙门，相传为清乾隆年间武举谭腾蛟的府宅大门，因门前有石狮子一对而得名。或房屋联排，或庭院叠进，一些民居宅院设有多道高门，从而有了多道龙门子的称谓。至今还有不少地方留存有"双龙门""三道龙门""五道龙门""七道龙门"等地名。20世纪80年代编撰的四川省各市县地名录中对此有一些记载。例如，新都桂湖乡的穿龙门，"该院较大，有互通的两道龙门，故名"；温江公平乡的三道龙门子，"原宋姓的大院前面有三道大门，故有此名"；安县白溪乡的郑家三道龙门，"郑姓人建的大院，开有三道龙门，故名"；青白江祥福乡的张家五道龙门，"张姓聚居，五个庭院相连，故名"；广汉北外乡的七道龙门，"又名陈家花龙门，建于清代，因陈姓人所建瓦房大院，在同一方向修建七个龙门，故名"。异名同实，邛崃拱辰乡的"王三间龙门子"，即当地王姓人家的三道龙门。

高大宽敞，只是龙门子的基本特征；华美富丽，才是龙门子的显耀所在。龙门子的建造，与宅院建设中的动土上梁一样，要看风水择吉日，形样上与装饰上的设计安排更是有颇多讲究。精雕细刻，画龙描凤，一些龙门子，还门额嵌匾，门柱刻联，华贵之中不乏典雅。例如，崇州怀远镇张子良故居的龙门子，匾额题有"隐居"二字，门柱阴刻对联："卜重良邻，风追晏子；图明太极，学慕濂溪。"再如，崇州元通镇黄氏宗祠的龙门子，匾额题有"贵本备文"四字，门柱阴刻对联："功烈著旂常，名姓千秋昭史册；宗祊树枝本，子孙百世在江原。"

祥麟瑞凤，雕文绘彩，这些精美的宅院之门于是就有了"花龙门"的称谓。色彩错杂，形样奇异，一个"花"字，尽皆概括，真是妙不可言。旧时四川省地名录中有关花龙门的记载也很多。例如，大邑斜源乡春茗村的花龙门，"百年前刘姓在此修一大院，门上雕龙刻花，形象逼真，远近闻名，故名"；青白江祥福乡天星村的徐家花龙门，"徐姓庭院，门饰雕刻彩绘，故名"；新津龙马乡大林村的赵花龙门子，"以赵姓的龙门上饰有图案花纹得名"；广汉新丰乡西城村的庄家花龙门，"民国初年，庄姓人所建瓦房大院，龙门上有雕绘彩画，故名"；什邡红白乡柿子坪村的花龙门，"清代刘姓建院，龙门绘龙凤花鸟，故名"；中江兴隆乡芦花村的袁家花龙门，"袁姓住宅朝门上绘有花纹，故称"；绵竹孝感乡黄河村的牌坊龙门，"院门高大，刻有花纹，形似牌坊，故名"；江油城塘乡五通村的叶家花龙门，"叶姓大院，原大门上有花草、人像，故名"。

花龙门地名，川西坝子里各县市都有分布，且数量不少，其中北部的德阳、广汉几地，相对较多。例如，德阳有肖家花龙门、巫家花龙门、易家花龙门、钟家花龙门、钱家花龙门、徐家花龙门、谢家花龙门、雷家花龙门、蔡家花龙门、段家花龙门等，广汉有陈家花龙门、王家花龙门、罗家花龙门、湛家花龙门、曾家花龙门、黄家花龙门、张家花龙门、宋家花龙门等。不难看出，这些"花龙门"，都是旧时聚族而居的院落。其实，某家花龙门，与某家大院、某家院子等，并无实质性的差别，不过是宅院门头华丽多彩，更加突出了而已。

城乡变迁中，老宅旧院或拆或损，渐渐消失。让人欣慰的是，一些新设行政村或社区的名字，即由当地旧时的龙门子衍生而来并保留了下来。例如，原机投乡花龙门村的得名，即来自本文开首提及的花龙门，现在则又演化成了花龙门社区。实际上，四川域内一些冠以"花龙"的行政村、社区，不少也是因由当地旧时的"花龙门"而得名。例如，金堂云绣的花龙村，以境内李家花龙门得名；双流胜利的花龙村，以境内的向家花龙门得名。类似的，彭州调露的花龙村、都江堰向峨的花龙村、仁寿龙正的花龙村、彭山新丰的花龙村、北川永庆的花龙村等，也都是因其境内的"花龙门"而得名。以这些村名、地名为线索，也许我们还能寻找到一些远去的有关龙门子的故事。

川西风物志之二

地名的产生，远在文字出现之前。可以想象到，图形记事符号产生，特别是语言形成后，人类即能标识和表达其所熟悉的各类自然地理实体。后来的文字标识或记录，更加方便辨认与传播。随着人类对自然环境的深入认识，加之其社会化程度的不断提高，地名更加丰富多样，其中的人文特征也显著起来。

地名中的所谓俗名，即方俗称名或时俗称名。俗名，源自生活场景，大多言简意赅，或浅显易懂，为当地百姓惯常使用。关于乡场名的俗称，旧时方志中，有较多记载。例如，民国《渠县志》："板桥场，俗称打鼓岭。"民国《新修合川县志》："吉安场，俗名草街子。隆兴场，一名接龙场，俗呼女儿碑，以场头有明烈女吕氏碑名之。"

不难看出，俗名有别于正名或雅名而言。俗名，多为旧名，即当地旧时或早期的名称。清光绪《重修彭县志》："新兴场，旧名海窝子，在西乡梯云鹿坪二里界，距县西北四十里。白鹿场，旧名河坝场，在西乡梯云里，距县北七十里。丽春场，旧名花街子，在西乡禾川里，距县西十五里。"相沿成俗，口口相传，根植于乡土的俗名让人铭记不忘，一些俗名甚至会取代正名或雅名。上面提到的"海窝子"地名，就是一个当地一直还在使用的旧名。类似的情况很多，如江安县的"滥坝"、新都区的"斑竹园"等，都是当地至今还在使用的旧名或俗名。清嘉庆《直隶泸州志》："滥坝场，又名古兴场。"民国《新繁县志》："忠义场，俗名斑竹园，与成都界，一场两属。"实际上，很多地方，新旧地名，即正名与俗名在相当长的时间里并用。

俗名，本就是适俗随时而生，俗也就必然。各类俗名，或描述自然现象，或表达地理形态，或反映人文历史，或附会神话传说，殊言别语，多形象贴切。例如，清早期三台县所属的部分乡场之名：槐树塆、田边场、一碗水、忠孝庵、老马梁、盛水垭、新庙子、千总坟等。再如，清早期金堂县所属的部分场镇之名：猫儿头、三皇庙、龙王庙、捲蓬寺、五凤溪、三汊河、土桥沟等。这些地名，用语质朴，指向明确。乡场俗名，五花八门，各种各样。例如，清乾隆《威远县志》："玉镇场，即牛皮场。镇西场，俗名五里壕。万年场，俗名瓦子垇。"清道光《蓬溪县志》："太和场，又名野猫溪。兴隆场，又名寒婆岭。"清同治《新宁县志》："广福场，旧名铧头场。"清光绪《江油县志》："龙泉场，一名茧市坝。"民国《大足县志》："青龙场，一名青油铺。三驱镇，一名窟窿河。"民国《新都县志》："桂林场，一名泥□沱。"民国《渠县志》："丰乐，土著旧称张爷庙。"

俗名，必有其来历。民国《蓬溪县志》对当地荷叶溪场有这样的记载："东乡莲米溪，本名荷叶溪，光绪十九年更今名。民国分设潼南，将邻场米心溪划去，场遂为边境冲要。绅民等以荷叶溪横贯场中，呈准县署仍旧称荷叶溪，以符名实。"剑阁县旧时有下寺场（今下寺镇），清人李榕《下寺场陕西馆记》中记载："下寺场在清水西，水东有上中下三寺，相距五里，场与下寺相当，以此得名。"

俗名或旧名之由来，记载着一段人聚场兴的历史，有的还记载着一些奇闻逸事。例如，乐至县的薛苞镇（今劳动镇），清乾隆《乐至县志》："薛苞镇，治西四十里，相传唐孝子薛苞居此，石柱间向存有名，盖镇以人名也。"什邡县旧时的杜临场（今废），清嘉庆《什邡县志》："杜临场，治北三十里，昔传少陵杜公经此得名。往迹无可考。今访之，唯一残碑，有子美及不相联属数字。按，上元元年高适牧彭州，二年房琯为汉州刺史，杜甫至成都常与二公往来，曾有宿寺诗篇，或游临于此，而后人慕之，因以名传。相传至今不改。"渠县的李渡场（今李渡镇），民国《渠县志》："李渡，初名太白渡，建自明代，因唐李白曾游此地得名。"

旧时乡人多聚族而居，以大姓命名的场镇因此很多。这些冠以姓氏的场镇名，也是早期移民迁徙、聚居与繁衍的历史记录。民国《南溪县志》："宋家场，明代居民多宋姓，旧名宋家山。"民国《郫县志》："回龙场，旧名毛家桥，因清初招垦占籍毛姓居多，故名。"旧时几乎每个县市都有着数量不等的带有姓氏的地名。例如，大邑县有唐家场、董家场、蔡家场、韩家场等，内江县有田家场、郭家场、张家场、凌家场、杨家场、龚家场、贾家场等。清嘉庆《金堂县志》："三江镇，俗名赵家渡。青龙场，俗名康家渡。兴隆场，俗名姚家渡。"民国《双流县志》："黄甲场，俗名王家场。升平场，俗名邹家场。通江场，俗名马家寺。"

很多乡场，由早期的幺店发展而来，地名中自然少不了"店"字。清道光《新都县志》："复兴场，俗名新店子。"民国《金堂县志》："清江镇，俗名饻饻店。日新场，俗名红瓦店。云绣场，俗名牛市店。石龙场，俗名石灰店。"旧时的中江县这类地名特别多。例如，永泰场，俗名垭口店；富兴场，俗名高店子；太平场，俗名瓦店子；太和场，俗名茶店子；万福场，俗名唐店垭，等等。

乡场名，也在不断变化中。清光绪《射洪县志》："文聚场，县南三十里，旧名高房嘴，同治年更今名。"清光绪《蓬州志》："州口在城东，溯行五里渡嘉陵而达，在龙角山之限……与州夹水而当通衢，故曰州口；舟所泊，故曰舟口；市易所集，故曰舟镇；……镇今有濂溪祠，曰周子镇者，存芳躅也。"民国《温江县志》："永安场，在治南二十里南维新乡，濒金马港，原名太平场，亦名柳江场，又名复兴场，即刘家濠。"

地名的变更，原因很多。朝迁市变，古来如此。然而，新名换旧名，大概不能是简单地一改了之。清乾隆《大邑县志》："河山如故，而称谓各殊，时使然也，兹与去旧名易新名者，必取广兴记合通志而更正之，不敢湮没前徽也。"旧名或俗名中，往往包含着丰富的信息，涉及地理、历史、宗教、建筑、语言等多个方面。一地之风土人情，也或多或少包含在其中。因此，改名换名，大有讲究。

清早期，战乱停息，百废咸举，四川各地乡场渐兴渐起，新场取名或旧场改名一时热闹，场镇新名突显着安生乐业、隆兴繁荣之意。如芦山县的何家坝场改名为太平场，新津县的猫子场改名为永兴场，华阳县的傅家坝场改名为永安场，等等。改名中，最常见也是简单易行的，就是直接去掉原名中表示地理特征或其他共性特征的通名。例如，金堂县老场五凤溪场改名为五凤场，土桥沟场改名为土桥场。旧场新启或扩建迁建中，改用"新场"之名取代老场名的，就更是多如牛毛了。清光绪《蓬溪县志》："新场，道光初更今名。"清《新津县乡土志》："新场，原名兴义场，出北门二十五里。"旧时的四川，几乎每个县都有取名为"新场"的乡场。直至今日，仍有不少地方保留有以"新场"为名的乡场。

清中期及至民国时期，仍有很多地方的乡场先后改名换姓。显然，被改换得较多的就是那些所谓的俗名。俗名雅化，成为一些地方官员的案头工作。清乾隆年间两任富顺知县并编修《富顺县志》的熊葵向，为此颇费心力。在任期间，他先后对富顺的一些场镇名进行了变更。清乾隆《富顺县志》："义和镇，治南百二十里，俗呼长滩坝，熊令改名。由福镇，治北九十里，俗呼牛佛渡，熊令更名。安福场，治上南六十里，近大江，旧名石灰溪，乾隆丁丑年熊令更今名。起凤场，治下南六十里，旧名乱石滩，熊令更名。丰乐场，治下南九十里，俗呼毛家桥，熊令更名。安宁场，治上西九十里，旧名毛头铺，熊令更名。"改名不少，但有意思的是，清乾隆年间富顺县乡场的这些改名，并未实施长久，一段时间后，各场又先后恢复了旧名。

旧时的富顺，为川南大县，古来场镇众多，至清晚时其总数超过70个，其中很多场镇有百年甚至几百年以上的历史。老场镇，自然其名多是所谓的俗名。例如，高石坎、狮子滩、黑石场、牛佛渡、杜快铺、琵琶场、大坳场、天洋坪、大头城、长滩坝、黄葛滩、横田溪、兜子山、桥边场、石灰溪、仰天铺、沿滩场、毛头铺、流水沟、板桥铺、仙滩、自流井、古佛坎、瓦宅铺、三多砦，等等。这些场镇俗名，记载着与传递出一方风土，从中亦可窥见富顺各乡场移易迁变的历史。

上面提到的牛佛渡，为沱江中下游的著名渡口，元末明初时因渡口邻近牛佛寺而得名。民国《富顺县志》："牛佛渡，在沱江左，属上东，距县七十里，水路交通最为繁镇。"几百年里，远近民众非常熟悉并一直使用着这个俗名。

旧时，识字知书人少，当地官员或士绅成为俗名雅化的推动者。当然，也只有他们具有这样的权威。旧志中记载了一些有关事件。清道光《新宁县志》："甘棠铺，治南四十里，旧名添子店，嘉庆年间白莲教起事，四川总督勒保督师过此易今名。"清光绪《永川县志》："太平镇，即古牛尾镇，乾隆四十七年郡守宋始更今名。"

洪雅县城离止戈不远有一五龙祠，原祀唐巴川令赵延之（壁山神）。清代重修时以安宁坝上五条龙形小岗更名"五龙祠"。现存色察、灵官、壁山3殿和两院厢房。止戈建镇于北宋，明清时叫"止戈声"，民国时期更名为止戈场。昔日止戈和三宝、罗坝一样是货运水码头，繁华一时。

"止戈"一名的来历，和古镇上街的武侯祠有关：世传汉昭烈与武侯诸葛亮会兵于此。当地首领望风宾服，"干羽遂停"。其后，此地人民就在镇口立武侯祠祭祀孔明。

本镇以农业人口为主，突出的农耕文化特质。民风淳朴，许多习俗都沿袭上百年传承下来。重视春节和春分。在退耕还林的背景下，人们的生活越来越悠闲。

川西风物志之三

——杨柳河畔

自晋代起发展至今，茶馆有1850多年历史。国人坐茶馆，图的不仅是喝茶，更多的是在一个公共空间，寻求社交、娱乐等社会功能。正如老舍先生在《茶馆》中所言："在这里，可以听到最荒唐的新闻，如某处的大蜘蛛怎么成了精，受到雷击。奇怪的意见也在这里可以听到，像把海边上都修上大墙，就足以挡住洋兵上岸。这里也可以看到某人新得到的奇珍……"

历史学家王笛在《茶馆成都的公共生活和微观世界》中称："今日世界饮茶之习源于四川，可追溯到西周，秦统一中国后，方传到其他地区。"由此可见，自古以来，茶文化就是四川地方文化中的一抹浓重的底色。彭镇茶馆只是四川茶文化的延续……

走进成都彭镇百年老茶馆，饮一杯清茶感受岁月沧桑。在成都市区向南二十公里的地方，双流彭镇杨柳河畔，藏着一座百年老茶铺——观音阁。这里，每一砖每一瓦都仿佛在诉说着川西坝子的历史与文化，每一个角落都弥漫着岁月的沉淀。

踏入茶馆，首先映入眼帘的是那陈旧的老式穿斗房，黑乎乎的墙面上，斑驳的竹篱笆若隐若现。阳光从狭小的天井中斜射进来，洒在灰白的老虎灶上，为这300多平方米的堂子增添了几分昏暗，却也更显岁月的沧桑。那紧挨着老虎灶的大石缸，盛满了过滤后的清水，四壁爬满了青苔，清水如镜，仿佛能映照出过往的时光。

地上，一层凹凸不平的"千脚泥"见证了茶馆的繁华与落寞，与早已褪色的竹椅板凳相得益彰。在这里，时间仿佛放慢了脚步，让人得以静下心来，品味生活的点滴。

这些老茶馆，是成都本土文化的缩影，也是市井文化的代表。曾经成都的茶馆遍布大街小巷，是市民们休闲娱乐的好去处。然而，随着社会的演变和城市化进程的推进，许多茶馆已逐渐消失，取而代之的是现代化的咖啡馆和酒吧。而双流彭镇的这家老茶馆，却依然坚守着传统，维系着这种独特的文化。

对于想要一日游成都的游客来说，以下是一个轻松愉快的行程安排：早上从成都市区出发，乘坐公交或自驾前往彭镇。抵达后，首先来到观音阁老茶馆，品味一杯清茶，感受岁月的沧桑。

品茶之后，漫步杨柳河畔，欣赏美丽的自然风光。午餐时间，可以在彭镇的老街上品尝地道的成都小吃。游览老街上的传统手工艺品店，挑选一些独特的纪念品。傍晚时分，沿着老街漫步，但是街边的古建筑依旧为我们展现着古街过去的辉煌，老街全长1000多米，街道上也较为完善地保存了明清的建筑，感受那份宁静与古朴。当夜幕降临，可以选择一家当地的小餐馆，品尝一下彭镇的夜宵美食，结束愉快的一日游。整个行程下来，你不仅能领略到成都彭镇百年老茶馆的独特魅力，还能深入体验成都的市井文化和美食文化。无论是品味清茶还是品尝小吃，都能让你感受到成都这座城市的独特韵味和人情。

在成都，茶馆几乎成了很多人日常生活的习惯。1942年秋池指出，成都1940年六百多家茶馆，平均每街一茶馆。《双流县志》记载："民国时期，人口不足三千的县城，就有茶馆十余家，一般乡场，多则七八家，少则四五家。"众多茶馆，市场沉浮，有的没落，有的兴盛。

在成都市双流区彭镇，有一座坚守了上百年的老茶馆——观音阁老茶馆，它的历史比成都的鹤鸣茶馆更悠久，是四川唯一保存有老虎灶的老茶馆。据《彭镇志》，观音阁老茶馆紧依彭镇杨柳河第一桥边（现今人民桥），这里曾是温江、崇庆（今崇州）、新津甚至远及乐山、犍为等地物资集散和商品交换中心，盖得水路交通之便。早在清乾隆年间至民国三十年（1941年）前，彭镇街区南端湖广馆码头是杨柳河流域最大的码头，每日航经彭镇的船筏甚多，盛水季度多以百计，头尾相接，如梭如织。

如今，观音阁茶馆几间穿斗式瓦房，隐藏于彭镇主街。门口，梧桐树遮天蔽日。室内，千脚泥形成的地面坑洼不平，老虎灶上的茶壶嘴吐出一股白烟袅娜向上，灶台的陶瓷茶杯整齐有序，茶客坐在竹椅上，或打着长牌，或吧嗒着叶子烟闲聊。谈论着家长里短的烦琐的龙门阵，在茶馆里面一边喝茶一边谈论着天高自古悬着的日月，地厚至今载着的山河。来喝茶的大多是附近的老茶客，每逢单日的赶场天，凌晨五点不到就有人来吃早茶，在这里，时光犹如静止一般。或许，上百年前，亦然如此。

据《双流县志》记载，彭家场又名永丰场，始建于明代，清初毁于兵燹，乾隆二十八年重建，因有丹棱彭端淑家族一支徙居于此，故旧名彭家场。观音阁老茶馆所依存的房子，是古建筑。据《彭镇志》记载："观音阁，建造于清雍正时期，又名藏音寺。"

老街韵律，历史与现代交织。彭镇老街，以其独特的古朴风貌与浓郁的生活气息，成为都市人寻觅宁静、品味历史的热门之选。青砖黛瓦、木门石阶，老街的每一处细节都流淌着岁月的痕迹。而今，这份厚重的历史底蕴与现代阅读空间的巧妙结合，唤醒了小镇的记忆。彭镇老街的阅读空间并非孤立存在，它们与街头巷尾的铁匠铺、竹编坊、小吃摊等传统工商业和谐共生，共同构成了彭镇独特的烟火气息弥漫。在这里，你可以一边品读经典，一边品尝地道的彭镇小吃，或者聆听老匠人讲述他们的手艺故事，深度体验彭镇的生活方式与人文风情，赋予了老街新的生命力。

这样的现象体现在四川茶馆上，就如同一股奇妙而强烈的吸引力，让其不仅长盛不衰，还随着时代发展纳入了新成员。若你在周末或天晴时分，走进成都人民公园鹤鸣茶社、铁像寺水街陈锦茶铺，或者双流彭镇的观音阁老茶馆，恐怕很难抢到一个座位。在这里，你能看到众多外地游客排队打卡，感叹"没有坐茶馆，就好像没有来过成都"；也能看到一些年轻、鲜活的面孔，将汽车、摩托车停在一旁，把茶馆变成休闲、社交场所。百年老茶馆，人声鼎沸，却异常舒心安逸。

川西风物志之四

——锦江岸边

　　初春的川西之南，傍晚气温稍凉，邂逅在这川西平原的锦江岸边小镇上，风卷起满满的人世烟尘，挠乱了行路人的头发。我放空了大脑在街上游荡，内心却丰盈满足，一呼一吸都是收获，空气里藏着时间的流淌，其中积聚了人们多少时日的细碎平常与奔忙。

　　镇上人不多，但街市还算热闹。我颇有兴致地注意着小贩喇叭里传出的叫卖声，抬头举目，鲜艳着的红灯笼撞入眼眸，这抹挂在灯柱半腰上的色彩喜庆而祥和，映照着这个名为"永安"的小镇。永安，永久安宁。

　　永安场，即今双流区永安镇治所，清时为成都府华阳县辖。清嘉庆《华阳县志》载："永安场，即傅家坝，治南七十里。"远溯博索，永安场及周边广大区域为古蜀故都之广都属地。秦汉至宋元，广都一直为蜀中人居密集、经济繁荣之区域，名齐成都。晋《华阳国志》载：广都县，"有盐井、渔田之饶……江西有好稻田，穿山崖过水二十里。"故广都县辖域后来大部划入华阳县。永安场位于锦江右岸，因锦江流经成都府，故也称府河。地处华阳、新津与仁寿三县交界处的永安场，唐宋时即为几地间货物周转与人员来往的水陆码头。由于舟车之利，宋代时此地设木马镇，名称来自当地的木马山。宋《元丰九域志》

载："广都，府南四十五里，二十二乡，招携、木马、丽江四镇。"宋元时期，木马镇一直是成都府南外水道的重要关隘。几兴几废，明代时，于此处设水驿，承担官差来往接待及邮传事宜。清时，于此处设汛，为左营右哨千总驻防之地。

古称牧马山，传说蜀汉皇帝刘备曾在山下江边牧马，因而有了牧马山之名。清道光《新津县志》载："牧马山，县东十五里，上接华阳，下入彭山，绵亘数十里，传为蜀王牧马处。"清道光《仁寿县新志》载："沐马川在陵州（现在的仁寿）北一百二十五里，蜀先主于此置籍田，牧马于此江边，俗因名沐马川，今割属广都县。"籍田，为古代吉礼，即春耕之前，天子率领属下亲自耕田的典礼。这一带，关于蜀汉旧事有诸多传闻，例如永安场西北处有山，名"六对山"。清嘉庆《华阳县志》载："蜀后主自新津修觉迥至广都见十二峰，有'三峰六对'之名。"

水路驿站。明时的木马水驿，还专设有掌管邮传与迎送诸事的驿丞。《大清一统志》载："木马水驿，在华阳县东南六十里，明设驿丞，今裁。"民国《华阳县志》引《古今图书集成·成都府部汇考》载："废木马水驿，在治城东南六十里，今无。"蜿蜒南下的锦江，旧时为成都府递运所锦官驿至嘉定（今乐山）州递运所三圣驿的水道，元《析津志》载："成都正南七十木马，一百眉州，正南偏东青神，八十嘉定，东南百二十犍为，正东宣化、叙州。"清代及至民国，该水道仍是成都与重庆之间的交通要道，承担着城市之间，以及城乡之间商货输运与人员来往的任务。傅家场，上经苏码头、中兴场、中和场、高河坎、漏贯子、郭家桥，可到省城成都，下经古佛洞、黄龙溪、半边街、江口，可抵彭山及至眉山、乐山等地。水运通达与码头经济，带动了当地农商诸业发展。

清康乾时期，随着外省移民的不断迁入，华阳城乡各地渐兴渐旺，永安场也不例外。永安场内外先后修建了双泉寺、万定寺和字库，建于明成化年间的西方寺也进行了重建。此外，湖广籍乡人还修建了同省移民会馆——文武宫。为方便交通出行与商货贸易，当地绅粮与乡人还出资先后在附近大小河道上修建了白马桥、太平桥、将军桥、福善桥、杜家桥等多座桥梁。借助于码头集市，日新月盛，至清末，永安场形成了有金马街、杜家街、神庙街等多条街道的远近闻名的大场。

　　话说永安场，尤其要浓墨重彩描述的是华阳名望傅氏家族。据傅氏族谱记载，当地傅氏一支祖居"湖广省宝庆府武冈州"，为明代大将军傅友德之后，该支傅氏于明代景泰年间迁入四川仁寿，辗转几处后落脚于"华阳县虎头岩"，即后来的傅家场处。傅家人丁兴旺，勤耕作，善经营，很快就成为当地望族。世代书香，耕读传家，子弟的培养教育，一直为傅氏家族所重视。清朝晚期，傅姓家族有多人功成名就，显祖扬宗，驰声走誉。旧时建于永安场边双泉寺侧的傅氏宗祠门坊上的正联——"箕裘悠远承湘水；祠宇辉煌焕锦江"，传递出傅家的源脉与昌达。

　　傅世炜，当为永安傅氏之佼佼者。傅世炜，少时就读省府尊经书院，清光绪年间考取进士并选任翰林院编修，先后任陕西省兴安府与凤翔府等地知府、直隶候补道，两袖清风，威望素著，后被清廷诰授资政大夫、花翎二品衔。现永安镇上的翰林街，即因其人其事而命名。家学渊源，薪传有自，傅世炜的曾祖父、祖父与父亲，都是人中龙凤。留存陕西的"华阳傅公墓志铭"中有这样的记录："世炜，四川华阳人。曾祖国泰，夔州副将；祖崑，建昌总兵；傅汝修，陕西汉阴厅通判，皆著政声，赠荣禄大夫。"

傅葆琛，傅世炜之子，为傅家后起之秀。年少时，傅葆琛即被送入天津南开中学，后又投考留美预备学堂（清华大学前身），留学美国期间，先后在俄勒冈州农业大学与康奈尔大学读书。1924年冬，傅葆琛以乡村教育学博士的身份回国担任中华平民教育促进乡村教育部主任，与晏阳初等人在全国各地推广平民教育与乡村建设运动，其间写就《中国乡村小学课程之改造》《乡村民众教育概论》等著作。傅葆琛还先后在燕京大学、辅仁大学、齐鲁大学、江苏省立教育学院、华西协合大学、四川大学等高校任职。傅葆琛，"绳勉工作，努力学术研究与乡邦建设"，成为中国著名的乡村教育家。

　　尊学重教，历来为永安场的传统。清中晚期，永安场即开设有多个私塾。清光绪年间，永安初等小学堂选址万定寺开办，后于民国时改名为永安乡区立第一初级学校，该校即今之永安小学的前身。民国时期，傅葆琛携家人回到傅家坝，在其倡导与主持下，先后创办了私立乐育小学与乐育中学，当地的教育事业由此蒸蒸日上，众多乡中子弟成为淑质英才。旧志中还记载了当地乡贤乐善好施的一些事迹，如场上曾设"仁华善会"，有傅秉衡、马南波、涂致飞、余少安等人，"按月资助贫民"；当地黄姓、傅姓等人，设双泉寺义冢，"各捐山地六七亩，任人埋葬"。

　　永安场一带，为近河浅丘地区。堆子山、虎头岩、石子坡、笞箕凼、老鹰沟、凤凰塘等地名，将当地的地貌表达了出来。浅丘中不乏平坝区域，傅家坝即当地最大的坝子，这一带黄土肥沃，日照充足，主产水稻、小麦、油菜，以及玉米、花生、豆类、烟叶等，当地特产之海椒、韭黄，名声在外，远销各地。旧时，永安场以产地瓜出名，清末文人傅崇矩的《成都通览》一书所列华阳县之乡场中就记载有："傅家坝，即永安场，出地瓜。"

逾年历岁，时过境迁，如今的永安场早已旧貌换新颜，永安镇所有的遗存都被风吹雨打去，没有了一点踪影。一片平展展的地面上，西边的牧马山遗址变成了农田，当时迎送达官显贵和外地客商的地方，现在被一条宽敞的公路严严盖住，没有了一点旧时的痕迹；依次是一片现代人种植的葡萄园。大致保持着旧时模样的，仅有顺江弯折的金马街及相邻的几条小街巷。传统的砖木结构坡屋顶房屋，高高低低，沿街两旁栉比相连，中间有几条小巷可通往江边。临街的房屋，门面大多是可拆木板式的，前店后居，商业用途明显。老街上，有铁器铺、烧酒铺、剃头铺，还有布店、弹棉店，以及茶馆、饭馆等各类商家。赶场天里，街上人来人往，甚是热闹。永安场老码头就在金马街的中部，船帆远去不见影，此地空余铁锚头，码头边数株高大参天的古榕树，以及那些用厚实的红砂石与规整的青砖垒砌的旧墙，似乎还能证明码头的远古及其曾经的繁荣。码头边岸上开设有两家茶铺，坐在古榕下面，手捧香茗，凭栏观江水，离码头不远，有一破旧的宅院，坊门匾额上书"隐庐"二字，这是一座中西合璧的旧时洋房，其主人想必当年非富即贵，定为大户人家。菜市巷，与码头近在咫尺，旧时来往商贾与船工，以及场上居民，都会在此采购或聚集，自是喧嚣繁闹，如今也空空静静，俨然一处闲弄。金马街外玉堂街口有一座门堂开阔的三进式宅院，朱楼碧瓦，雕梁画栋，尤为引人注目。该宅院建于清朝晚期，前店后坊，曾为永安场上有名的李家酱园。古法酱作，为当地一绝，永安场的窝油曾经四销各地，颇受欢迎。

永安一地，还保持着一些农耕社会的传统，朴实地道，众多的售卖竹木器的店铺和烟叶的摊点，略可证明之。大小竹木器，种类甚多，多为农用。不少人家门户外晾晒着腌菜或豆致，亦是一道特别的风景。说到特产食作，这里要介绍一下永安场的"胀死狗儿"。"胀死狗儿"是一种油炸食品，主料为精米，制作程序包括磨浆、配料、碗蒸、切割、油炸等。做出来的成品，色泽呈黄褐色，外酥里嫩，味美可口。因让人嘴馋贪食，故有了"胀死狗儿"的俗名。永安场的豆花饭、肥肠白菜、炖蹄花等美食，也是很有特色的。据说每年农历三月三，当地还会举办"娘娘会"活动，祈福许愿"抢童子"，这也是四川农乡旧时盛行的赛会。有机会，争取去现场观瞻，热闹一番。

当暮霭沉沉变成了纯正的黑夜，小镇低矮的楼房衬得夜空更加广阔无垠，街上每个人都顶着一片神秘深寂。向上是墨色天宫，向下是喧嚣纷繁的寻常人间，不同于大城市夜晚的灯红酒绿，小镇的热闹是一种深入人心的悠闲。这种悠闲使人能够细细地感受生活，品尝个中滋味，思考那些说不清道不明的意义，最后心底还存下一份认真生活、及时行乐的温热。这种悠然自得是狂欢式娱乐所不能给予的，疯狂的快乐总会平息，那时内心难免失落空虚，反而怀疑起快乐是否真的存在过。

这充满俗世韵味的小镇如同阅读书籍一般，没有任何功利的目的，只为寻找内心的平静与满足，只是重复着后脚跨过前脚的动作，时走时停，耳目领略着自己家乡已习惯的声色。读一读小镇的普通，它不过是祖国万千小镇的其中一个，再读一读它的独特，万千小镇中我偏偏来到了这一个。在行走中回味今天，思索来日，考量自己所拥有的和正在努力追求的，心中便会有一种获得感，即使身为沧海之一粟，却不因吾生须臾而悲哀。

华阳古地风光美，锦水悠悠唱永安，赏菜花，走麦田，翠竹丛丛掩林盘，故事多多的永安场，赶场天里，街上人来往，永安场老码头的舟船没有了，但是茶馆里甚是热闹。

情寄山川

秋雨过轩窗

景随心美，心也随景畅。夏荷装点了我最美妙的时光，也剥夺了我延续最美妙时光的权利。要不是心碎，这一池的残荷能够这般动人吗？秋风一起，也不用等落叶，便带走了夏荷的姿色。正如岁月一久，也不用等青春凋零，便带走了我的爱情。一样都是凋零，而我却比残荷凋零得不知卑微到了哪里？

在冷冷的秋雨中，荷花渐渐枯萎了，荷叶渐渐枯黄了，终于弯下了腰，一副楚楚可怜的样子。眼前这些残荷受了季节更替的催逼，受了凄风苦雨的欺负，是伤透了心吗？

沉寂的时光，凭窗伫望，点染丝丝墨香，把一缕心思轻扬。推开轩窗，晚春雨帘重遮。帘外，那些开在四月的花期，遮掩在迷茫的雨中。任穷极目，看不见隐藏在西岭雪山彩蝶稠织亲绵的恣意，那迷失的斯妙，如何浅吟成色！落单的错期，芬芳可是已尽！"山寺桃花始盛开"，这情有独钟的慧眼，唯有今时望不穿的眸光，挟带溜度的春风轻扬拂过，何似往事成烟？

寂寞的心思，走着孤寂的足迹；细碎的脚步，敲响了战栗的钟声。碎音、碎步、碎影，谁哀怨了一声叹息？谁丢失了风铃在雨里？谁丢失古巷丁香的身姿在那风里？回望处，那遗失的印痕该怎样追寻？

摊手为云，在蓝天下绽开无限怀想。蘸一墨心情，舒卷白云悠悠，绘一织美卷，细读那山、那水、那人。在清朗的夜空，梳一弯月上蔓梢。托腮凝望那千古的鸿雁轻掠枝头，衔一枚相思，寄一枚红豆，连一枚理枝。只对你一个人说……

真想，在五月的雨季破茧而出，听雨花吱吱呓语，绕一蹁跹彩翅；真想，在人间浪漫四月天漫旋飞舞，侧耳窃听凡尘春梦，喃喃私语；真想，展翅为鸿，临风传声，不问忧伤几许，只为一传心隅；真想，在流泻一晖的月光下，燃一烛，编一曲，舞一支千年只为你独醉的风华绝姿。

细雨飘洒，淋湿了心池，一处心池，谁把孤独嚼碎在一隅水中央？那切切的盼，缠绕千千雨丝，带不走一缕忧伤，带不走一丝孤苦，何奈寂寞雨相思！

如果没有相遇，就没有五百年的擦肩回眸；如果没有相识，就没有记忆深处往事红尘；那是我们曾经许下的约定。如果没有惊鸿一瞥，那清澈的生命之舟，又将怎样写下一汪心湖的波澜，走在时光的沙滩上，拾一枚枝干在闪烁的灵光上写下挚爱至美的情怀。

在清晨明丽的日子，我怀抱一把老吉他，唱一首你从没听过的《如果云知道》，放逐自己于那悠悠原野的天际，盘旋。带着不再让你孤单的曲步，隽永只有一个品读的天真。

在静夜薄纱轻漫的帘栊，翻一掌心灯，看着铺满一雾的烟雨蒙蒙，沉思的岑寂，浸湿自己的眼泪。一泓坠心，弹落片片梦幻，过往的心路历程，谁在飘散心雨？

伸出指尖，划过流年，漫索点点思绪万千，于那浅淡时光里拾起遗落的记忆如琉璃透彻。谁踏歌而行，把浅笑安适在那秋阳里？谁抒笔缱绻，熏染秋景林间晚色？谁轻倚一叶，将梦的斑斓沿袭到春天？

静立窗前，雨纷纷，覆手为雨轻锁眉间！一生情，一颗心，一座城，谁在痴痴期望，谁在苦苦守盼？那曾经的秋景换色，在忘我之前；那浅秋的清风，在爱我之后。轻纸一梦在那幽帘月玲珑一梦倾城凝脂，在一方冰河的浪涌里读一份懂得，在流年的五彩斑斓里染一指薰衣草的素香。

　　走在红尘阡陌，于喧嚣里，我独守一方净土，只为修得三世契约，只为今生无怨，圆一个踏月的婵娟，等候一千年的佛缘。空灵、飞旋、曼舞，雨花绽开经年。记一船穿行在弱水三千的凝眸，有谁看见那衣袂飘卷的伊人持一管残箫，迎着西风，力排顺源，吹奏那曲如莲的心事，缓缓流年？

　　情愿，一醉不醒；情愿，一纸温梦；情愿，揽月独醉；情愿化作秋蝉，伏在树上静听风起雨落，拥有自己独有的梦幻，看一片林叶滴下的颗颗晶莹，自己的眼泪也盈眶了。

　　一池的残荷，在冷冷的秋雨里，在清幽幽的水波里，虽显得单调，却绝不乏味，越来越残进我的心里。记得李商隐有一句诗："秋阴不散霜飞晚，留得枯荷听雨声。"最初读到此句时，全无诗情画意之上的情感或是精神层面的共鸣，只觉得伤感。而如今，再想到这句诗，却觉得甚妙，不再是伤感，而是一种难得的情致。这情致远离浮世烟火，远离功名利禄，远离你情我爱，这是残荷的人生，更是它对生命的暗示。

　　有一种淡雅，是你挥挥衣袖掸落的尘埃，将苦涩甜蜜丝丝叠起。一曲清音，一生浮萍，把雪月风花绘成一卷月明风清。于是，喧嚣浮华都归于平静，茶凉后随时光渐行渐近。有一种安然，是你轻轻走来执笔的瞬间，将高山曲调静谧无音。一路青石巷，一世情长。于是，葳蕤时光的归于安宁，云起时伴着月光皎洁明净。提笔绘这淡漠的流年，写一笔沧海，书一卷风香。于是，清风流水，你依旧轻声念起，后会无期。

秋风染凉，意浓浓，念无羔。转眼又一季，别过了春风夏雨的盎然，我们终究会在秋天的落叶中学会从容等待，西出阳关时轻轻挥手，互道一声珍重，或许擦肩而过后，山水永不再相逢。唯愿，曾经的我们依然魂梦相依，各安天涯。

岁月如风，似水轻淌，浅忆赴秋，幽谷墨兰间寻一丝安然，拈一纸风月疏烟凝妆，一泓温婉随未来的盛夏浅歌而行。顾影自怜，对月念红殇，风琴漫漫冷香远，宛然昨梦，清韵恬静宁夏的败走，秋的视野渐入眼帘，风舞漫丝于阡陌红尘，犹念，梦影现，珠花苍穹意梦帘，剪瘦西风念昔年，宫阙重楼，空老了谁的回忆？前世歌赋的桃花缘，遣散在早已注定的宿命里，朱颜赤沙，那曲盛世绝唱，弦音未落，缠萦脑海喋喋不休，揉进了心，刻入了骨。打开传世的卷轴，追溯着那封笔的墨迹，在岁月无痕间，突觉流年已逝……天不老，情难绝，心似双丝网，中有千千结。念你入画里，将情落款于笔尖，黑与白的纯情也承载了几多流年的寂静欢喜，封印在了那个年代，穿越在烟雨红尘的水墨间，晕出你我一湄的洞庭水韵。载舟轻渡那一方桑田，雨晴烟晚，彼岸桐花落砌香，几度浮沉，几度沉沦，在缥缈梦的斑斓里，愧心负你，欠你一个守候，缘难续，梦断在此生经年……

微云淡月，韶华轻负对孤芳，月冷千山，生命里的痕迹，以轮回诠释另一种永恒，而我们只是永恒里早已定格的那一瞬，把浮隐于云天水之湄的缥缈情愫，借南柯梦圆……场场梦醉了季季花语。寒中独领西风冷，惜，只惜红颜命薄；怨，只怨情深缘浅。过往犹梦，倦了青春，瘦了容颜，一习宿诺，皆是念……错了花期，碎了等待，韶华不复，浊酒话东篱，素手摇藤蔓，铸就了一出不堪的血色浪漫，泪空垂落紫金榭，残月千古一辙，感触神伤，谁渡我此生唯念心随？谁引我洗尽铅华？阡陌尘弥，念去去，幽帘烟雨何等旖旎，踪野一城流芳，依阑影单处，在一曲瑶琴的天籁声里，舞一段分窈，灵动了冰凉风尘弦下的遥想，温婉着西风弦下的清冷，摇曳于紫陌纷繁间，却是永恒的悸动……

漫漫红尘，纵然翻山越岭不知倦，空守着那一生的眷恋，三千情丝为谁苍？是否遥传，天涯的另一端，会有个人为己静守千年？却拉扯了一段情牵的错付，葬送了一段本可以白守的姻缘，一切皆因命的牵引……

一缕暗香飘过记忆的风沙，隔世的遥云只是镜花水月，吟落笙箫尽，渐入枫花秋思凉。夜之荒芜，兰指舞思柔，天岚江上度春晖，碎碎情念何时休？夜来寒风几度，犹记那一年的西风冷……

途中的风景

人生，注定是一场漫长的旅行。旅途漫漫，不可或缺的，是途中的风景。风景，是途中的点缀。

有了风景，才有了一路的美丽，一路的惬意，一路的充实。不能设想，没有风景的旅途，会是如何的索然无趣，或者是怎样的黯淡失色。途中的风景，总是参差纷呈，不一而足。有明媚如丽日晴空，也有晦暗如阴霾无边；有壮丽如长河落日，也有羞涩如月挂树梢；有奔放如大江东去，也有婉约如小桥流水；有绚烂如繁花似锦，也有萧瑟如落木萧萧……

每一种风景，都是途中的客观存在；既交错并存，又相互映衬。正因有了不尽相同的风景，才成就了人生旅途的丰富与完美。

途中的风景，往往稍纵即逝。有的人，在漫不经心之间，漏看了途中太多值得欣赏的风景。这样的人生，不过是一本残缺不全的碎片合成的记忆档案。有的人，在匆匆赶路中，忽略了途中几乎所有曼妙的风景。这样的人生，不过是一条从起点到终点的单调线段。

唯有懂得享受途中美好的人，才会一路尽情领略风景无限。这样的人生，宛若一部文采焕然又容量可观的精彩文集。

人生中，总有些风景，会被我们在有意无意间，悄然错过。比如，一瞬脉脉含情的眼神，一次满怀期待的招手，一声饱含深意的探问，一个将迎未迎的拥抱……或者，一次不期而遇的良机，一份弥足珍贵的希望，一处柳暗花明的转折，一个风烟迷离的渡口……

错过的风景，永不再重逢。把握当下是最佳的选择。途中的风景，别轻易错过。有时候，我们也会流连于途中，在风景里迷失，也许是一段风花雪月的邂逅。

每每让我们怦然心动，相见恨晚，如遇宿命。只想沉醉其间，无关红尘。也许是一处温情缱绻的驿站，常常让我们眼前一亮，一见如故，倍觉亲切，甘愿栖息此中，不问前程。于是，忘了人生是一场旅行。而旅行的完整意义，不只在欣赏途中的风景，还在于远方和终点的抵达。

只剩那曾经的诺言在心中独自放飞，萦绕我不安的梦境。长长的街道寂静悠长，只有雨点沙沙地落下，想起曾经的手牵手，想起曾经彼此的依恋，泪水化成雨下满天！以为转身就可以相忘于江湖，却在别离后发现，那些过往原来早已扎根在心底，拿不掉、抹不去；以为屏住呼吸，就可以忘了伤口的疼痛，可常常在喧闹的人群中会突然泪下；以为葬了关于你的记忆，就能从此风轻云淡，可还是会在听到一首歌突然哽咽。逐梦天涯远，遗落满地伤，可笑得再美，哭得再伤心，终是只剩一个寂寞的影子。

途中再好的风景，只宜作暂时的驻足打望。不断前行，才是人生永恒的常态。继续向着远方和终点，前行，前行，再前行。就让那些烟云一般的风景，渐渐从印象里淡去，前方的前方，总会有不断更新的目标，在途中一个一个呈现。就让那些曾经为之流连的风景，慢慢地收藏进心底，留作未来旅途中，温馨而又美好的回味。

云开空自阔，叶落即归根。回首烟波里，渔歌过远村。抬眼望，云烟散去，天际空空，这没有任何障碍的天空，浩荡苍茫，没有凝滞，多么羡慕那没有来处的流云，悠闲散去的归宿。生命原本都有着落，就如同花香，生在枝头，散在无处。多少云烟，不过是心头的迷雾，把追逐的目光收回来，让浮云还它浮云，我们终将发现，最宽的天空来自心底的辽阔。你是谁，他是谁，我是谁，故事里的，故事外的，书里写的，书里忘的，入眼的，错过的，都是风景。

枫叶如丹

"远上寒山石径斜,白云生处有人家。停车坐爱枫林晚,霜叶红于二月花。"早春二月,柳枝抽芽,桃李争妍,莺歌燕舞,鸟语花香。春光明媚,景色宜人,我却为何无心欣赏?一种惆怅向我袭来,勾起我无限的愁绪,那丝丝缕缕的情愫,是春风也吹不落,春水也流不去,舴艋舟也载不动的忧愁。春风把飘落的日子吹远,只留下芬芳的记忆在飘满红叶的心头。曾记否?去年的金秋,万物萧萧的季节,草儿枯黄,花儿凋零,只有那满山如丹霞一样的枫叶,像火一样染红了山林,让"万山红遍,层林尽染"。那如丹的枫叶就像蓝天上飞起的片片红霞,映得那清澈透绿的秋水像早春二月的花朵一样绚丽多彩,美不胜收。

曾记否?你我在枫叶飘飞的望江亭邂逅。你说你喜欢经霜的枫叶,成熟而深沉。我掬一片枫叶在嘴边,为你奏一首《秋雨不成珠》。欢快地与你心灵交流,你的品格如枫叶一般平淡纯净,你的真情如枫叶一样热烈深厚。你赠我的那片枫叶一直珍藏,那份涩涩的甜蜜在心头萦绕不休。如今你也像枫叶一样漂泊无定,远走他乡。一片枫叶,是否代表一份情意?

欲问枫叶:你将飘往何处,你又把谁的心带走。你说当秋水如碧、枫叶流丹的时候,你会回来看我。于是我的心就向着那秋天,无奈飘满了心的小路,只有寂寞挂在春的枝头。

长亭外，芳草萋萋；栈桥旁，兰舟催发。悠悠春江水，万里送行舟。好想折一枝杨柳，把你挽留；好想斟满一杯香醇的酒，诉说离愁；好想为你弹奏一曲，却怕泪湿春衫袖。于千万年之中，时间的天涯荒野里，能够相遇已属不易，千里的路若是能陪你一程，前尘后世我都不究。从今后，我在每一个如水的清晨中等你，等你心愿开花，等你梦想成真。我在每一个灿烂的黄昏迎接你，迎接你悄无声息地来临，如约步入令我魂牵梦萦的枫林。掬一怀动人的涟漪，盈盈飞溅的，都是我的思念；弄几缕醉人的馨香，紧紧拥抱的，都是我浓郁的幻想和回旋的等候。从今后，皓月中天的夜晚记忆着远方的你。寂寞辽远的清秋，急切地谛听鸿雁捎来的讯息；绚丽明媚的春天，就让多情的流云，为我捎去热切的问候。放逐我深重的怀念，岁月仍然荒漠不了你尘埃中静止的回眸。夹在记忆扉页里永不褪色的枫叶，走过星辰日月，在滚滚红尘中沉沉浮浮。从今后，盼望蒹葭苍苍，白露霜飞。秋天的山林呈现层林尽染缤纷绚烂的美妙色彩，万山红遍！盼望秋声萧瑟，北雁南归。你那双轻轻扇动的翅膀，可否承载对我无尽的思念？盼望秋水澄澈，秋波涟涟。秋水盈盈，可是我眸子溢出的酸楚？一泓清泉，跃动起一串串简洁明快的音符，是我在为你把高山流水弹奏！等到满山红叶时，让我们相会在美丽的枫树林，橘子洲！待到枫叶流丹时，我们携手同游，把盏话旧，再把那风情万种的枫叶写进诗里，绘入画中，绣在心头！

秋站在悬崖上，行将跌进冬的深谷。深秋的季节显得有些悲壮，它把春的妩媚、夏的雍容统统脱掉，露出汉子赤裸的胴体，于是树叶涨红了脸，开始接受来自更北方的风刀霜剑的考验。

十月，对于川西坝子来说，尽管有些寒意，但却是去远足看山的绝佳日子。秋霜，为这个季节平添了长卷似的魅力。你看那山林中、峡谷里，数不清的树木，用它们被霜漂染成的红、黄、绿、紫各色叶子，斑驳交叉的枝柯，织就了一幅锦绣亮丽的图画，缤纷渲染着，这是深秋最后的时光。而在这诸色叶子中，最耀眼的便是那如火的红叶。

　　"停车坐爱枫林晚，霜叶红于二月花。"杜牧的佳句之所以传唱了这么多年，是因为秋日的红叶真的好看。在峡谷里行走，有一种说不清的惬意。抬头望，两面是山，前方还是山，而脚下则是随风飘落后堆积起来的厚厚红叶。踩着红叶行走，像是在红地毯上信步或者是在蹚一条爱情的河流。那些红叶，便是爱河里的浪花，每片红叶上都缀满了温柔的诗句，浓缩着深深的幽情。索性躺在地上仰望，看那晴空中落叶如蝶似的翻飞。

　　山谷里没有风，那叶儿在阳光下蘸着火，自由旋舞着，一片接一片地慢慢坠落。落在我的身边，落在我的身上，落在我的脸上。我的脸有些发烫，那是女红，是红颜，抑或女神，正在用她温馨的红唇和香腮对我一次次地热吻，吻遍了我沸腾的周身和那颗搏动的心。

　　我喜欢听风吹树叶的飒飒声响，喜欢闻山林里独有的树木泥土芳香，喜欢看那红叶林丛中，再有一两棵白桦树出现，那种玉树临风、红白交错的美不断撩拨着我的心，把山林深秋的瑰丽渲染成极致。"几行红叶树，无数夕阳山。"北方的山林，金秋如诗如画，绚丽多彩，以至于你身边的每一个空间，每一个视角，甚至连那倾倒的树木，斑驳的枝条，都构成了一幅幅精美的图画，都充盈着绝佳的浪漫，都是无可替代的亮丽佳景。

深宫的红叶，有过"莫问华清今日事，满山红叶锁宫门"的无奈和惆怅，有过"殷勤谢红叶，好去到人间"的落寞和企盼。而远山的红叶不会。远山没有宫闱的高墙，没有爱的羁绊，有的只是山野无尽的浪漫和人间尽情放荡的情怀。顺手捡拾几片红叶夹在书里，想将它的殷红融进文字，融进血液。然而似乎听到耳边的轻语：你已经这样做过多年了，秋叶年年红，那早年被你捡拾的红叶是否颜色依旧？是否仍然印在你的心上？红叶如人，她也需要一脉传承的温情，需要一颗永恒不变的心来承载。红叶也若人生，她走过了青蒙，历经了葱茏繁茂，既沐浴了阳光雨露，也经历了暴雨疾风。她的红，是人生的历练与积淀，是千锤百炼打造后的本色写照，是一生中最美丽的迸发与绽放。

是啊，我也这样问，还记得远山那片红叶吗？还记得当年我们执手山林，在光雾山下赏叶，在美丽中穿行吗？日子过得真快，犹如那叶子红了一年又一年，如今又到了秋叶红了的时候。你在他乡还好吗？光雾山的秋叶红了，红得晶莹，红得滴血，像成熟了的年龄，像熟透了的爱情，更像夕阳中的人生，在天空中微笑灿烂着，灿烂成满天的云蒸霞蔚，灿烂成一地的落英芳菲。

春天一树吐绿的嫩芽，尽情撒欢，欢快地舒展肢体而成圆叶，簇拥着姹紫嫣红的蕊蕾绽放，游人的眸子专注娇艳欲滴的鲜花，而忽视了满树绿叶下的青枝蔓条！秋月莅临了，当一树绿叶苍翠成金黄或枫红，无奈地交出了缀满树枝的所有，在秋风飘逸，眷恋地在空中回眸打转，飘着温柔而优美的涟漪时，方彰显出树干沧桑的身影风姿！

如纷飞的彩蝶，我悄悄地离去。秋风来得那么急，甚至来不及告别。我已飘离你的怀抱，我努力想重回你的怀抱，可恼人的秋风却带着我如此急速地离去。记得春来的时候，当我绽放第一丝新绿，便望见你温柔的目光。从此我不再害怕严寒，我努力地向上伸展，尽情享受明媚的春光，感受你无边的温柔。

在你的怀抱里悄悄绽放。虽无法与春花争艳，却也有属于自己的那一份妩媚。夏日悄悄来临，我加快伸展自己的叶片，想为你遮挡炎炎烈日，虽然骄阳让我目眩，但我却宁愿在夏的风中轻轻摇曳，为你送去丝丝清凉。

而秋，却在不知不觉中来临，我曾经的艳丽的青翠在秋的寒意中慢慢褪去，我关注你的目光却仍然执着，只是你从不曾在意，我离开你的日子慢慢来临。

秋雨淅淅，我渐觉得沁人心脾的寒意，我的身体在慢慢地变黄、枯萎。当第一场秋霜到来的时候，我终于变成火红的枫，漫天遍野，如彩蝶在秋风中摇曳，这时你终于注意到我的艳丽，生命终结前最后的辉煌。我多么想永远在你的怀抱，但是我却无力挽留秋的离去，秋风它还是执着地来到我的身旁。只是我多想再多留一会儿，让我生命最后的艳丽永远在你的心间。

秋风急急，我无法再依靠你的胸怀，不情愿中，我不得不放开手。多少不舍，多少期待，多少爱意，都无法向你表明，我眷恋的目光中你已不在。我唯有悄悄地随秋风而去，不是因为秋风的追求，也不是你的不挽留。秋风中，我尽情飞舞，将最后的艳丽映在你的眼帘，最终无力坠于大地的怀抱，这就是我最后的归属。

我仿佛看见冬雪来临，将我泣血的身体悄悄地掩埋，好像这世上我从来不曾来过，所有的相思都了无痕迹。只是，我执着的目光啊，仍然向着你所在的地方。只是，明年的春天，我会重新攀上你的枝头，成为你的第一抹新绿吗？

九月的风中，飞扬着缠绵的诗行，聆听着朝露的思情，浅浅的回声濡湿了那些风干的记忆。低垂的烟柳，撩拨着初秋的时光，也撩拨着我心底尘封已久的柔情。目光流转处，秋风婆娑，洗涤着往日的情怀。那些关于梦的回忆，在匆匆忙忙的岁月流转中逐渐丰满而后风干，消失在流年时光中。如今，那些尘封的记忆又如倒带般出现在我的脑屏里。光阴匆逝，迅如白驹，我不知道自己是否还是你眼中的风景，也不知道我是否还是你眼中的那滴清泪。

一场风，一场雨。不经意间，秋天已至，又是漫天枫叶时。秋风瑟瑟，秋雨飘飘。秋天，让人怀念和期待，在秋天，漫步穿过田野，跨过小溪，习习秋风，吹起秋的美丽，随着思绪在寂寞的秋风里飞舞飘扬。

秋天是收获的季节，也是厚重的情感季节，在这思念的季节里，在漫天飞舞的红叶中，在漫漫细雨的述说中，在轻轻推开的门声中……似乎都化为淡淡的忧伤，默默地、幽幽地沉静着，无意间绚丽了这个秋季。

月朗风清，最是相思无眠，蔚蓝的月夜，密密的星云如同撒了一把珍珠，薄薄的月纱，流淌的月海，银色的月浪载你飘向秋的思绪。

风吟，雨潇，秋叶沉寂，秋风静谧，撩起潮湿的心，拂过干涸的唇，涩痛的双眸，朦胧的身影，一切都在飘摇洒落中。当一片枫叶，落进我的眼帘，当呜咽的秋风，拂过河岸柔弱的垂柳，当层叠的波纹，掠过河水秀丽的面颊，那风那雨，便掀开了记忆……

　　我们应该匀出来一些目光给落叶，不再单单仰头向上看，只关注头顶那方枝繁叶茂的星空，也应该关注脚下的土地，关心每一枚落叶的前世今生，细细推敲发生在每一片落叶里的风声与过往。树木伟岸，本来就不缺少青睐，落叶消瘦，还要化作春泥，在它们无声消融之前，我们要懂得用殷殷的目光与它们挥手道别。

　　落叶在秋夜里静静谛听秋风的诉说，然后沙啦啦地与脚下的土地亲昵，明早的晨曦里，兴许还会更多的落叶加入泥土的队伍。岁月风霜落尽，秋叶静美退场。我们不妨扪心自问，在季节的归程里，我们已有多久没有听过落叶的声音？

　　秋天落叶飞舞，看着那一张张无奈随风而去的叶儿，沉香还在风中散发，却无奈脱去绿的衣服随风飘零，在风中它们追逐着、亲吻着、诉说着绿叶对根的情义，洒落着相思的深情。秋风袭人，秋收溢人，当炎热的夏季悄悄滑逝，未来的岁月就有了秋的充实和饱满。

　　黄昏的夕阳坠落西边，在落日余晖相映的湖景中，看风把落叶吹得忽起忽落，听落叶在风中的吟唱，油然生起对落叶的怜悯：春天的时候，满满的绿装缀着春色满园，绿荫树下送走了一批一批夏日乘凉的人们。如今秋风吹起，绿叶却随风而去，便让我想起徐志摩的《再别康桥》："轻轻的我走了，正如我轻轻的来；我轻轻的招手，作别天边的云彩。"落叶随风轻轻地走了，挥一挥手便飘落大地。

炊烟袅袅

傍晚时分，当太阳西坠，晚霞在湛蓝的天空挥毫泼墨，红彤彤的霞光将碧空渲染得似少女的粉腮般桃红。这时候，在辽阔的川西平原之上，一个个村庄像一颗颗璀璨的明珠般镶嵌在广阔的天幕下，每一个村庄的上方，氤氲着袅袅炊烟，似雾气缭绕、似白云开合、似桃花仙境、似琼宫踏波，伴随着沃野谷香和归耕歌唱，亦有淳朴的言腔和儿童的熙攘，思绪的风帆开始远航、远航。

或许，在久远的人类历史源头，在那片山林的空地，或者那座被枯草和干树枝的烟熏黑的岩穴，或者就在后来的半坡那泥黄色半地上半地下的人类居室……从人类发明和使用火、开始熟食的时候起，炊烟就与人类的生活和繁衍有了不解之缘，三星堆遗址痕迹，炊烟，是人类文化历史的根；炊烟，是社会生活尤其是乡村生活的芽。

早晨或是黄昏，在那个被几株高大的香樟树环绕着的村子，炊烟袅袅升起时，总是让人激动、温馨和幸福，一个人童年里一些即便微不足道的细节印象，在他步入中老年，及至垂垂之暮，那印象就不再是微微的痕迹，而是深深的沟痕了。时间总是爱把一些抹不掉的东西加重，那是留给自己可供品味的风干的核桃。青灰色的旧瓦房，牛栏粪草气味充斥的院落，那个小小深深的可以漏下星宿的天井，以及寒冬长夜从远处传来的豆腐店的有节奏的石磨声……

这一切似乎都在炊烟之中慵慵软软地浸泡着，像一粒泡满水的黄豆。

炊烟温润着人生之初、呱呱坠地的时候，炊烟的襁褓或正是一片乳白。炒辣椒的呛人味，熏小干鱼儿的香味，逢年过节杀猪、宰牛、炖鸡、焖鸭诱人的味儿，也都被炊烟拌和着，那便是无边无际的土地上的生活味吧？

从屋顶上，那些高高低低的烟囱中涌出来，一株株白色的植物，一缕缕流向天空的溪流。而在潮湿的多雨季节，只要不下雨，那白色就从青瓦和树梢披下来，瀑布似的，沿着田垄向深洼的地方淤积成一片白色的烟湖。晴天的傍晚，夕阳泗红了山坡，那炊烟便也是胭脂色的。缓缓地蠕动着的炊烟，在一幅暖色调的油画上厚厚地涂出一层金红色的安宁与满足。

燃烧着甘草秸秆或劈柴的灶膛里，火光是金红色的。无数个金红色、火光闪亮的灶间会有无数个母亲，她们或是白发苍苍、或是将乌黑的发丝纹丝不乱地梳理成一个好看的发髻、或是一个孩子气的年轻母亲，她额前的一绺刘海被火光炙烤得金亮。火光照亮她们的脸，在她们脸上一层层地镀上幸福、满足和淡淡的忧愁。此时，她们的思绪和幻想却伴着白烟从烟囱中缓缓地钻出，在大地和天空之间凝结成一朵白色的希望。在火光中、在炊烟下，一代一代的母亲们就是一群不为人知的神圣。

故乡的炊烟，像洁白的丝绸，像轻盈的云朵，在我童年的记忆里，袅袅升起。小时候，我喜欢站在夕阳染红的山巅，看一缕缕炊烟从笔直的烟囱里。如同扭捏的少女，缓缓地伸出头来，静悄悄地奔向那美丽的山村。整个村子里的炊烟，慢慢地汇集在一起，凝结成一片低低的云海，在房顶上、在树林里，飘来飘去。

此刻，我就知道妈妈一定在做饭了，那灶膛里燃烧的柴火，还有那扑鼻的饭香，以无法抗拒的力量向我飘来。伸向家的那条小路上，两边芳草萋萋，野花娇艳欲滴。

一阵风吹过，扬起的泥灰，味道幽香。于是，我坐在水牛背上吹响口哨，朝着家的方向，一路疾驰，一路奏笛。升腾而起的炊烟，就像妈妈的眼睛，时刻不断地向我张望，那满满的爱，在我心里涓涓流淌。升腾而起的炊烟就像妈妈的手掌，轻轻地、轻轻地，一次次抚摸我的脸庞。

很多年过去了，故乡的炊烟，还是那熟悉的味道。在我年过古稀之年的心里、在我深深的乡愁里，一直升腾，一直升腾！一个清晰的背影，一个难忘的声音，在无数个孤寂的夜里，急切地呼唤着——回家，回家，只是忽隐忽现地在梦境里。

有炊烟就有村子，有村子就有人家，就有可能存在着温饱和安宁。大片的烟，星罗棋布的村子，千千万万结构近似的人家，这就是"人烟"两个字的含义，这就是组成古老人群和当代乡村生活的"人"和"烟"的两种要素。

从童年开始，炊烟就向我渗透，透彻肌肤、腑脏、髓血，乃至渗入了我那片空灵、敏锐的灵感之地。我无法准确地描述那种渗透的过程、状态和意义，但我知道，炊烟与我永远是一体的。

在现代都市，或者随便哪一座城市，人们对于炊烟或是陌生了，更谈不上领略炊烟的那种潜在的渗透力和很强的温慰。如果，不少孩子对"炊烟"茫无所知，甚至认为"炊烟"就是吸烟的烟圈，这是不是一种莫大的遗憾呢？

西岭雪山的雪

　　那逃遁得久远久远的雪花铺天盖地而来，使刻骨相思的西岭雪山一夜之间白了头。西岭雪山，邛崃山脉的一叶，邛崃山下的一幕，川西山水的一画，美丽又神奇，浪漫而庄严。好大好大的雪啊，六角花的精灵幻化成漫天的神祇，大片大片地撒向大地，仿佛是天公在向人间群发短信，通知春天即将到来。好大的雪呀，她疯飞狂舞，声声嘶鸣，借寒风之鞭对人间的顽劣狠狠抽打，将红尘的肮脏无情掩埋。远望山上的杜甫亭，那似一根巨大的温度计，在测量天地的温差，山腰的亭阁被雪轻扶着、被雪簇拥着，仿佛在慢慢飘移，山下的邮江小镇在雪的装扮之下显得格外圣洁、庄重。这是一张城市的国画，西岭山与邛崃山遥遥相对，形成了这座城市的相框，从中间穿插而过的邮江河是一面流动的镜魄，在夜以继日地演绎着许许多多的故事，在朝朝夕夕和谐着、情爱着，无止地歌唱，不断地激动，房顶冒着雪的热气，那是这座小城在温柔地呼吸。

　　徘徊于翠屏古刹旁的穿林小径，望着冰凌在寒柏的枝丫间垂插，那是苍穹向大地发出的严寒的令箭，雪风吹过，那一种金属般的声音从耳边轻掠，铮铮刺耳，凛冽而无情，庄严而激越，这种音乐历久弥新，给冬天的西岭雪山带来了无限慰藉。

　　雪有戏谑的神情，鬃头风扭曲着她的身姿在雪原上舞蹈，活泼也庄重，轻盈又迅捷，这是大自然的国标，这是风穿着雪的大摆裙在尽情交谊。

　　伫立在佛塔的平台上，望着沉默的雪在无声无息地飘落，在迷茫的时空中，我仿佛看见伊人一袭红裙从我的镜头飘过，幻化成漫天红雪，在我眼前劲舞，不断红润我的苍白，渲染我贫瘠的岁月。望眼欲穿，在雪雾茫茫处还是不见那曾是行色匆匆的身影，我曾经梦幻，我曾经邀约，想伊人舞蹈红裙燃烧成烈焰在雪地起舞，让我尽情笔录，可伊人怕雪，怕雪的激情刺伤了肌肤，怕雪的凛冽凝固了脚步。面对一望无垠的雪，面对空白的雪，我的心滋生出一股忧伤，这是一种无法割舍的眷恋，它伴我走过了一节又一节无尽的日夜。仰望雪空，我喟叹不尽，原来情愫一旦深入，伤痕断然是无比深刻。我知道我那是一种天大的冒险，我不敢奢望那火焰般的颜色来衬托雪的无助，我也深知红与白的距离是多么难以逾越，可我的脑海已盛满那一道道行走的风景，我好怕世俗的风要将它无情地格式化而毁坏了教堂的音乐。于是，我将梦想精制成芯片，嵌在脑海里，让她运转我的今生今世，那花样的年华是一幕幕电影穿过我的眼帘，日夜在我的眼前轮放，总是沿着时光隧道无声地走过。雪啊，你是一张单薄的锡片，你可愿焊接人间断裂的情缘？雪啊，你是被冬雷碾碎的冰粉，你可愿填充独行者的饥荒？

　　雪，还在不停地演绎，人在雪的包围之下，显得是那样深沉而落寞，我好想举笔在雪的皮肤上写字，可我激动得无法落墨，我怕我的文字被雪风扫描而去，穿刺了我的秘密。我知道，我的命运是踏雪而来的，我的声音是因雪而歌的，我的视野是缘雪而及的，我的心灵是挨雪而居的。于是，我就不怕雪的单调、雪的苦寒、雪的淡泊、雪的清贫。雪，还要设计三月桃花雨飘向绿草地的草稿；雪，愿意解脱自己洁白的衣衫唤回桃花烧发的漫天云焰；雪，伴着那万丈古藤凝结银链回环西岭雪山的千千情结。雪，是春天的护肤品；雪，是夏天的窦娥冤；雪，是秋天的挑帘远眺；雪，是冬天的琼楼玉宇。所有的这些，都是西岭雪山最为绚丽的水彩，是西岭雪山最激动人心的画轴。

踏雪、踏雪，踏雪虽然助长了游者的快乐，可有谁能体会雪的支离破碎？有谁在体恤雪的倾家荡产？有谁愿体念雪的落魄飘零？

踏雪、踏雪，踏雪的姿势虽然潇洒，踏雪的程序虽然简单，踏雪的欲望虽易满足，可又有多少人想到，踏雪，是对雪的亵渎，是对雪的杀戮，是对雪的剿灭。雪睡倒在地，有坚硬的支点，也有坚韧的精神，还有高贵的品质和忠厚的气质，它不能反抗，它选择沉默，它知道自己身边的风沙只是一时的咆哮和肆虐，而终究会成为轻飘飘的尘屑，它知道自己还有好长好远的路，它知道浩瀚的海洋才是它最美的归宿。

西岭雪山的躯体啊，是一个硕大的书架，西岭雪山的雪是一部深奥的辞典，生息在邛江河边的人应成为忠实的读者，去翻阅西岭雪山，去读西岭雪山的雪。西岭雪山的雪是不能完全以赏的姿态来对待的，那样就显得单薄，就显得无力，就显得过于淡化。见了西岭雪山的雪，首先就要投入深情去注目，去尽情研习，去分析她的段落和内蕴，去探讨她的流程和走向。

西岭雪山的胸怀太博大了，她装着千千万万颗不同的心。读不懂雪，就不知道什么是清白和纯洁，就读不懂培育高尚的操作方程，就找不到雪的酵母。读不懂雪的人，他就注定读不懂生活的寒苦；不愿读雪的人，只配在蜗居里抱着火炉与鼾声为伴。读懂雪的人，就不怕冰枕冻僵了颈椎，就不怕雪地长不出嫩芽。

在白茫茫天地间，我成了一片磁场，雪片似白色的金属粘满一身，她们以玉质的方式在我的身上注册，我真喜欢她永远在我的心上筑巢，可又怕我的激情将之融化，我好怕她没有以天长地久的承诺陪伴我落魄的年华。我不愿抖掉盛开在我身上的雪花，我好想借她的威力降低我的狂热。在这白色的世界里，我本不应穿黑色的衣裳，那是对雪的不恭，那是对雪的一种压抑，那是失去了一种雅致，我不能以对偶的方式与雪作对，应该以纯白的颜色与雪并列，只有这样，我才有资格向雪靠拢，才有资格与雪交谈，才有资格投入雪的怀抱。雪应该是最怕黑色的，如果大地全是黑色，那雪就找不到归路；如果人人都是黑色，那雪就找不到归属。

雪，遇热而融，那并非怕热，而是她见到了阳光就激动得热泪滚滚。雪，遇寒而锢，那并非怕寒，而是她见到红尘的冰冷而傲视无言。落在西岭雪山的雪，在高空成形之前，肯定是一篇沉闷晦涩的文言文，由于雪最喜欢西岭雪山的景致，由于雪忘不了那桃花的火焰、李花的云海，忘不了是雪的子孙给了它们滋润。于是，雪就开始拼命冶炼，磨成雪花向西岭雪山飘洒，成了洋洋洒洒的抒情散文，印刷在西岭雪山的每一寸版面，真是蔚为大观，足足让人阅读一生。雪的精神是奉献，雪的语言是沉默，雪的眼睛也有犀利，她的怒号是一篇篇杂文，将世间的伪纱撕碎；她也需要心灵的歌唱，她激动得发热就开始匍匐成溪流，就成了神韵灵动的诗歌，一路走去，沿着小沟和下山的台阶走向邛江河，奔向江洋大道，去一泻千里，去铜琶铁板，去承载点点渔帆。

到西岭雪山亲雪去，平常日子有什么不快，心灵的轨道有什么堵塞，那就去见见雪，你的心的火车就会时时提速，你青春激发的火焰就会燃烧不熄。

在很久很久以前，西岭雪山的凤凰飞走了，据说当夜就下了一场罕见的暴雪。我想，那是一场醉雪，麻醉失意的心灵；也是一场祭雪，祭奠飞逝的情恋。从此，西岭雪山很少挂起雪帘，偶尔有几片来临，那也是雪花的探子，来勘察西岭雪山的深浅。冬，因雪而眠；春，因雪而动；山，因雪而装，因热而胴；冰，因雪而容，因暖而恸。雪哦，有谁能洞穿你心底的密诏？雪哦，有谁愿剖析你深处的苦痛？雪的脚步抛云而下，人的脚步拾级而上。

雪，从上而下，偏有积极的精神；人，从下攀到了顶端，有的已堕落了的灵魂。新雪的到来使我的年轮再次蔓延，我本应在山野结庐，借着雪的光亮轻抚脱漆的古琴，去寻访伯牙，去毗邻子期，可我的心灵还在水边踏浪，还在吹奏寻找青春的叶笛。那无法退掉的乳齿哦，总咬不碎人世间那坚硬的颗粒；柔软的牙床，总是长不出虎牙，可我从来不为此叹息。

西岭雪山的雪最谦虚、最随和、最懂得礼让，最愿意为热情开道，只要遇到了春天的信使，她就不愿做一个冷面人的胸襟而去意难留。雪很疲惫了，雪慢慢变小了，她成了交响乐的尾声，也如逐渐凋落的夕阳，或若渐渐逝去的晚风。西岭雪山的雪呀，你怎能如此短暂？你一下子就无影无踪，犹如我少年挂在墙上的电影，亦如我童年的车辆很快就到站，意犹未尽而余味无穷。

揽阅时空，我仿佛看见窗含西岭千秋雪成水，沃雪为茶，细细品味，将满腹的思想发酵，诗花、霜花、雪花、泪花、心花，一瞬间在长空飞舞。我为杜甫举杯，与他尽情对酌，我好想让光阴的糖分来滋养他那羸弱的身躯，让他写出山水的诗篇。我的心并不因雪而寒，我的心一定能长出够高的海拔，来树立人生的高度，来挡住命运的困厄！我倾恋中的西岭雪山的雪花在梦中徐徐飞来，真情为我舞蹈。我敞开胸怀，用心窝将她煮沸，让她的韶华澎湃我的血脉，让她的音影陪伴我一世，让她的柔情激励我一生……

月夜，清幽

　　有月亮有微风的夜，就坐在那清幽的庭院，红莲白藕青荷叶，雨里鸡鸣画晚霞。早晚炊烟起，静夜听池蛙。一杯酒，半壶茶。悠悠地，闻着荷香，咀着茶。一场雨，一份心境，一段铭心，在轮回的边缘浅唱轻吟。人生在世，像花一样，求淡雅之美，淡名，淡利，无争，无夺。一切自然，一切脱俗，一切入幽美邈远的意境去。

　　昨夜，我还是藕花深处一蝴蝶。你，夏荷正澜，也已亭亭玉立，你的阵阵幽香，让我迷醉，让我忘返，让我翩翩，让我恋恋。孰料，一夜狂风雨打萍，终让你，娇花半萎，帘栊半锁，雾蒙蒙，月笼纱，今夕我是寂寞江畔一归客。

　　相思渡口，没了你的轻舟摆渡，我的一苇怎渡茫茫湖面？你在彼岸，遥遥，怨怨，只是不再理会我的呼唤。是谁离乱了你的心神？难道说你从此再也不肯渡我？我也从此，只把心泪暗弹；从此，我再无我，只做寒塘一囚徒；只是，是否从此你再无你？你是否会是我今生再也走不出的沙漠？你，轻轻萎落，无声，也无息，却分明惊扰了我的桃源、触动了我的神经。你分手挥别时的幽怨，分明触痛了我本就脆弱的心弦。你一直是我默默的支持，我想知道，是不是无论我怎样对你，你都会一如既往地默默站在我的背后？如果是，那你就是我今生最该珍惜的，不论你是花？是狐？

不知道你是否最终熬得过距离、扭得过时间？你的红藕可肯为我香残？岸畔夏雨声声碎，莫待残荷听雨声。回望红尘，再次细品你那丝残存在忧伤中的甘甜与苦涩，一如往昔的幽香，依然让我心痛、心醉、心碎。暮烟向晚，夕阳如血，烟雨寒塘，清荷弄影。希望从此"雁引愁心去，山衔好月来"，希望从此，让那荒芜的藤蔓别再肆意地蔓延、一发不可收……你以接天莲叶渡我半世寂凉，你以映日荷花慰我相思瘦颜。谁解相思弦？谁懂离愁意？你高山流水觅知音，若无知音谁心寒？是谁拨动了我的琴弦？是谁，让我在无法安枕难以安眠魂梦交织的寂寥长夜，凄零地搜寻着碧波语落，用心捡拾着莲语呢喃？彼岸花，花开千年，花叶终不相见。是谁编织了美丽而心碎的神话？是谁撰写了凄美而断肠的爱恋？无悔的你我，千缠万绵，缱绻难离，却也只能各自两边做蝴蝶，舞翩翩。谁让你我皎似月？

　　只能在心里默念，檐下燕，替我飞到你身边。谁让你我静如琴？各自孤单错弄弦，风吹得帘落见月人不眠。谁能告诉我将要渡的湖面风有多高、浪有多急？谁又能预料前路有多少险滩？是深，还是浅？是急，还是缓？多少相思已成梦，多少过往难回首，多少楼台烟雨中？你说我已读懂了你的琴弦，可你的乐章里总有几个音符我难以释然，是你不肯让我懂，还是我实在太愚笨？驾一叶扁舟，漂荡在黑夜无你的心海。水也悠悠，心亦幽幽。舟也渺渺，情亦缈缈。我不在你那昔日的思忆里。在你那记忆深处，我只是一片死寂的空白。但你流在我的血液里，跳动在我的心脏里。两岸风景依旧，只是没了你的点缀，那风景便再也不是风景。你我，相遇在最深的红尘里，相知在最难的岁月里，相惜在彼此的互懂里，相念在最远的天涯间，原来最远的你是我最近的爱，却终难……

秋意凉。付出而不求回报的相知，终也难逃世俗的风语。我要如何才能挽回曾经的那份相知、相惜？荡着心舟，漾在你诗韵的荷塘，莲叶无风自开，藕丝长处，是你绵绵不绝的情意。横笛弄箫，我伤了，却也醉了，且求一醉，莫管他年春去花落。多少记忆已搁浅？多少岁月已蹉跎？太俗的文字不适合你，也无以描述你。我轻轻地驶近你，小心地掬一捧水月在手，你，如石韫玉，如水怀珠，却又是那么脆弱得一触即碎。好想把你含在口里，藏在心口，我却又怎能如此自私？多少次，梦里，落花惊风，泪湿襟裳；多少次，醒里，含沙的苦；又有多少次，欲说还休、欲语又止？心灵上的幽奥和宇宙的幽奥的神秘的交往。

我常常情不自禁地沉醉于一种情境、一种情调、一种意境之中。喜欢在寂寞之中孤独地沉醉，有时是因了迷人的景致，但更多的时候是因为某一句诗，某一句话。说来似乎有些可笑，一个人怎会常常被一片霞光，一缕炊烟，一线飞泉，一只倦鸟，一首乐曲，一句诗词触动了内心深处那最为柔软的地方，会因为这一点点的感动，或为美景去读诗，或为佳句去赏美景。或醒而醉，或醉而醒。

透过窗口看天际，皎洁的月光不遗余力地洒落在城市的每一扇窗口。有多少人会站在窗前，给自己一段独处的时光，安静地看看月亮。我们需要的不是月亮而是照在心上的月光，它让人始终相信爱是人世间最盛大的一场奔赴，月亮会一直在，从未离开。月夜，清幽。

幽幽的远山，白云漫，易水寒，千丝网，萧瑟的锦江，千年之后的景象。幽幽千山，伴月寒，白云万丈，遇水而寒，前尘痴缠，今世伴，等到花开之年又一芳。等到冷冬寒月，生命化成蝶，愿为花开，付出一切。双生劫，花谢花又开，是否还在我的爱。雪花飘，红尘的相邀，琴弦挑，已离调，梦魂牵，相思在心间，回梦游仙的情缘。千山万水，挡不住，我为寻找你的去处，千年相思，相思苦，等到轮回边缘再寻找。等到飞花落叶，遍地化成泪，我们还能再相伴随。双生劫，要怎么去跨越，花开花落落以成飞蝶。

是不爱到最后成离别，飞跃；缘起缘灭的情结，忘却，红尘烦恼的纠结，待到来世再相约。唯念与齐，唯尔不离，唯心所恋，唯其缱绻。

站在秋的渡口，一地月光，试探九月的深度。被山雀，啄伤的红果，在荒野哭泣。芦苇在一阵一阵的暖风里摇曳着心事，一只旧船上，我席地而坐。垂钓蓝色的月亮，那些布满尘埃的记忆，和自己滴下的泪，就香茗下着微笑，等一个暖暖的问候，在梦里铺满紫曼陀。

枫叶的叹息，在两场雨的相拥里。愈见深沉，我们却回到一种简单。简单到忘记自己，忘记是一个多么美妙的词语。我们来相约吧，相约一起飞过辽阔的孤独，去相遇一场透明的喜欢，在这样的夜里，在蓝色的月光下，像夜色一样静静地来。像露珠一样悄悄地去。像星星一样，远远地。挂在梦的窗口。

月入轩窗，夜色微凉，就着这月色，沏一杯香茶，一朵花香，醉了心房，芬芳了过往，茶香氤氲，让爱飘满小屋，喜欢殷殷的笑脸，笑里含着暖暖的温柔，沉醉在浅浅的笑眸里，那是一生迷恋的港湾。若时光能够逗留，愿在这一刻停留，不要明天，不要未来，让爱在这一刻天长地久。伴着醉人的月色，轻抚一曲"莫失莫忘"，灵动的音符透过指尖跳跃，目光温暖了指尖的凉，一直认定今生最美的缘，辗转千年，相遇在最深的红尘，眼光交汇的刹那，情已是三生的笃定，一场心与心的邂逅，一次情与情的交融，醉了一生一世的眷恋与痴缠，此生，只愿得一人心，牵一人手，一杯清茶，一缕轻音，从青丝到白头！

一路相伴，走过春，走过秋，春花秋月，远不及眸子里那淡淡的温柔；走过风，走过雨，走过寒风酷暑，心中永远的霞蔚。此生愿相伴，朝看日出，暮观霞落，花开填词，花落写诗，风起加衣，雨落撑伞，快乐、歌唱、难过、忧伤、痴心、癫狂，负了天下又怎样？只要知心在身旁，粗茶淡饭，一间草房就是最美的天堂。月夜抚琴，弹一曲"莫失莫忘"，把心事写在心上，不管沧海如何变成桑田，不管尘世如何变迁，莫失今宵情，莫忘今宵意，并蒂花开一年年，蝴蝶双飞花丛间，鸳鸯戏水影成双，比翼双飞红尘恋，就是今生守候的地老天荒。

冰冷的雨季，淋湿了谁的芳心，凋零了谁的美丽？如烟的往事，飘落了谁的思念？茫茫人海，失去了你的消息。失落的心田，任凭冷雨浇淋。在寂寞惆怅中等待，再也找不回从前的记忆。泪水穿过指尖，留不下任何痕迹，却有了伤痛的记忆。往事在时间飘落，回忆在岁月中潸泪。执着的我，哪管凄风吹落泪滴，不问曾经伤痛几须。谁说真爱可以跨越生死，人生本是一出戏。不要说爱情很美丽，受伤的真心再也伤不起。那些零星拼成的记忆，脆弱得不可一击，如梦的回忆，再也不值得一提。红尘往事就像冬天里的雪花，埋葬了多少时间和破碎的梦想，一层一层地掩埋，无法停止。

心字如灰，情缘搁浅，一生散离。我们擦肩而过，到底，谁是谁的风景？一世花开，半世浮华，谁是谁的过客，谁又是谁的归宿？我始终落不下那一笔，最终是把疑问留在岁月的长河里……

清风吹，花惆怅，月光似水洒满窗，穿过岁月的河，步入慢慢的人生长夜。你我的相遇，就像流星划过天际，短暂的美丽邂逅，用一世的孤独来祭奠。划破了谁的忧伤，坠落了谁的寂寞。

小雨还在淅淅沥沥地下着，哦，不！是缠缠绵绵地飘扬，如丝的春雨不时地在我的耳畔唱着沙沙的歌，令人陶醉。四周弥漫着乡村、田野泥土的气息，沁人心脾。

轻柔的春雨亲吻在我的脸上，清醒了我们的肌肤，滋润了我们干涸的心田。这就是初春的小雨，大概唯其质朴，唯其细致吧！今日尤为撩人心弦，宛如我的情谊，一起在这初春时给我们的记忆打上了更深的烙印。

潮涨潮落的溪水荡涤着依依的两岸。春鸟甜甜蜜蜜地啼出了乐章并滋润着我的耳鼓、心灵，这就是沉默了整个冬天后耳熟的吹唱，这般情切切、爱依依。我满面的春光，心潮的情愫，经久的情谊，顷刻间显得更荡气回肠、淋漓尽致……

问秋愁，漫卷花雨几多情？秋浅，红怨，愁无限。消瘦尽，有谁知？微雨花间夜，无言暗将红泪弹。夜阑珊，香消轻梦还，斜倚轩窗思往事，皆作相思绵。

愁，是住在心上的秋天。所以，秋天，从来都是思绪纷乱、愁肠百结、伤怀哀怨的季节……

我站在深秋的某个夜晚，仰望星空，孤影独思怅然一行清泪，浸染了秋季的荒凉。凝眸远望天际，空气凝滞抹不去的芳华岁月痕迹，飘浮的记忆，旖旎了一季又一季的风景。突然有一种莫名的感伤缠绕着我，时光的拂尘在我的身上轻轻拂过几十年。我不知道这意味着什么？当所有爱化成往事，当所有的恨化作微尘，我不知道这能验证什么？

寂寥的秋夜，惆怅落在夜色的背景里。我漫步在这寂静的小路上，午夜的深沉，让人喘不过气来。一阵凉风吹起，惊起了一地的落叶，吹痛了脸颊。任漫天遍野的忧伤，迤逦幻美回旋，摇动思绪，残心随着夜风摇曳，独酌夜色中如此孤单落寞的味道。心在冷风中碎得支离不堪，却仍守着一缕痴念。在相见恨晚的路口凝望，却斩不断心的向往。无言的结局，是无情是有意？纵然爱还在，在放手的刹那，所有的情缘都随风而逝，留下的只是无尽的痛楚。思念一地无处可藏。莫非？生命中不可承受之情，就在于人生……

缘本来就是一场空梦。爱与被爱，都是受罪。曾经的心动，换来的是岁月无情的嘲讽。失望、落寞、困难、烦恼还有白开水一样的生活，把你折磨得无所适从了。现实把你的路途你的梦想击垮。或者总是不能实现自己仰望的人生，有太多太多的未知数让人害怕，感觉自己苍老了许多，感觉人生再没有什么意义了……

秋夜漫卷的长夜，无边蔓延。夜，总是那样悠长悠长。突然天空中飘起了细雨，一帘秋雨惹闲愁。此时我突然发现我不喜欢雨了，因为我分不清与那淅沥的秋雨一起落下的是泪水还是雨水？不再去想，伤感。心，太累了。就让这随着秋风渐飘渐远吧……醉笑悲难眠，幽静醉阑珊。闲枕谁弄笛？更添夜影寒。

深秋初冬之际，久雨之后，天空格外晴朗，甚是湛蓝。秋高气爽，初冬乍暖，天高云淡，碧空如洗，一片蔚蓝，一时兴起，寻月山登高远足。蓝天，白云，秋景……更觉仁者乐山，乃抒君之情怀！拾山路而上，沿古城墙而行，山、塔矗立，壮观巍峨；徒步山顶，眺远而揽云，如入仙境。一路极目之处，草木生焉，万物植焉，飞鸟集焉，走兽休焉……随物皆赋形，寓情寓景寓秋日之思绪，益于身心也！远眺远山，处处出彩，丘陵起映，烟云轻泛，红叶山边合，美景郭外斜；倾听之，有千种秋声，如痴如醉……畅游之情愫渐涌笔端，不觉韵味雅致，人淡如菊，意境超然，系缆月生华，万象浴清影也！好一幅醉秋浸染美景之画卷，可观，可游，可居，可赞……让我们一行深醉此景此情，不醉不归也。

此刻，不知有多少人正在举头望月，举头望月的同时，多少心事在随着清辉缓缓倾泻。我的月，昨天尚不圆满的时候，已经望过了；今天，涌上心头的是和月有关的许多情绪。月亮是中国人心理治疗的大皮椅，记起了这样一句话：中国人的许多情绪和月亮牵扯不清。失意的时候，记起月亮的次数最多。失意而归的张继，枫桥一夜——江畔的那一个月夜里，多么需要一些温暖，几分慰藉，哪怕是丝毫不起作用的一句宽心话，可是，陪伴他的却只有远处辽远的钟声，近处的寒鸦，将落未落的清月……打破沉寂和思绪的是时断时续的钟声，可是这钟声来自寒山寺，寒！

冷月，寒蛩，清江，寒鸦还有这寥落的钟声……张继许许多多纷杂的念头，也许都集中在那首《枫桥夜泊》了吧？寂寞孤独的日子里，少不了月。在有些人心目中，月就是那个看远还近的知己。"花间一壶酒，独酌无相亲。"这样的时候，对影而饮也许可怜了一点，但是如果还有第三个参与呢？"举杯邀明月，对影成三人。"我无法体会出诗人的心境——究竟是自怜，自娱？还是旷达豪放？可以陪伴自己饮酒谈天的人应该为数不少，可是在这皓月当空的时刻，他们都在哪里？都在哪里啊？对月独酌，饮尽的是一份寂寞和几分思念吧？！

慨叹万千无人倾听的时候，月是最好的听众。一遍又一遍地，古人今人在思考，思考人生思考宇宙，思考过去思考未来，在现实中虚无，在虚无中求索。江畔何人初见月，江月何年初照人？没有哪一个智者能够告诉我们，因为智者在尚未找到答案的时候就已经悄然离去了。而月，它曾照古今，并将走向未来——明月几时有，把酒问青天，不知天上宫阙，今夕是何年？苏轼不愧是苏轼，他思念的也许只是亲人，可是，他思考的却又不仅仅是近忧。有理由相信，多少个不惑的灵魂都曾不止一次地对月追问过，那些困惑过古人的，先人的，无数人的问题……明月无声，明月高深，明月于是年年岁岁承载着更多的问询和梦幻。"天上一个月亮，水里一个月……"在月下独自举头的望月者，在月下顾影独酌的饮酒者，在月下徘徊往复的思乡者……寄予月的同是几分切切的渴望，几分热热的执着。当然，那些欢聚一堂幸福的人，他们对着月亮圆圆的脸，品着圆圆的月饼，那份甜，那是所有望月的人所共同期许的——但愿人长久，千里共婵娟啊！

人生如清梦一场，青丝皓首，不过转瞬。世事变迁，风流云散，演尽了太多人世的离合悲欢。烟月不知人事改，纵使人间沧海桑田，那轮月，却是永恒的亘古不变，阴晴圆缺，年复一年。

书香雅趣

书润心，品人生

"枕上诗书闲处好，门前风景雨来佳。"这样的人生情味，是李清照的悠然笔触。清淡有味，格外让人留恋不舍，"枕上诗书闲处好"，最好的便是"闲"这一字。

打开一本书，囫囵吞枣，就得不到闲的乐趣了。"枕上诗书闲处好"，是临入梦前的片刻时光，在灯光与文字中流连，行云流水，月华无痕。不只是看一本书，闲时做什么都是有趣的。

斜倚在枕边悠闲地翻看着订阅的杂志，身旁，是有些晃眼的明媚阳光，于是，就有书香四溢在枕边缱绻缠绕，世俗的琐事便如云烟飘逝而去，深陷红尘中略显浮躁的思绪也渐渐趋于平静。不知何时养成在睡觉前必先看会儿书的习惯，否则就心里空落落地辗转反侧难以成眠，于是，枕边、床柜前，处处可见书的踪影，或诗集或小说，抑或时尚杂志，如此放书只为便于随手可取，随时可阅。而这种精神滋润在不经意间已丝丝地渗透到骨子里去了。

随着年龄的增长，压力也感觉越来越重，心境就变得越来越浮躁，似乎也没了闲情能够静下心来慢慢阅读和细细品味了。于是，时尚休闲杂志便成了我的首选，看这些杂志不劳心费神，文虽短小却也蕴含着睿智深刻的道理。

接触到网络，书就读得少了，每天都把空余时间用于上网，尽管还是喜欢手中持卷的那份感觉，却终抵挡不住网络浏览的快速方便，一度，长夜书香已成明日黄花。

久了，眼涩肩酸之余，便又怀念起倚在床笫读书时半坐半躺间的舒适。于是，离网重拾书籍，挑灯夜读伴一室的温馨，将都市的喧嚣与灯红酒绿拒之窗外，生活便是另一种的温馨和精彩，亦在字里行间且行且远。

"三更有梦书当枕，夜阑书香入梦来。"每一个文字都是一颗璀璨明珠，串起文化的精魂，凝成了一卷卷书香。坐拥书城，品呷文字，咀嚼书味，此时，书香便如春暖花开般静谧清雅，一笑一颦都在文香墨韵中陶然，犹若花瓣轻落于水面，涟漪携着清香层层荡漾开去。于是，一屋的书香味道，郑逸梅先生曾经说过：不读书，不看云，不焚香，不写字则雅趣自消，俗尘自长。听雨，为书房风雅之事，"扫石共看山色坐，枕书同听雨声眠"。读书，少了书声，便失灵气，听雨，缺乏书香，亦失清雅。正如季羡林先生说：我兀坐在书城中，忘记了尘世的一切不愉快的事情，怡然自得以世界之广，宇宙之大，此时却仿佛只有我和我的书友存在。

三分雅逸，一缕馨然，漫漫暗夜书为伴，每每夜阑人静时，在午后小憩时，游弋在书的领域，让思想在文字里飞翔，倦了、累了，小心翼翼地将书放在枕边，于是就有一脉书香悄悄袭梦。枕着书香入眠，感觉身心都有清香拂过的润泽，幽雅中但觉淡泊和安详。也许满脑子的诗情画意，满心的浪漫情调，就是这样被书香熏染出来的吧。人生春夏秋冬，书籍伴随我左右。"书中自有黄金屋""书中自有颜如玉"。袅袅书香中，成就完美的人，成就美丽人生，成就幸福人生。何乐而不为呢？！

读书，本是一件愉悦身心美好的事情。好书在侧，或随手翻来，或静心品读。沐浴着书之馨香，芬芳于口，余味在心。捧读好书，如痴如醉中，沉醉在作者所创造的一种纯净的艺术世界。那种物我两忘的氛围与境界，无疑是人世间最美妙的享受。于静默抚卷中，如饮甘露，独享其乐。若能与爱书相伴，手不释卷，作为生活中的习惯，则是生命中最美好的状态。

　　读书，是获取知识的主要途径，是智者之举。而阅读的过程，则是引导你获得更深层次的智慧。当你抚卷静读，那些书籍也向你敞开了一扇扇大门。于智者而言，书籍犹如心中的导师。在无形中，指引你从迷茫中清醒，在睿智中决策。于豁然清朗中，迈向更广阔的人生。

　　这个世界上，比黄金更贵重的，永远是知识。而读书，是获取知识的主要途径。只有读书，才会使自己成为有价值的人。一个民族的强大，也是与读书密不可分的。犹太民族是这个世界上最有智慧的民族之一，而恰恰就是这个民族，却是最喜欢读书的民族。高尔基说，书是人类进步的阶梯。一个读书人，永远不会沦落为精神世界的卑微者。

　　岁月忽其不淹兮，春与秋其代序。时光流逝，岁月不言，生命一天天在书香的濡染中，变得愈加醇厚耐品，一种灵魂的香味，自然就会生发出来，飘逸四散，那如兰的一缕芬芳，就是我们留存在这个世界上最美的痕迹。

闲书，让心灵静放

无可无不可地翻翻书，听听音乐，拿笔在纸上写一些不连贯的句子，只是为了看那些字的结构和线条，清风拂过，墨韵悠长。丰饶的心灵是一片花田，香气氤氲，色彩缤纷。

古人云："偷得浮生半日闲。"在那古朴的岁月里，半日之闲尚需一个"偷"字来显它的珍贵。在现在这快节奏、高强度、匆忙窘迫的年月里，"闲"成为一种可遇不可求的额外追求。

书作为知识的载体，是人类共有的精神财富。读书使人充实，可以增加素养。一本好书就是一位智者，它和我们灯下交谈，能让我们一颗浮躁的心慢慢地沉静下来。如水浸润过一般，不沾染一点世俗的尘埃，如一片白净的月光，没有一点污染。

心是一朵花，书如润物细无声的小雨。拿一本书独坐在一旁，细细地品读，心中如有一阵小雨在丝丝缕缕地下。那一刻，有一种感觉在发芽、长叶，最后，在雨的滋润下，含苞吐蕾，清香四溢，很有些"清水出芙蓉，天然去雕饰"的样子。好书是哲人，絮絮低语，光风霁月清泉流水一样能鉴人身心。

好书是诗人，长哦短吟，让人南山在望，清香满怀。好书是学者，博古通今，诲人不倦，让人警醒，使人自省。读书后的心，如雨洗过的青山，干净、清闲且高贵，是剔除了污渍的玉石，晶莹透亮，一尘不染。

放下书本，回首楼外，阳光干净、透明，带着一种田野的芳香吹来，夹杂着青草、鸟鸣、花香、炊烟和流水的气味，慢慢地漾上楼来，掩盖了城市的喧嚣，涤荡了心中那些杂乱的念头，也滤净了人世繁杂、个人得失，一任它们无影无踪，随风飞散。

明人陈眉公说过："闭门即是深山，读书随处净土。"一个读得好书的人，一定是一个耐得寂寞的，一个清爽高洁的人，一个品行高尚的人。因为长时间处于一片净土之间，耳濡目染，容不得一点污垢、一点肮脏，甚至奸诈、贪婪、蝇营狗苟。因此，也自是一个光明磊落的人。屈原是这样的读书人，杜甫是这样的读书人，文天祥、陈寅恪也是这样的读书人。

读好书的那种感觉，只能用海子的那一句诗来形容：面朝大海，春暖花开。

书籍是人类进步的阶梯，也同样是一个人人生前进的阶梯。

最优秀的书籍是一种由高贵的语言和闪光的思想所构成的财富，为人类所铭记、所珍惜，是我们永恒的伴侣和慰藉。书籍把我们介绍给良师益友，使我们认识迄今为止人类最伟大的灵魂。"一本好书像一艘船，带领着我们从狭隘的地方，驶向生活的无限广阔的海洋。"

书让我们的心灵比世界大，知识才是真正的阳光和雨露，被书籍静静沐浴的心灵，才能像花朵一样绽放。

书无论何种形式，永远向后来者昭示着文明之路，为共同的发展开拓前进的方向。"莫等闲，白了少年头，空悲切。"

一个人不读书，就像花朵不接受雨露，就像树木不沐浴阳光。一个人不读书，就像在旅途上失去了方向的指南，就像在夜晚看不到星星。一个人不读书，就像在沙漠里跋涉而失去了水分，就像在夜幕里没有了烛光。

在当前这样一个喧嚣的世界里，让我们拥有一颗宁静的心，抽空来读读书吧！在当前这样一个浮躁的城市里，让我们心平气和地选择白纸黑字作为孤独时的良师益友吧！一句话：腹有诗书气自华。外表美丽固然重要，但根本的还是内在美。女人要想美丽，只有读书。书是最好的化妆品，把买化妆品的钱拿出一部分买书读，用文化支撑自己，让书卷气浸润胴体，是女人保持魅力永恒的秘诀。

喜欢读书的人，内心不会排斥孤独。只有精神贫瘠者，才会惧怕孤独。书的世界，犹如一片宁静的海洋，纯净的文字，将你带入精神世界的栖息地。徜徉其中，暂避俗世的尘烟，摆脱了俗务，远离了浮华，独守一方清幽，尽享人类文明的精华。喧嚣的浊世让心灵蒙上了浮尘，而寂静的书香却涤荡了心中的尘埃，质本洁来还洁去。在宁静中，心灵返璞归真，回归到最初的纯真，灵魂重返净泊。阅读，不但使人获得了精神补给，也可以培养一个人的气度。好书相依，既涵养了你的灵气，又使你自带书卷气息，正所谓"腹有诗书气自华"。博采百家之灵气的书籍，荟萃了中华文化之精髓。书籍，于潜移默化间，陶冶了你的情操，修炼了你的性情，净化了你的心灵。是阅读，使你变得儒雅，超凡脱俗；是阅读，使你变得优美，卓尔不群。书之睿智与馨香，于经年中已浸透岁月的尘烟与沧桑，浸润到你的灵魂。

读书，实则也是一个质变的过程。在阅读中，你的思维会拓宽至一个新的宽度，量变最终会导致质变。你的思想会更加成熟，心界也会随之阔达，境界亦会有了美好的质的提升。

让我们一同泛舟书海，享受如苏轼般"腹有诗书气自华"的豪迈人生吧！静心怡情研诗精，畅气轻体有所从。笔墨纸砚为高雅，自得其乐挥毫中。

读书，是本真的寻找。孟子云：学问之道无他，求其放心而已矣！读书能让人不失本心，秉具真性，在渐迷离、渐模糊的自我流失中找精神的碎片，回复真实的风景。

读书，就是以书香蕴心香。明人于谦在《观书》中写道：眼前直下三千字，胸次全无一点尘。书心灵的洁净、精神的芬芳、智性的能量全在于读书。读书是一种生存方式，一种纯粹的精神生活，最能解放我们心灵的，莫过于读书。读书改善人的精神世界，提升人的精神生活质量。

久远年代的诗词里，"海鸥无事，闲飞闲宿"，是何等悠远辽阔的心境；"闲敲棋子落灯花"，说的是那么清幽雅趣的意境；"人闲桂花落，夜静春山空"，则宛如一幅隽永的水墨画，定格在那花朵轻绽的刹那。

笔墨如雨，思念在远方

看过满城的夏花，那妖艳的美，是那即将荼蘼的昨天，也许明天便是香消玉殒一地，望着姹紫嫣红的朵朵，却怎也欢喜不起来，爱如夏花，只开半夏，你们这般的努力，又是为谁开着？这半夏的时光，你们可晓得？

余下的日子，要怎么来度过？合拢盛夏这一章页，慢慢回到钟爱的文字里，也许仅有这点文字能懂得其心思，不离不弃，那让念想在文字里肆意张扬一次，随意随性一回，好吗？

守着厚厚的《辞海》，在错落的字词中，排序出秩序井然的段落，注入情绪，然后慢慢在文字里读你，时而风花雪月，时而落寞成殇，你如一部旧电影，在断章断词中停停卡卡，而念想如澜，在光阴的韵脚里，独自雀跃成歌，将一笔笔落下，然后在一方，静静地一个人去读你，读你在落笔成花中、读你在离殇的平平仄仄中、读你仅在这方文字里。

每一个人都有一方城池，一方晴空，兀自演绎，兀自欣喜，一笔笔杏花雨，于生旦净末丑中，争相上演，一腔腔的柔情起舞，游弋着那笔淡淡的心绪，微妙的情感。念着，红尘中不期而遇的相识，编织着淡淡的欢喜和美好，在覆满葱绿的陌上，细细体会，不知能否触动你的梦乡，从此生根抽芽。

也许仅仅是那段时光明媚了眼中的风景；也许仅仅是夏花的刹那美丽芬芳，触动了眉心的春城，才念念不忘，一次次地涂写着锦上花，只愿岁月枝头为那一点念想留白，写一厢不忘，写一纸地老天荒，婉转相拥走过的时光，旖旎相惜相许的年华，让这点脉脉柔情在字里行间，尽情流淌，静静地去温暖内心期盼的情长。

在文字里读你，读你微笑如初的心动，读那笔潺潺心声，于每个清晨，第一缕阳光，温润花蕊中的露珠之时，欣喜着那滴纯纯，忘忧着心底氤氲的碧波，那蒹葭之思，在这般寂静里得以安暖，让这般淡淡心曲，织画一幅梦幻的紫竹林，在此，谈及往事，静静去柔润眉底的痴念，那时仅有一个你一个我，在文里，让念想尽情在此放飞，如痴起舞。

而在事物的分析问题上，亦会有你自己独立的思想见解，而不致盲从于人。读书，也是使你内心充盈强大的一种内力来源。而你的生命，则在阅读中渐变高贵与优雅。

花红花落，年年复复。在春秋静然更迭里，在岁月如常旋转中，沉潜于书香。在自恬自淡里，在坐拥书城中，从青涩读到皓首，也自无怨亦无悔。抚卷沉思，于书籍中，你的灵魂与世间那些最优秀而高贵的灵魂共鸣，或感叹尘世薄凉，或感悟人生至理。手执书卷，即便世态炎凉，有书籍相伴生活左右，抚慰尘世苍凉，亦不失为人生之幸。

被命运的大树影响过的人，不会轻易被生活打败。在这个世界上，有经历过大起大落、大荣大辱、九死一生而百折不挠的人；有遭遇过多舛的命运、遭受过灭顶的打击而顽强拼争过的人。读这些人物的史书与传记，常常让人热血沸腾，灵魂震撼。这样的书，连缀在字里行间的，都是精神之钙。读它，可以使人变得刚强勇毅，不畏强暴，不畏艰险，淡定地面对生活呈现给自己的一切。即便真的遭遇了人生的不幸，也会泰然自若，从容应对。书更是使人走向成功的阶梯。

寂若安年，与文字缠绵

文字里，有花香飘过。飘过一个人朦胧的窗幔，飘过一个人清水盈盈的心扉，飘过时光潺潺的长河。

午夜淡雅恬静的文字，散发着心灵的点点微茫，盛开着另一种人生的柔和之美。这样的夜晚无疑是充实的、安暖的、富足的。

文字，人温柔的心语，在心灵站立停驻的地方，就是最美的风景。

在盛开的文字里，寻一份别样的清雅，让灵魂开出片片洁白的花瓣。

爱文字的人，有着一颗水晶的心，里面装满了爱、善良、诚恳和温柔。

是空间里一道温婉的风景，阅读她的人会更加被那清香陶醉。

满月高悬，静坐桌前如泻的月辉里，只因心中怀着美好的意象，寥寥数笔，那文字便有了诗意的韵味，那段落里便生出了一溪活水的明净。

人生风一程雨一程，雨后的落红藏着她最深的悲悯。她把人生中不能排解的寂寞化作了窗台的落花，化作了枫林间轻舞的枫叶，化作了悠远的一朵白云，化作了雨巷里那枝忧郁低垂的丁香花……

文字是平凡的，爱文字的男人和女人亦是平凡的。这个世界上，有多少事物不是因为一份平凡而彰显着它令人心动的美丽？平常却不平庸，不仅仅是你想象中的精美，更是你捧读时候不忍放弃的经典。

喜欢用饱含着真情的文字温暖自己，喜欢闲花飞落的时候，站在小楼上静看风景，他们喜欢细雨蒙蒙的黄昏，听雨珠在檐角敲打出的别样的声音。

爱文字的人喜欢在清茶禅乐中静沐心灵，还原心灵简洁的颜色，并且将文字拈成指尖一朵禅意的莲花，会一直在一段无瑕的文字里保留着最纯美的一种心境。

爱文字的人，喜欢高山流水的情怀，也希望有一颗知音的心能与她冰清玉洁的心灵相遇，从此共奏和鸣，美丽了时光的书简。或许这只是一个美丽的梦，但是有梦的人生又如何不是一种美好？

爱文字的人安静、矜持，不张扬，不饰华丽。只在文字的田垄上坚守一份纯洁的耕耘，这份爱也光华了她心空的那轮永不坠落的明月，浪漫了脚下的每一级铺满落英的台阶。

爱文字的人不一定有着美丽的外貌，但是一定有着异于常人的温婉细腻的情感。一颗美丽的心从内而外散发出的优雅高贵的气质，胜过了那些外表的光鲜之美。

把与生俱来的多愁善感融在了一笔挥就的段落里，把那些风花雪月里的美沉淀成笔尖的记忆，把心灵里最美丽的诗行留给最懂得珍惜的心扉。

迷惘时，借文字淡化着人生的种种失意和挫折，在文字里沉浸一段往事的回味，并用那些美丽的往昔温暖了现在，坚定了明日的征程。

文字是人的眼眸，它会微笑，会流泪。仰望明月镶嵌的深邃的夜空，聆听唐诗宋词里的花香流过的风韵，在万盏星辉里搜寻一双自己至爱的眼睛。

　　爱文字的人，已经习惯了夜色里的安静，完完全全地把自己的身心交给了夜色里的文字。此时此刻，文字便是他们身上的一袭暖衣，是心灵最贴切的慰藉，是心房最亲密的爱人。

　　当文字透过夜幕下灯盏的光芒，轻抚着心房的每一寸肌肤的时候，便嗅到了他们心谷的清香，便感受到了腹有诗书气自华的知性嫣然之美。心底无尽的芳香，在夜的思想的田垄上飘过，在生命的文字里，为那个至爱的身影飘动着一头黑发，美丽潇洒，永远保持着青春活力。

　　爱文字的人，用文字去感觉心中的情，用文字去感知他们心底的爱。坐在流年里看风景，把看到的风景写成了诗。相信人生中，有一种相遇在文字里，有一种牵手也在文字里。

　　每当白雪飘飘，或枫叶染红山峦的时刻，或者夏花烂漫、春红正浓的时刻，都会在文字里轻轻踮起脚尖，为远方那颗爱着的灵魂深深地眺望。淡而悠远的文字里，有浅浅的花香飘过，在一首透明的诗里，不说想念，心却早已为他如水……

　　时光若水逝，岁月亦不言。在书香的沁染下，你的生命源自内在缓缓生发出的一种灵魂的馨香，暗香飘动。生命的韵味历久弥香，宛若一朵幽兰的那抹芬芳清远。

　　书之馨香，安暖了生活所寄予你的岁月寒凉。丰盈了你的灵魂，厚实了你生命的底蕴。书之馨香，芬芳了素指流年，唯美了清寂时光。那一抹淡淡的香，于灵魂深处寂静着，安然着，成为生命里永恒的味道。

　　读书，是自性的修持与引渡。时时与大师对话，如春雨之润花，如清渠之溉稻，如朝露之泽木……

读书的神圣和欣赏，是我们如痴如醉、如癫如狂投入其中的最伟大而真实的理由。正是面壁十年图破壁的修为，我们才能一朝被点化，破壁而飞，腾空万里。

然而，浮躁的时代已经使阅读趣味异化变质得令人目瞪口呆，一目十行成了时尚，没有心的品悟、没有情的贯流、没有等待的渴望、没有新奇的触动，一切为了检索资料，为了文凭、论文、谈资、逞才，目标明确。

古人云：不为因果方行善，岂因功名始读书。想想古人的心境，境界，我们能不愧煞？读书的目的自然有千式百样，本也无可厚非。然而，如果丝毫不为一点趣味，不凭一点情致而读书，实在是一件很悲哀的事。

寂若安年，如若少年。喜欢寂寞，喜欢与文字缠绵。我的世界，从此日光倾城；我的青春，从此遍地花开。安静的年华，与文字为伴，此生足矣。

文字，美了心灵

　　清晨，一抹朝阳透过薄薄的云层射向大地，朵朵飘浮的白云就像流动的音乐，滑过碧澈的天空，清脆的鸟鸣穿过郁郁葱葱的枝叶飘入耳膜。凉爽的晨风穿窗而过，端坐在窗前，让自己沉浸在晨曦的光晕里，心底，泛起柔柔的情愫，这便是恬静的味道。

　　当喧嚣湮没了周围的宁静，独处的清幽就成了最美的奢望。一天中最美的光阴，莫过于静静地坐在时光的角落里，拂去所有的喧嚣，让心灵沉淀下来，茶香袅袅中，捧一卷诗书，细细品读。婉约清新的文字，如清冽的溪水，洗濯着疲惫的心；又似轻柔的晨风，清爽着燥热的心。

　　在文字的国度里，没有尔虞我诈，没有利欲熏心。有的，只是一份清逸，一份闲适。扑鼻而来的淡淡墨香，瞬间陶醉了心情，驱除了烦扰。将心根植在文字里，感受书能香我何须花的朴素。铺开记忆的素笺，捡拾生活的点滴。让万千心情在笔尖潺潺流淌，释放内心的块垒，记录难忘的瞬间。不奢求"采菊东篱下"的世外清幽，但求一份"行到水穷处，坐看云起时"的淡然清逸；不奢求"世人皆醉我独醒"的孤傲不羁，但求一份"穷则独善其身"的洁身自好；不奢求"一蓑烟雨任平生"的达观超然，但求一份"白云依静渚，芳草闭闲门"的与世无争。

在喧嚣和繁杂交织的生活中，文字于我，是慰藉心灵的美味佳肴，是醇美馥郁的美酒佳酿。在文字的香径中徘徊，看陌上花开，赏柳梢月圆，心如一块莹白的玉石，晶莹剔透，纯净温润，浮世的嘈杂、奢欲，在文字的世界里瞬间遁形。

文字，唯美了时光。

很喜欢白落梅的文字，她说：在这喧闹的凡尘，我们都需要有适合自己的地方，用来安放灵魂。也许是一座安静宅院，也许是一本无字经书，也许是一条迷津小路。只要是自己心之所往，都是驿站，为了将来启程不再那么迷惘。

当握不住时光的匆匆时，当无法排遣浮世纷扰时，当心迷惘如不系之舟时，学会将心安放在文字的清幽里，让心停下来，驻足欣赏生命驿站的每一处风景，让文字的馨香明媚烟雨缭绕的心情，让文字的清新澄澈浮尘弥漫的心灵。

也许，万紫千红中，我不是最娇艳的一朵；起伏连绵中，我不是最巍峨的一座；浓荫叠翠里，我不是最挺拔的一棵。但是，我可以做一株小小的常青树，缠绵精致，四季常青。盈一颗与世无争的恬淡之心，在玲珑岁月中，捡拾生活的点滴，采撷光阴里最美的瞬间，种植在自己的精神家园，让心灵的家园翠绿蔓延，静谧简朴。

我非常欣赏昙花的品质，她不急功近利，不争宠于群芳，只求一瞬间的辉煌就已心满意足。岁月的河流中，漂浮着欢愉，也漂浮着忧伤；漂浮着遂心，也漂浮着无奈；还漂浮着太多的诱惑，太多的奢望。如昙花般简单恬静，盈一颗宠辱不惊的心，得之，淡然；失之，坦然。打捞一份花开不落的厚重与美好，甚好。

相信，生命本身就是一个奇迹。你看，一枝从污泥中长出的夏荷，竟开出雪一样莹白的花儿；一只又小又黑的萤火虫，竟能在黑夜里发出闪亮的光；一只其貌不扬的小鸟，竟能在枝头唱出小提琴般美妙的乐曲。茫茫红尘中，每个人都是无可替代的唯一。辗转岁月里，只要能找到心灵的港湾，能为心灵找到方向，就能缔造最美的自己。

我的目光再次回落到窗外那一树葱郁上，瞬间感到了生命的蓬勃与活力。

你看，那遒劲的枝干旁逸斜出，繁茂的枝叶亭亭如盖。早晨的阳光透过树叶的缝隙，洒下参差斑驳的光影。郁郁葱葱的绿色点缀在一排排褐黄色的楼房中间，像极了一幅简朴恬淡的画。往日，生活的烦琐淹没了闲情逸致，竟没有时间欣赏身边的风景，竟漏掉了许多美好。

岁月已向晚，凋我陌上花。时光渐行渐远，依着文字的馨香，渐渐明白，有些路，需要用脚去走；有些路，需要用心去走。渐渐懂得，在起起落落时学会坚强，在繁华落幕时学会淡然，在红尘纷扰中学会清醒。时光，浓淡相宜；生活，劳逸相间。

红尘中，觅一隅静谧的角落，剪一段清幽的时光，一杯茶，一卷书，细品"桃花流水窅然去"的人间洞天，独享一份恬静和唯美。

一缕淡墨，流韵笔尖

　　流淌于墨香的素笺，忘情于南山的红豆，纵情于诗画的江南。每处动人的影像里，都有一段婉约的邂逅；每个折叠的故事中，都有一隅唯美的重逢，宛若灵魂的穿越。十里洋场，梦里水乡，踏莎折柳，铜雀美眷，我不知道是书中载着我的影子，还是我揽着书里的幽梦！

　　孟德斯鸠：喜欢读书，就等于把生活中寂寞的晨光，换成巨大享受的时刻。那难得的宁静，便是时光慈悲的给予。物质可以或缺，精神不可匮乏。

　　在那难挨的光阴，唯有读书，可以给灵魂指引，给思想灌溉，给生命激情。最重要的是，它可以让你浩瀚如海，气质若兰，娴柔似水。读书的意义，不一定能使你增长财富，但一定可以丰盈你的内心。

　　书籍就像一把钥匙，开启生活中的所有美好。让你更加聪慧、笃定、淡泊，让你站得更远。胸藏文墨虚若谷，腹有诗书气自华。读书的人，如一朵花，花香淡雅而悠长；如一棵树，枝叶茂盛而常青！

　　从书中获得的智慧，雨不能濯其色，风不能掠其香，月不能采其光，任凭谁都无法攫取，那便是你最大的财富。栽种于心，明朗于貌，豁然于情。连寂寞的时光，都蜕变成清欢的盛宴。

展一幅墨晕江南，走一程画卷河山。春来花自青，秋至叶飘零。一荣一枯的兴替，一花一草的简净，都会看得泾渭分明；梅须逊雪三分白，雪却输梅一段香。纵横素冬的香，天心月圆的白，各有千秋；北国万里雪飘，塞外驼铃声声，江南水乡袅袅……每处景致都会驻足，萦绕的美，在那隔阂的时空，分外惊艳。"有气则有势，有识则有度，有情则有韵，有趣则有味。"传统文化无不在展现它的魅力，声色张合的底蕴，情意隽永的阐述，妙笔生花的载体，审时度势的鉴赏。智慧的箴语，仿佛人间四月天，让人心里湛起清冷冷的细波，手中宛若被莲菏润泽，脸上好似柔风拂面。

　　"问渠那得清如许，为有源头活水来。"朱熹用微妙精湛的诗句形象地阐明，知识的获得，就像活水浇灌，不停萃取新的知识养料，才不至于视野狭窄，思维闭塞。才会"才华馥比仙，气质美如兰"，获得一份素雅的大气和自身的恬淡。

　　好的书籍，就像打开了一扇通向世界的门。会让你树立正确的世界观、人生观、价值观，让你理性地思考，让你充满正能量。让你正视真善美，睥睨假恶丑，让你行为处世散发着人性的光辉；让你言谈举止彰显着幽兰的清香；让你灵魂思想弥漫着雄浑的大气。

　　就像林语堂说的：读书的意义是使人较谦虚，较通达，不固陋，不偏执。

　　我们在书中发现了另外一个自己，从而在现实社会中自我矫正。知人者智，自知者明。在知识的堡垒中，构筑一个思想殿堂。

　　"大方无隅，大器晚成。大音希声，大象无形。"老子用睿智的话语引领我们步入道的经阁。美的事物总在辩证的自然界，阴阳冲气间。太刻意的追求会损折其本质的意境，相反"无为而治"却是解开天机的钥匙。春秋置换，在岁月的编排下，四季分明，荣枯随缘。我们遵循宿命，恪守理则，随遇而安。

书中自有黄金屋，书中自有颜如玉。那如麝香的文化，在文字的风情解析下流转四野，传承古今。

时光如绣，岁月结茧。人生是一场旅行，书里有美的风景、精确的航标、感性的独白……读书虽不能改变生命的长度，但是却可以拓展它的宽度。

我们常怀念那远古时代，有儒雅的书生扶书吟哦，有文静的文人展卷涵咏，有沉思的学者与书对凝。佳茗从来似佳人，佳作从来似佳偶，此中大有佳趣，细工慢活、轻咀慢嚼，磨出书香，磨出心香。想起学贯中西的陈寅恪大师的以古典的心情打磨经典，顿时齿颊生香，心中一直书香无垠。

邂逅墨意

　　夜寂，聆听，风吹灯火摇曳梅花落，窗前寂寞，聆听一曲音乐，翻看些动人的文字，一缕墨迹里温馨安暖。看到动心处，低眉，浅笑，很是惬意。这样的花蕊女子过着一朵花飞花落，暗香盈袖，微风细雨的诗意人生。

　　清晨，一样步履匆匆，一样水袖盈舞，歌音迤逦，尘埃里翩跹，微笑着，行走于追寻灵魂圆梦的路上。

　　每一个含蓄温婉的女子，都有两个世界，一个明媚现实里奔波着，幸福着；一个在静下来的时候，听灵魂低语，相遇，相知，一如在屏幕的另一边，指尖敲打的是心灵的语，温暖袭来馨香的气息，无论是怎样的分分合合，天涯念在远，或是，终究别离曲，却是岁月无法抹去的这一方净土。升华的灵魂，美丽了心情，幸福了高贵的寂寞。唯有，珍惜，珍惜，指尖上最为珍贵的记忆，那邂逅的美丽。

　　一盏清香的贡菊，轻抿，静静地看，每一朵花蕊女子无不是将花瓣一样的心绪碾磨成词，柔情铺开了真挚纯美的情感，字里行间最是花蕊女子率真温婉的柔美，晕染着冬日一束阳光的安暖，灵魂穿越了不可穿越的距离，相知，相惜，沿用丰富的内涵，将文字开成青色的花朵。

　　于这喧嚣脚步匆匆的尘埃，寻一处寂静纯净的地方，可以无限放任率真的自己，安放自己的灵魂，想说欲说，悲喜随性，相悦知己，相悦自己！无关其他，在洁白的纸笺上，将人生过往那美丽优雅的记忆藏匿字里行间，任陨星流年那一寸的光阴里幽香犹存，四季花开安暖。尘埃里，低眉凝思，团扇半掩，一缕幽兰香息飘过，似聆听到迤逦的歌音，那曾经葱茏如水的年华，你将深情晕染的粉烟如画，绣织华美，纯真。

站在人生华美的舞台，任雪白的衣裾曼飞，千树万树梨花开，在你纯净的眼里，世间的一切都美好如初，真挚明媚，即使是冰凌的冬天，也可以看到鸟们欢歌，麦芽儿翠绿，小小的生命顽强积极，每每期待着春天，将绿色的衣裳给原野穿上。

如今，回头，又见雪落纷纷，问谁？经过多少花开花落，雪化山碧，秋风萧瑟？陌上花蕊女子已然年华霜染，素锦人生，微笑着，看梅纷纷零落，唯有幽香息。

又是一年过去，斜阳，渐渐隐入山岚，冷风凛冽，倒春寒这寒冷的世界，荼蘼早已谢尽，唯有寂寂梅花香，积极饱满，孤高自芬芳。风，萧瑟着初春的季节，门槛外烟雨茫茫，想起，曾经在这水岸边坡堤上，菊恣意绽放，那时该是清灵高洁，却因为开得太过哄闹，纵然独自芬芳，却也有些妖的魅惑。冷飕飕，贴近一江瘦水，看舟船渡来渡往，还犹抱枝头未见休。

唯有那临波仙子，在潜伏的春寒料峭里，涉水而来，仙香国里游弋，带来那一抹纯粹的碧色，呼唤着春天。菊、梅、水仙，这三种花束是三朵花蕊女子，无论妖娆还是清高，谁说不是各自独特？随遇而安，且异常的冷冽清香，不问缘由，不问世俗，自是芬芳香彻骨！

那些曾在四季恣意开放的花儿，今零落，到处都是它不甘心的寂寞。

唯有世界盛开的每一枝独特花朵的女子，或灵秀，或清高，或温婉诗情，越淡然，越落寞，越是顾影自怜，被爱越多，愈寂寞，那是高贵的寂寞，酝酿灵魂吹奏率真的短歌，于寂寥的窗前，独自低吟浅唱。现实里，必然是将自己每日的生活，用暖色调调色，描摹亮丽的彩墨丹青，送给自己，温暖，入心，无其他，随意而欢喜。

静静地在这里，沉寂，香息这一朵冬日瘦瘦的花朵里，站于山顶，空阔的天空，有云，飘摇，于山涧游离，一袭薄薄的洁白的衣裾，清灵如羽。

每一个寂寞素衣女子，心事有时候温暖得会如枝头上，那些柔美的翠鸟，低眉，温婉，浅笑，良善独自欢喜。淡看风云迭起，邂逅轻别离，孤寂的城池，独守一池宁馨，有花香盈袖，蝶影轻盈，墨舞翩跹的美丽，寂静，听雨，回廊品茗，茶香四溢。紫红的菊独自摇曳微涩的高洁，清寂，热烈芬芳，独自赏。想那花开三月，幻梦难醒，谁人留得春常住？

经过绚丽与葱茏，风卷走一朵墨香女子最后的华丽，退却大红帷幕人生的舞台，一切都不那么在意，锦绣彩袍，胭脂眉，淘尽尘埃。

许一眼眸的清灵，干净的笑意，着一袭布衣，听歌，喝茶，翻看古诗词意，在前人的世界里找到相同的自己，抒写一滴墨香，暖岁月沉寂。

暮鼓声声，寂静自我的世界，孤高寂寞的女子，唯有将这真挚的情感，温暖的话语，炙热缤纷醉心的过去和现在，锦绣记忆的画轴，纸张上描摹，明媚流年时光。这些抒写文章诗词的花蕊女子，无不是如这盛开的紫色花朵，迎着阳光，明媚，温润情怀，缀满，素锦人生最美诗行。优雅着步履，走进烟尘喧哗的人群，凝听最真最纯美的声音，不再匆匆地行走，急急地奔赴，只在阳光下，悠然独行，轻缓的人生里惬意。人生萧素白，墨香女子，原来，也是一笔淡彩的山水画意，悠远而黛色清美。

墨意，飘香

牵手一滴悬眉的月光雨，滑过千扇清风的悠然，是谁的，凝魂绿荷，闪亮一眸灵动的露，寄情于我的旅程？

门前的湖光山色，七月流韵。安然的竹坞，轻捻一指静念的平仄，如若，念在梦枕，那么，有谁，共赴一场，化雨万河共舞清阶的绿荫！

这植在岸滩的景，谁，涉过千山万水，循着我的小路，找寻了那一枚凌崖的芝草，自聆听的掬水的舷舶，拥抱青天的空净。或许，上一世擦肩的路途，这夏谷，欠谁了，一弯温软的弦月的拥抱，一路而来的润心的雨季，在我的幽谷栖息，坐落一脉古典的风情。

生命的路，悠长。只听，清谷两岸猿声浅啼的清梦，在这如春的四季里，盈握了谁的素手。只以，那一句淡淡的问候，对坐成茶香知意的后来的而今。

这谷中，没有了尘嚣，清苦一袭在水的心泊，谁，将这拾阶的玉露，于竹堤，清煮一壶茶香的遇见，远水，凝烟，荷颜，清淡。

我的琴声了无终了，仅以溪水敲石的潺潺，渡过空碧山峦，在昼、在夜、在四季，缭绕一怀青苔回答的感官。谁，敲节和韵，拈子落风，以一匹瀑花度化七世诗篇。

轻拥这熔融漫谷的湿润的流韵，我的山居，是一支未名的歌，只字，只句，于聆风洗心的一杯清茶里，起手成形，挥袖无势。我在牵引的静心的曲调里，不用回头，就知晓，挑灯落宣的声响，天籁般，于谷口悬挂一匹盈眉的藤蔓。

穹空相约，心，比自深井竹桶掬起的一碗甘冽，入喉，纯和。流萤路过，一泓幽潭，夜语成琴。

谁，与日月淡坐琴抚，拈一瓣心香，幻为枕香的青石，于我的，淡淡深深的字句里，与星河对弈。清绘的丛林，漫怀为河，充盈了夏花的叶肥瓣瘦，渺渺的，这谷外的无垠的天边，是否留下一行行走彼岸的足印，浅浅，忘返。

我，在千峦轻流的溪畔，绘月为字，描云成虹，仍是，有谁，寻我，宁愿生长为荷池小堤上拂月的芦苇，絮花，漫檐，成梦。

一口深井蕴含一腔寰宇。谁的念，于谷口，披上青山，花开绚烂的一岸涛涛，星光化晔，执着地筑篱守壁，于我的林深谷幽的竹桥下，浣濯手足，静语，深远。这铺展浮光的壁，简单着，瀑花剪影，滴墨成香。玉盘清凉的七月，一朵寻禅的夜，以雾的形态掠过竹林，披峦为裳。

塬塬红尘，一窗心吟的雨季，沉醉，淡雅，在我的石阶斟下极致的茶意，走在指间挑捻的弦头琴尾，飞，无尽。只愿，借这江南的一壶山水，携手岁月，荡然逍遥。

这永意握绿的谷，一方自然，一袭恬淡，一腕清新，一枝轻毫，已经将季节灼灼为厚重的叶脉，于掌间，阡陌舒爽，温凉为心石雕刻的墨意，于一线云水之间，静静地，栖月云烟。

不要问，我在梦的何端。清风曦月，随手落下的，纵横的笔锋，已经汹涌为笺上淋漓的横竖撇捺，只有懂得，才可以融琴抚歌，心诗，晶莹天蚕，风茗竹影。

茶 · 安闲

茶 语

茶，生于天地之间，采天地之灵气，吸日月之精华。茶里藏河，茶中有山。

一壶茶在手，如天人合一，如抚日托月，如捧着千山万水。

茶有颜色。绿茶，让你仿佛来到茫茫草原；红茶，人生最美莫过落霞满天；白茶，皑皑雪野写满晶莹生命；黄茶，黄土孕育了我的灵魂；黑茶，夜越黑离晨曦才越近；青茶，一片青草一树青叶中有我的青春……

茶有季节。茶里，泡着一个夏，卧着一个秋，藏着一个冬，孕着一个春。

天天喝茶，品尽四季；一生喝茶，品尽人生。

郑板桥品茶曾邀"一片青山入座"，我品茶欲请一条大河作陪。茶最喜宁静，人只有在天宁静、地宁静、夜宁静、心宁静中才能品出茶的真味与意境，实现与自然"润物细无声"的交流。

品茶，品的不仅是茶，品的是花香，品的是晨露，品的是轻烟，品的是和风，品的是夕阳，品的是月光，品的是江水，品的是春色，品的是万物，品的是大自然，品的是岁月……品茶，品的是心。

茶，只有投身到沸腾的生活中，全身筋骨才能舒展开，才能将自身的能量与价值释放出来，才能散发出最浓郁的生命之香。

茶，如果只是把自己藏之深宅，终日静静躺在不见天日的安乐窝里，其价值永远也难显现，时间久了，还可能会受潮霉掉。

《金陵琐事》说："凡茶叶肥厚的，味道很甜但不香；茶叶瘦小的显苦涩，而苦的则香。"《茶经》也说："啜苦咽甘，茶也。"我忽然想起，喝甜茶后饮白水水发涩，喝苦茶后饮白水水发甜；喝过甜的再喝苦的会觉特别苦，尝过苦的再尝甜的会感特别甜。苦是茶的真味，也是生命的真味，好茶总是先涩后香，人生总是甘苦交叠，关键要——尝过、细细品味、时时咀嚼、慢慢感悟。有时最苦涩时正是芳香将至，最甘甜时却有苦涩暗藏……

喝茶，最惬意的是把苦涩泡在茶里，喝出的是甘甜；把烦恼泡在茶里，喝出的是快乐；把痛苦泡在茶里，喝出的是幸福……愿你我把人生所有的苦——煮沸，煮成一杯杯淡淡的清香。

唐朝陆羽在《茶经》中说，茶花的味道浓但是没有香味，香气都凝聚到叶子里面去了。

世上所有开花植物几乎都是花香于叶，花艳叶素，花贵叶贱，唯独茶树，却是叶香于花，叶贵花贱。在这里，叶虽不美却是主角，花虽漂亮却为配角；花虽争奇斗艳，叶却傲于花丛。花多美在外，茶之叶却美在内；花多香于外，茶之叶却香于内——那是一朵人间最美的绿色的花，那是一缕最醉人的心香。

好茶多生自幽谷峻岭、长于高山云雾间，不仅尽享日月光华、饱餐风霜雨露，还远离污染、嘈杂的环境，一生与青山绿水相伴。自古就有"好山好水出好茶""山秀水美茶香"之说。

好茶需少女在清晨用嫩手去采，且经少女唇吻、嘴含，虽夸张，但在采茶制茶中，手汗、身脏、口臭、酒气及器具不洁、环境污浊等均为影响茶质的大忌。

好茶品质清高、纯洁无瑕、一尘不染，"从来佳茗似佳人"（苏东坡语）。人呢？茶品即人品，品茶如品人。茶，是温馨芬芳的故乡，是清洗心灵的地方……

人们常说："一斤碧螺春，四万春树芽。"甚至一斤碧螺春要6万至7万个茶芽才能制成。我很难想象，要想获得百斤茶叶，需头戴斗笠、身挎竹筐、顶着烈日、弯着身子，穿梭于茂密茶园，用手细心摘下一片嫩绿的茶芽，然后放入竹筐，这样的动作竟需要重复六七百万次……原来，每一缕最浓郁的茶香都源自千万滴最普通的汗水。

明代《茶疏》说："水为茶母。"茶再好，也离不开水。好水沏好茶，好茶需好水。用泉水、河水、井水、湖水、雨水、雪水等不同的水泡出来的茶味道是不同的。古人曰，八分茶遇十分水，茶也会变成十分；八分水去泡十分茶，那茶也只有八分了。

水离开茶还是水，但平淡无味，茶离开水不是茶，一滴水的芬芳在于茶，一片茶的芬芳在于水。水，是茶的知音；茶，是水的情人。茶一生为水而绽放，水一生因茶而芳香。女人如水、男人如茶，最好的茶与最好的水相爱，是人间最醉人的爱情。

"莫道醉人唯美酒，茶香入心亦醉人。"茶是一种很有灵气的植物，与自然之水结合便会成为清香之水，让你饱尝春天的味道；与心灵之水相融便会成为灵魂之水，让你尽品生命的真味。

上有草，下有木，人在草木间，乃古老又年轻的"茶"字。不知古人为何要这样造这个"茶"字？其实，茶真正的味道蕴藏在拥有人间最美大味的山水草木之中。人在草木怀抱，人与草木相依，人同大自然融为一体才能孕育出世上最浓郁的茶香。人脱离大自然或任意践踏大自然，还会获得这缕缕清香吗？

每一种茶有每一种茶的味，高山茶不同于丘陵茶，丘陵茶不同于平地茶，即使同一地产的茶味道也不会完全相同。而每一个人饮的茶又有每一个人的味，每一次饮又有每一次的味。再好的茶不一定适合每一个人的口味，再苦涩的茶也有人能喝出芳香。

茶，在不同时间喝有不同的味，在不同地点喝有不同的味，在不同季节里喝有不同的味，在不同天气、景色、氛围（如月下、花前、竹林、雨中、雪夜等）喝有不同的味，在不同心情下喝有不同的味，与不同人喝有不同的味，不同文化修养、不同性格、年龄的人喝有不同的味……

茶有千般味，人有千般味，只有自己知。有时一杯茶、一个瞬间，即可铭记永远、香透一生。喝了多少茶，什么茶的味道也不如母亲亲手沏的茶香味浓，可惜我已经永远喝不到了……

据说，白居易一生与茶为伴，早上饮茶，中午品茶，晚上喝茶。他一天要喝三次茶，一年要喝千余次茶，不知喝掉了多少朝霞、喝掉了多少夕阳，甚至连诗人眼中的朝霞、夕阳，也散发着一缕缕绚丽、醉人的茶香。

那天，白居易端着茶杯，不当心倾洒到地上一点儿，如倾洒下一片金黄的岁月。诗人的茶杯里，是不是浸泡着一个盛唐？千百年前唐宋朝的茶我们肯定喝不到了。可有时，读一读李白的诗，吟一吟苏轼的词，将其浸泡在思想的茶杯里，我们仿佛还能品尝到唐宋那久远的清香。若将唐宋作茶泡入水中，那喝出的一定是甜美诗词的味道……

茶香袅袅，茶思悠悠。茶滋润了中国数千年。假如没了茶，中国还是那个中国吗？中国自从喝了茶，芬芳已浸透汉晋唐宋元明清的历史。千年后的中国，全身上下是否仍然会散发着这古老、灿烂的茶香？

一壶茶的芬芳，属于一片片茶叶，是每一片小小的茶叶以及爱茶的人共同创造的。茶望着我，我望着茶；茶伴着我，我拥着茶；茶知我心，我知茶意；茶中有我，我中有茶……离了其中之一，世界也不会如此芳香。

家，是你杯中的茶，你也是家杯中的茶；故乡，是你杯中的茶，你也是故乡杯中的茶；岁月，是你杯中的茶，你也是岁月杯中的茶；人生，是你杯中的茶，你也是人生杯中的茶。

你品着茶，茶其实也在品着你；你品着生活，生活其实也在品着你；你品着今天，今天其实也在品着你；你品着未来，未来其实也在品着你……

人如一杯茶，凉热浓淡浮沉聚散青涩甘苦，茶有人也有；一杯茶如人，杯中水一直太满只会溢出也只会待在原处，时时不满才能端起一个金黄的世界。

世界说大是大世界，说小即一壶茶。几丝感悟，些许伤感，滴滴眼泪，种种心情，半生荣辱，一生得失，所有情与爱，都尽在这或浓或淡的茶里了。

往事如茶，岁月如茶，歌如茶，思如茶，情如茶，爱如茶，风如茶，夜如茶，月如茶，秋如茶，生命如茶，天地如茶……心中若有茶，天下处处皆茶，石头也温馨，时间也芳香。一辈子从不知茶滋味的人，枉为人一场。

刚刚采摘的新鲜芽叶要及时加工，否则便会影响茶的品质。时间，对茶来说至关重要。酒越陈越醇，茶越新越香。时间一久，茶原有的色、香、味难免会丧失。同样的茶，今年或飘着缕缕醉人的清香，明年就可能散发出异样的陈味。

茶，只因仅有一个很短的春天，所以才将生命芳香尽情倾洒至绚烂至极；人，自以为有很多春天，所以才一年年白白度过。可人的春天真的有那么多吗？！

那天，看到不知是谁倒在墙角的一小堆茶叶，我忽然想起，在昨天，它还是那么香味扑鼻、沁人心脾、浓郁甘醇、唇齿留芳、天生丽质、清幽悠远，尽显青春的无限魅力。可今天，怎么就成了被人弃之的垃圾？茶的芬芳时光既宝贵又极其短暂，人的时光呢，不正如茶？

那天，我和朋友一起喝茶，忽然感到我们每天其实都在时间之水中不知不觉地"品"着昨天茶、今天茶、青春茶、理想茶、思念茶、情感茶、奋斗茶……端起一杯茶，或端起小溪，或端起大江；或端起残月，或端起旭日；或面茶而哭，或对茶当歌；或以泪水泡茶，或用汗水沏茶；或一辈子清淡如茶，或一生沸腾如茶……茶杯虽小，能装下人漫长一生，能装下一个地球。

有人说："酒是诗歌，茶是哲学。"我有同感。做酒，欲用一生饮尽天下忧；做茶，要为世界溢出一生香。做人不也应如此？！

人生如茶

　　闲暇时，喜欢坐下来，沏一杯茶，静静地欣赏茶叶在水中跳舞，时间久了，会发现：新茶在水中，会像在茶树上一样生长，而旧茶，一旦进入水中，便会杂乱无章。多像一个人，不管遭遇到什么，总会保持着性格，不会轻易改变，但是，随着时间的推移，就会慢慢地失去自己的品性。少不更事时，我们如鲜活的新茶，充满了幻想和渴望，认为自己可以征服世界，可以改变周围的环境，可以左右自己，就像新茶在沸腾的水中一样，即使在100摄氏度中煎熬，也会伸展自己的拳脚，打开束缚自己的局面，有着不可动摇的愿望，直到溢满芬芳。那时我们以为这个世界上只有自己，当长大后，明白自己的天赋其实只够自己做一个不错的普通人。这时，就像炒制茶叶了。如好茶一般，在温锅中慢慢地揉炒，长达数小时，等待茶中味道慢慢集聚，还是如初茶样，在加热的锅中忍受不过半小时，就会急匆匆地出来，人品如茶性，在生活的这口锅里，你的灵魂可以经受多少次揉搓，你的品性高低就会有多少不同。一个人，要经历多少次的磨难才能品味到人生？谁也不知道，也许，一生都会如愿以偿，顺顺利利，可是，大部分人却不会那么幸运。生命是脆弱的，身体生下来就可能虚弱，疾病缠身，甚至有所缺陷，这时，会不会接受命运的考验，微笑着面向厄运，与之搏斗，如流星般，划出璀璨的光；在需要父母怜爱的时候，享受不到亲情，能不能坦然接受，勇敢地走下去，如小溪般，缓慢而坚定地到达理想的彼岸；在父母年老多病的时节，能不能如爱护婴儿般，细心地照料，如长辈对于自己幼时的细腻；在爱人遭逢困难的时刻，能不能如亲人般，不离不弃，提供一片栖息的港湾。人道，将在措手不及的时刻得到真正的考验，人品，会在无法预料的局面前展示在人们的眼前，这时，灵魂将会遭受凤凰涅槃般的痛苦与磨炼。石韫玉而山辉，水怀珠而川媚。在人生坎坷中，经历了过多的磨难之后，在学会了坚强的同时，我们的心是否沾染上了冷漠？在日渐仓促的生活中，在感受了诸多无奈之后，我们的心是否结茧而沉重？在永无止境的辛劳中，在品尝了无数苦涩之后，我们的心是否迷失了自我？在经受了失败之后，在吞咽着苦涩之际，我们的心是否放弃了自我？天生我材必有用，现在还这样坚信吗？苔花似米小，也学牡丹开，此刻还这样执着吗？茶香高山云雾质，水甜幽泉霜雪魂。心在，追求就在，魂洁，幸福就来。其志难移，纵千般烘炒，万遍搓揉，历尽艰辛成极品；斯颜不改，况一任卷舒，几番起落，自甘淡泊散清香。很喜欢明前茶，总觉得喝起来有一种特别的味道，一种很清冽的感觉。跟朋友说起，"味道就一般了"，他们总是这样回答我。怎么可能呢？清明前后，乍暖还寒，有时候的天气，就像冬天一样冷意逼人，很多人，冬装都会等到这个节气过后才会收好。

　　这就是明前茶那么珍贵的原因吧。一直以来对它青睐有加，并不是它的味道，而是它的品质，对于这心仪之物，口中自然就会带着宠溺。所以，会品出不同的滋味。其实，茶叶都是一样的。生长时，要吃苦，到了成熟后，更是要面对更为残酷的考验。那么鲜亮的生命，放在锅中烘炒，还要不失掉本性，尽管看起来已经服服帖帖，但是浸入水中，又会激发它生命的本能。

一个人，静静地独坐于洒满阳光的室内。用一个精致的玻璃杯冲一杯茶，看那茶在杯中，在水里不断地浮沉，翻腾。那原本细丝般的茶叶在水中慢慢地柔软、舒展，悬在空中，又不断地沉入杯底。漂浮在水面的又一点一点地悬在空中，渐渐变软，展开，完完全全地沉淀下去。这一过程，似乎有不断的挣扎，痛苦的思索，无奈的沉浮，然后一切又都归于沉寂，融于水中。杯里的水渐渐变了颜色，原来纯净而无色的变为淡黄，仍是那么纯，无一点杂质。茶叶全都沉入杯底，水则澄澈在小小的杯中，与茶叶共同酝酿出一种宁静的优雅。杯口有袅袅的茶香飘散，氤氲一室的意境。

此刻，你静静地坐在那里，看茶叶融于水的全过程，你一定有所感悟，感悟茶与水的排斥与融合。然后，啜饮一口，那种沁人心脾的微苦、醇美，让饮茶的人有一种说不出的感觉，不知是苦还是醇美，或者是由苦而醇美的感觉更加珍贵。不知是品茶还是在品味人生，或者茶如人生。

唐代的诗人钱起有一首《与赵莒茶宴》。诗曰："竹下忘言对紫茶，全胜羽客醉流霞。尘心洗尽兴难尽，一树蝉声片影斜。"就极有意境，就有了"道"的意味，也有了一点点的"禅"味，也是悠然心情极好的写照。

我们的祖先之所以对茶情有独钟，将它升华为"道"，是因为它符合佛、道、儒的"内省修行"的思想。所以佛家可以跳出三界外，可以了却红尘因缘，却是难以了断茶的情缘。沏一杯香茗，对一盏青灯，手捻一串佛珠。无论是面壁十年，还是打坐于佛前，或者风轻云淡对高山流水，都会坐出一片意境，悟出一种禅机。

佛教是强调"禅茶一味"的，以茶助禅，以茶礼佛，在从茶中体味苦味的同时，也在茶道中注入佛理禅机。"莲"在佛教中有清静修为的隐喻，茶则是佛教出尘入俗的媒介。一杯清茶可佛可俗可道，亦可悠然。

道家学说则为茶道注入了"天人合一"的哲学思想。树立了茶道的灵魂，同时还提供了崇尚自然、崇尚朴素、崇尚美学的理念，和重生、贵生、养生的思想。

一杯清茶在手，独坐于清风明月之中，人与茶都成为大自然中的一部分。饮茶乎？悠然于天地之间也。

茶可道，就有了禅机，就将茶提升到了一种精神境界，一种美学境界，就有了茶道"五境"之说。所谓"五境"，即茶叶、茶水、火候、茶具、环境，同时配以情绪等诸多因素，以求"味"和"心"的最高享受，被称为"美学宗教"。

用一种紫砂杯沏茶。把水冲下去，看不见茶叶在水中沉浮、翻滚的样子。隔着厚厚的杯体，猜不透茶叶在水中是开心地舒展，还是痛苦地挣扎。盖上盖，静静等待，等待那茶叶与水交融后所产生的新的体味。过一会儿，掀开杯盖，淡淡的茶香便弥散开来，轻呷一口，一种淡淡的微苦由口沁人心脾，继而散布全身。

相比于水，它那微微的、淡淡的苦味百尝不厌。茶可以解渴、解暑，消除疲劳，也可以饮出境界，饮出品位的；相比于酒，它的优点更是难以一一诉说。同为饮品，同样可以归为"文化"之内，同样有着悠久的历史，同样不乏脍炙人口的故事、传说。但茶采之于树木，冲之以甘泉，洁来洁去，带给人的是神清气爽，可以涵养人的品性。它不会耗费粮食，与人争食。它不会饮之乱性，衍生出许多靡乱的故事。

它可俗可雅，是寻常人家的常备饮品。亦可以登上大雅之堂，可以很名贵，千金难求；可以很普通，随手采摘。可以以"茶道"待之，也可以以悠然之心，慢慢品尝。喜欢茶的大俗大雅，茶可以道，茶亦悠然。

草中英，茶；食中本，麦。俱是能忍之辈，不论经历什么，都知道自己是什么，自己要什么。七十多年了，抛弃了自我，不再做韶华的梦，一心经营着小小的幸福。没有了梦，也就没有了诗，重要地体现自我的东西。现在，面对七十年的光阴，无法追忆，无从奋斗过，这七十年，就没有真正地生活过，无愧于人，最终对不起的，却是自己，年轻时的自己。是的，发现了工作的美丽，用心地去当作事业，可是，面对更多的诱惑，经常苦闷。能不能坚持下去，抑或是，有没有价值。现在，有一点后悔，有很多遗憾，只是，没有可以回头的路，只是写下来，想告诉自己，再有七十年，能不能面对这日子，还会不会遗憾。其志难移，纵千般烘炒，万遍搓揉，历尽艰辛成极品；斯颜不改，况一任卷舒，几番起落，自日淡泊散清香。闲适中，读书写字种花草，观云听雨品香茶。

香茗千万缕

　　夷陵区地处大巴山、武夷山末端，长江西陵峡两岸，重峦叠嶂，群山起伏，大部分地区属于高山、半高山和丘陵地带，是中国茶树发源地之一。高山云雾出好茶。因此，自古以来，茶叶，就是夷陵区的特产之一。几千年来的喝茶习惯，也成了人们生活中一个极其重要的组成部分，且形成了诸多的习惯和礼仪。"琴棋书画烟酒茶"，对于广大农民来说，"茶"不仅是生活的必需，更是交往的重要桥梁之一。无论是左邻右舍还是亲戚朋友，只要踏进家门，首先就是泡上一杯热气腾腾的茶，恭恭敬敬地双手奉上。在袅袅升腾的茶的香雾中，拉起那些家长里短的家常话。如果"烟不烟，茶不茶"，那就是一种怠慢，是违背人情往来的常理的。到亲戚朋友家里去，人们往往也要带上一点礼物，无论你带的是什么，我们把带的这些礼物统称为"茶礼"。而"茶礼"，据传是古代男方向女方下聘，以茶为礼的一种不可或缺的重要媒介，取其"茶不移本，植必子生"之意，是坚贞不移和婚后多子的象征。"大茶小礼""三媒六证"，甚至"三茶六礼"，一桩婚姻才算完成。曹雪芹的《红楼梦》第二十五回中，王熙凤打趣林黛玉："既吃了我们家的茶，怎么还不给我们家做媳妇儿？"文成公主入藏时，嫁妆中就有茶叶。茶叶与金银首饰一道成为出嫁时的必需品，并逐渐成为婚俗礼仪中的一部分。现在的婚礼中，还保留着一项重要的仪式，就是给双方父母敬茶，用以在自己成婚之时表达对父母多年来的养育之情。可见，茶这种出自民间，不太让人经意的物产，在人们生活中占有极其重要的地位。

所以，茶，不仅是茶，更是从官到民须臾不可或缺的一种礼仪。茶礼有缘，从神农时代开始，汉民族喝茶的历史最少也有4700多年了。到如今，客人来了，一杯香茗是必不可少的。在整个大四川，无论是在家庭组织的还是在酒店开展的喜庆活动，都会有专门的"筛茶"童子，进门一杯茶，满脸笑容地递上来，客人必须双手接过茶杯，报以感激的微笑。

如果宾客落座，主人将热气腾腾的茶恭敬地放到客人旁的桌子上，客人也要手指微屈，轻叩桌面，以示谢忱。"叩"，即"跪"。据说乾隆爷七下江南的时候，有一次，在一江南茶馆喝茶，他老人家一时性起，抓起茶壶就给随行臣子们斟茶。可把大家都惊坏了！皇帝爷给的东西都属于赏赐，按常规，接受就要跪拜谢恩。可公众场合，又不能暴露身份，怎么办？其中一个臣子于是就"屈指代跪"。于是，大家就效仿其动作，以"叩"代"跪""谢主隆恩"。后来，也慢慢演化成一般人接受茶的一种礼仪，以示喝茶人内心的感激之情。敬茶与喝茶，都体现了一种文化，一种中华民族和谐的礼仪之邦的传统美德。

"酒困路长人欲睡，日高人渴漫思茶。"喝茶，尤其是喝绿茶，也是一种养生的需要。工作累了，一杯绿茶，醒脑提神，提神益思，往往一杯茶中的咖啡碱让你精神怡然，思路再一次清晰起来。绿茶含有儿茶素、茶多酚，具有很好的抗辐射和抗癌功效，对于抑制心血管疾病和美容美肤，都有不可小觑的作用。利尿解乏，降脂助消化，以致延缓衰老都是大有裨益的。据说西藏地区，由于肉食量较大，不可缺少的是砖茶，去油腻助消化则非它不可。它在生津益气、解毒降暑、补充消耗的能量、促成肠胃的新陈代谢、保证身体营养平衡上都有着无可替代的作用。几千年来茶叶之所以在人们生活中得到重视，得到不断地强化，也是与人的生存颐养有密切的关系。就像唐朝诗人钱起诗中所说："尘心洗净兴难尽。"喝茶，更是一种修心养性的功夫。中国的茶道最早起源于陆羽的师傅皎然和尚。"孰知茶道全尔真，唯有丹丘得如此。""茶道"一词，就从这里开始。后来在唐朝，茶道传入日本，日本的茶道把喝茶喝成了一种极其强烈的仪式感，最注重的是形式。而中国人对于喝茶，讲究的则是"清、静、淡、和、真"，它是与茶人的精神追求和人格理想紧密地联系在一起的。洗净尘心，涤荡烦闷，愉悦身心，思考人生，既注重喝茶的仪式感，又注重喝茶的实用性。在历史的漫漫长河中很形象地发展到"茶礼"一词，更凸显了茶文化的一种美德传承。它与儒家的"礼、义、廉、耻"是紧密相关的，它既是一种个体性的修养，又是一种群体性的养成。具有五千年文明的中华史，茶文化的历史，是其中一个重要的有机组成部分。

许多喜欢风雅的人说，"茶如人生"。所以，就有了"茶道"之说。那些文人雅士在品茶的过程中品味出了人生的况味，就是将烹茶、饮茶艺术化，渐渐演变成为一种以茶为载体的修身养性的方式，赋予它以浓厚的东方哲学思想，使饮茶渐变为一种"道"，一种"茶道"。

茶可道，就升华为一种文化。如同佛道、儒道等成为中华文明中的重要组成部分。茶亦悠然。茶来自大自然，来自民间，用来解渴消暑，消除疲劳，放松心情。可以置于一雅室，浅酌论道，品味人生；亦可以携游于山野，放浪形骸，一壶茶里看世界。

　　茶道，在我国有着悠久的历史。它兴于唐代，盛于宋、明两代，衰落于清代。还记得明代作家魏学洢的《核舟记》那关于茶的描写吗？"居左者右手执蒲葵扇，左手抚炉，炉上有壶，其人视端容寂，若听茶声然。"文章的作者说核舟所刻大概是苏轼泛舟赤壁的情景。在那小小的核桃上不惜刻上一个烧茶的童子，可见当时文人雅士们是多么喜爱饮茶。于波涛骇浪之上泛舟赤壁，竟然有童子烧茶，还那么专心致志。这里面到底是"道"，还是一种悠然自得的心情呢？

悠然地生活

悠然生活，不是儒家脱离红尘，置身事外的生活方式，而是以淡然的心态宽待生活，在"风烟俱净，天山共色"的襟怀中，体会那种"采菊东篱下，悠然见南山"的闲适心境。

悠然生活，不是与世无争的敷衍生活，而是心平气和地从事工作与生活。

独处斗室时，你可以在书林瀚海中徜徉忘神；挚友相聚时，你可在坦荡磊落中享受怡然自乐；在平凡的家庭生活中，连最简单的锅碗瓢盆交响曲，你也可以换个角度去欣赏美感。

悠然生活，是一种平淡，却不是单调；是一种平凡，却不是平庸。你生活中善待自己、做好自己，要比善待别人更有意义。社会就是一个大舞台，每个人都有自己的角色，每个人展示出优美的舞姿，那整台戏不就演出成功啦！除了学会宽容别人之外，还要学会宽容自己、善待自己。给自己更多的时间和空间，从方方面面不断完善自己，用自己的双手创造财富，与弱势人群同享劳动成果，我想这才是人们所追求的幸福感。

要活出悠然来不容易，而活出累赘来却很简单。生命之舟承载负荷是有限的，为了不至于中途搁浅，我们必须学会减负，该卸下的东西必须果断。世上的任何事物是多面体，我们看到的只是其中一个侧面。这个侧面可能让你痛苦，那个侧面也许给你快乐，但痛苦与快乐往往相互转化，任何失败或不幸的经历，都可成为今后的有利因素。有句名言，说命运之神向你关闭一扇窗时，又将为你打开另一扇窗。用我的话说，生命之窗时有关启，当你关上一扇窗时，可能会少进一只蚊子，抑或隔离被污染的空气；而打开另一扇窗时，也许会吹进一缕春风哈！

有位哲人说得好，真正的财富，是健康的身体，简单的生活，心灵上的海阔天空。在我们生命进程中，会遇到诸多不幸与坎坷，生活中免不了牢骚满腹，其原因对事物认识出现偏差。我们怀疑外部事物是否合理，有时把简单的事情复杂化，这就不但累心费力，而且处理问题事与愿违。要学会调整情绪，往往是心情好办事就顺当。人的压力过大时，容易引发人的偏激情绪，许多人遇到事的时候，就急得像热锅上的蚂蚁，本来可以解决好的事，因为情绪不好，而弄得一塌糊涂。

尤其遇到棘手的问题，首先要冷静下来，把握事情的关键，从每个细节上，去把它处理得游刃有余。

能够悟点得失的人，才会有快乐的人生。得与失在我们心中，只是一线之隔。你认为得到就得意，反之就感到失意。人活在世上不容易，眼光要看开点看远点，心胸豁达些大度些。心态是一个人的精神状态，想要活得幸福快乐，关键要调整好自己的心态。学会在纷繁的世界中，抛却苛求，践行悠然。重新找到迷失的自我，恢复为利欲蒙蔽的本性，多一份洒脱，多一份平和。遇事学会换位思考，待人怀有感恩之心，慢慢降低对事物的欲望，欲望越高，形成的反差就越大，心态就越容易失衡。学会让自己安静，心情烦躁的时候，喝一杯白开水，放一曲舒缓的轻音乐，闭眼回味身边的人和事，梳理下自己的思绪，既是一种体力休息，也是一种冷静的前行思考。心态好起来，好运自然来。

　　凡事你往好处想，心就越开，你往坏处想，心就越窄。无论在任何情况下，自己不能看不起自己，就是全世界都不相信你，看不起你，你也一定要相信你自己。

　　如果你喜欢上了你自己，那么就会有更多的人喜欢你。要学会关爱自己，只有多关爱自己，才会有更多的能量去关爱他人。如果你有足够的能力，就要尽量帮助你能帮助的人，你自己也可从中得到快乐。当然，社会形态与国际接轨后，人们价值观念在改变，真正做到只为神佳、不为物累，的确是一件不容易的事。心中若有桃花源，何处不是水云间！

淡茶，静月，书香，雅韵

品茶如品人生。第一道茶热烈浓郁，充满激情和梦想，像年少的时光，因为青涩，有着注定的苦。第二道茶清新淡雅，充满迷人的气息，像精致温婉的成年，值得细品，回味无穷。若论品茶，第二杯最好。淡淡的香里，才可以品出最本质的味道。没有最初的青涩，少了后来的乏味。茶叶和水，于此刻有着最完美的结合。到第三道茶时，叶片已经渐渐褪尽所有的芳华，如往事慢慢沉淀，杯里的茶仿佛水般清冽，只剩得袅袅的余香，在生命的暮色里，成了不老的回忆……

暮色中，想象着和所爱的人，相对而坐，让滚热的清茶飘起的水雾，模糊彼此的面容，淡漠世事的沧桑。在夕阳的余温里，一起慢慢品味，往事里的微苦和淡香。清晨，花瓣茶最好，玫瑰、丁香、百合、野菊都可入茶。要晶莹的玻璃杯，干净透明的纯水，才配得上花瓣的优雅。轻轻品来，唇齿留香。一天的芬芳心情，从茶开始。夜静，碧螺春温暖沁香的味道足够抵御寒冷和孤寂。溶了红尘，溶了相思，溶了白日里所有的纷争与困惑。

白色的月光下，精致的杯子里散发精致的芬芳，思绪似乎也浸透了茶香，让笔下的文字格外的清新温润。生命在此刻，有着简单的优雅与从容。

读书，是与另一个灵魂的直面和对话。这个灵魂，也许高尚，也许卑微，但是真实，坦荡。所有的往事，所有的渴望，所有刻骨铭心的痛，所有无法成真的梦，都依赖那些文字的延续和表达。

一本好书，常常不是因为华丽的辞藻，熟练的写作技巧，而是在那些文字的背后，我们听到了一个灵魂最真实的呐喊和最动情的诉说。能够打动我们的那些书，常常是因为在那些书里，也有着我们回忆的影子和相似的经历吧。那些遥远的章节，和一些逐渐恍惚的片段，在陈旧的书页里，已经褪尽了所有的精彩。可是，总有些段落还保持得那么完整，连那些段落边泛黄的，深深浅浅的折痕，都会在多年后，触动我的心。

书里封存着的，是怎样的心情？那些温暖的日子里，有没有微寒？有没有一切都归于平淡之后，还会想起的伤感？

静夜，舒缓悠扬的背景音乐轻轻响起，洗去铅华，素面赤脚，窝进松软的沙发，把墙上的壁灯捻成最柔和的光，拿出白日里刚买的还散发着淡淡墨香的新书，把心沉入到另一个世界，聆听来自另一个生命的呢喃低语。

所有的负累，所有的纷争，在此刻都开始远离。我在书里变换不同角色，体味不同心境。可以对号入座，可以品评思考，可以假设想象，可以率性悲喜。已经习惯在别人的故事里，流自己的泪了，已经习惯在寂静的午夜，走近一个又一个生命，经历一段又一段岁月，试着在他人的悲欢里，了悟自己的爱恨。可是，究竟有多少本书，读了一辈子，悟了一辈子，到最后，仍是不懂？

看书的时候，喜欢音乐的陪伴。清雅幽深的古琴是最适合的背景。穿行在远古时代的诗文里，感动于那些地老天荒的痴情，聆听才子佳人琴瑟交融的和谐，灵魂就会慢慢浮出身体，随高山流水般的雅韵，辗转徘徊，轻拂你我前世今生的梦。音乐的好，常常是在不经意间撞个满怀的惊喜与感动。也许只是一首经典的老歌，也许只是一曲简单的旋律，却能让你在热泪奔涌中毫无防备地卸下坚强的武装，于一瞬间唤醒那些沉睡的往事。

寂寞了，可以陪伴；伤感了，可以慰藉；疲倦了，可以放松；压抑了，可以宣泄。这世间，还有什么比得过音乐的包容与抚慰？也只有音乐，可以自由出入所有的记忆。它记载了往事，也承载了悲欢。在它的世界里，我们无限地接近了最原来的自我，接近了最简单的情怀。

遥祭

清明寄思

清明的雨滴不尽我的思念，清明的风吹不散我心中的悲怨，清明的桃花填补不了我内心的孤单。望着漫天飞舞的花瓣，愁的雨，愁的风，愁的天。愁丝入心间。

别来无恙吧？我的父亲母亲，儿女们跪拜在你们的坟前。拔净一片乱草，摆下几杯冷酒，为父亲点燃一支您最喜欢抽的烟，抚摸着墓碑就像抚摸母亲您的脸，看着冥币一点点化为灰烬，竟无言以对，思绪万千。唯有心底弥漫幽幽的愁绪和淡淡的哀愁！

爸爸妈妈，你们在天堂还好吗？春暖花开的季节，你们是否依然如那甘泉，清唱老歌的眷念？在满若殷红的山岗，嘹亮地挥洒你们炙热的情怀？那里开满仙人们的牡丹，那里溢满精灵们的光环，是不是每一次人间香火如愿，天堂里都是一场盛大的晚宴？让你们在灵门跟前，瞭望着人世间的亲人，是如何将你们想念？

不知什么时候起，天空下起了雨，清明的雨浇醒了我，幽幽细雨淅淅沥沥地洒在我身上，浸湿了我的眼眶，浸透了我的衣衫，一滴滴雨水，穿过我寒战的躯体，汇集在我的心房。波涛汹涌，洋洋洒洒，汇成了一条思念的河，把我带到了生离死别的现场，那一幕幕一桩桩的往事，像风铃般，在我耳畔回响。难忘，铭记的殇。我无法忘记你们离开儿女们的那一瞬间。它永远定格在我的脑海中，是永远抹不去的悲痛。你们的爱，就像是盛夏的绿荫，难忘我们相依，还有剪不断的情意，如今的这里长满了青苔。清明淋漓的寒雨，湿着我冰冷的心，多少个无情的夜，陪伴我的是永远都流不完的泪。怨恨你们为什么这样无情，丢下思念你们的儿女？悲伤的我已承受不了太多的思念之载，我真的想化尽我的生命陪你们到永远！你们的离去，让我们去哪里找你们的踪迹。今生已牵不到你们的手，在无情的雨滴中，我想起那首忧伤的歌曲：用泪眼问花，而花不语，用泪眼望月，月亦迷离。你的影子始终挥不去，今生今世永藏在，我的梦里……

风雨愁煞人，抔土带愁，杂草含烟。我仰望苍天，泪水和着雨水在脸上滑落飘散。怀念缕缕随风飘，情思悠悠寄天堂。此刻我多想化为一朵白云，穿越苍穹，悠悠飘向你们安居的天堂……

今天是清明，我为爸妈写了一首诗词，寄托儿女们对二老的怀念之情。漂泊在这个人世的你，是否也正在思念着远在天国的亲人；四月旷野纸鸢鸣，桃梨花映化清风。三杯冷酒入尘土，清明雨祭悄无声。最是春寒念慈恩，杜鹃声里哭断魂。目断纸灰化蝶飞，念父思母泪入心。浓浓哀愁觅音容，悲风难诉儿女情。雨湿坪台染衣襟，寒碑轻摸划泪痕。隐约耳边呼儿声，回过神来无处寻。尽日悲凉倦孤枕，怅怀思亲常入梦。花露幽幽如泣眼，夜台邈邈念慈闱。萝烟化作青衫梦，吟断蓼莪哀纸衣。这个世界上，有一种爱，亘古绵长，无私无求；不因季节更替，不因名利浮沉，这就是爸爸妈妈的爱。

窗外春光明媚，我却念着家乡，想逝去的老父老母，我应该去的。祭祀先人，记得小时候，春节前都会跟着父亲，去先人墓前祭扫，提着一壶酒、一些腊肉、一挂鞭炮、一刀香纸，那些先人们在那一刻复活了，复活在后人的记忆里。今天老怀想逝去的亲人，他们曾生活的苦难。愿他们安息在天国。

　　天堂里的爸爸妈妈你们好吗？儿女想你们了，真的好想好想你们啊！

永恒的回眸

在无垠的宇宙间，地球是一颗渺小的尘埃，而我们的人生，相对于这浩瀚的星河，不过是一瞬间的火花。意喻世界的辽阔与生命的绚烂。然而，当我们凝视天际，感叹天涯之长时，又怎能不感慨人生的短暂？

天涯，是远方的呼唤，是梦想的起点，是无数旅人心中的向往。它那么长，长到足以容纳无数个故事，长到足以让人生的每一段旅程都显得微不足道。我们追逐着、探索着，试图在有限的生命里，触摸到那无限的边际。但天涯的长度，终究是无法用脚步去衡量的，它存在于每一个渴望飞翔的灵魂深处。

人生，如一场短暂的旅行，从出生的那一刻起，便开始了倒计时。我们的生命那么短，短到无法见证一个世纪的更迭，短到无法看到沧海变桑田。我们的时间，如同流水一般，从指尖悄然溜走，不留痕迹。在这短暂的旅途中，我们笑过、哭过、爱过、恨过，我们在岁月的长河中留下了属于自己的印记，却也知道，这些终将被时间冲淡，被世界遗忘。

然而，正是因为人生的短暂，我们才更加珍惜每一刻的存在。我们学会了爱，因为在有限的时光里，爱是我们唯一能带走的东西。我们学会了梦想，因为梦想赋予了生命以意义和方向。我们学会了成长，因为成长是我们对抗时间的利器，是我们在这漫长天涯中留下足迹的方式。

　　我们无法延长生命的长度，但我们可以在有限的时间内拓宽生命的宽度。我们用知识充实自己，用经历丰富自己，用情感温暖自己。我们不仅仅是在走过天涯，更是在创造属于自己的天涯。每一处风景，每一次经历，都是我们人生中不可复制的珍宝。

　　天涯的长度并不重要，重要的是我们如何度过自己的人生。我们不应该被天涯的遥远所吓倒，也不应该被人生的短暂所迷惑。我们要勇敢地追求自己的梦想，无畏地面对生活的挑战，深情地享受爱情的甜蜜，坚定地承担起责任的重量。

　　最终，当我们回望自己的一生，不会因为天涯的遥远而感到遗憾，也不会因为人生的短暂而感到悔恨。我们会微笑着，因为我们已经用自己的方式，完整而精彩地走过了这一程。

　　天涯那么长，人生那么短，但在这短暂的人生里，我们可以走得很远、看得很多、感受得很深。我们的每一个选择，每一次努力，都是对生命的珍视，都是对天涯的探索。让我们带着感恩的心，珍惜每一段旅程，这一路上，有你有我，有爱有梦，有始有终，便是最美的天涯，最长的人生。

　　人们常说"人生如戏"，但不同的是，在这场戏中，我们并非仅是观众，更是编剧与主演。每个人都在为各自的梦想和生活奔波忙碌。我们常常听说人生如梦，我们都渴望着能有一个完美的人生，然而，生活并非总是遂人愿，它充满了挑战和转折，仿佛一切都是那么虚幻不实，但每一滴汗水、每一次泪水，都是我们真实存在的痕迹。或许没有一个人的人生是完美无瑕的，但我们一定可以在岁月的长河中找到属于自己的最好年龄。

物质的积累往往让人陷入欲望的漩涡，以为越多的拥有就会越接近幸福。然而，欲望无穷，满足的刹那快乐很快会被新的欲望所取代。真正的快乐并不在于物质的多寡，而在于心灵的富足和对生活的热爱。家庭是我们的港湾，精神的寄托，但有时我们会过分地追求家庭的完整与和谐，而忽略了个人的成长和自我实现。一个人如果总是为他人而活，那么他将无法真正地感受到生命的价值和意义。每个人都应该有自己的生活节奏，有权利说不，有勇气去追寻自己的梦想。

人生路上，我们都会面临各种各样的关系问题。人与人之间应该有着清晰的边界，过多的迁就或是无原则的帮助，不仅耗费了自己的精力，还可能让对方产生依赖。学会合理拒绝，保持自己的原则和底线，是对自己的一种保护，也是维持长久关系的明智之举。

随着时间的推移，我们的体力或许会有所下降，但我们的心灵可以一直保持年轻。学习新的知识，接触不同的文化，体验不一样的生活，这些都能够让我们的内心充满活力。

生活中总会有许多遗憾，但这并不意味着我们要停滞不前。遗憾是人生常态，我们不能因为害怕失去而不去尝试，不能因为失败而放弃努力。允许自己释怀，坦然面对生活中的得与失，才能真正轻松前行。

每个人的生命都是有限的，我们不能复制别人的成功，也无须对比他人的闪光点。我们只需专注于自己脚下的路，倾听内心的声音，勇敢地去爱、去犯错、去成长。记住，没有人能够代替你走完这一生，你的每一步都值得被珍视。

在岁月的长河中，每一段时光都有其独特的魅力。不必羡慕年轻时的活力四射，也不要害怕年老时的沉稳淡定。每个阶段都有自己的美好，关键在于如何去发现并珍惜。所以，无论处于人生的哪个时刻，请相信：每一个当下都是最好的年龄，因为它属于你自己。

人生路漫漫，每个人都要风雨兼程，无法停下追逐的脚步。白衣苍狗，变幻无常，愿每个人都保持一颗初心，凡事不要钻牛角尖，审时度势，换一个角度看人生，上帝为你关上了一扇门，也必定会为你打开一扇窗，属于你的一直都在，从未离开。

莫做人间惆怅客，且行且惜度余生，让我们少一些抱怨，多一些宽容吧！请打开心灵的窗，不管明天是艳阳高照，还是淫雨霏霏，多一点阳光的心态，紧握手中的幸福，珍惜来之不易的拥有，遇事不计较、不奢求、不媚俗，不怨天尤人，放下执念，人生才会云淡风轻，逍遥自在。

日月如梭，青春易逝。不知不觉中，我们已踏入怀旧的年华。偶然间瞥见那些承载着往日回忆的旧物，虽只是一花一草、一桌一椅或一情一景，但眼中却流露出只有自己才能理解的深情。这些琐事、景物、情感和境界，仿佛都是岁月的情书，铭刻着时光的故事。光阴荏苒，记忆犹如刻痕，或深或浅；故事短暂，回忆却如长江大河，无尽无休。图片总有些偶然的重逢，瞬间打开那扇遥远而熟悉的记忆之门。曾经年少轻狂，不知愁滋味，无忧无虑；如今，尝遍人生百味，回望过去，感怀万千。曾以为境界升华，实则是岁月催人；曾以为知识渊博，实则是故事渐入佳境。花开的瞬间，星辰的闪耀，总是不期而至地敲响回忆的大门。在深情的沉思中，隐藏着岁月的痕迹；在无言的寂静里，掩盖了时光的沧桑。

没有一场花事可以重新绽放，没有一场落雪可以重新飘舞，没有一个故事可以重新开始、完美谢幕。人生短暂，从童年到老年，几个时代的变迁，让我们逐渐懂得珍惜生活的滋味。岁月沉淀，我们越发喜欢品味生活的美好，以沉默的方式与它握手言和。我们皆是红尘过客，注定要归于尘土。当时光荏苒，我们的内心逐渐建立起一座通向自己的桥梁。这座桥的彼岸，是我们自己。一直梦想成为一位温文尔雅、充满情感的人，不负这世间的一程山水。也知道"心如柳絮般柔软、比花瓣更美艳、比草原更翠绿、比海洋更广袤、比天空更无垠、比云朵更自在。柔软是最强大的力量，也是永恒的存在"。在闲暇时光里，我总是喜欢凭窗而立，静坐无言。我仿佛是一座山、一朵花、一条静静流淌的小河，或是菩提树下闭目清修的僧长。或许是真的老了，我的心越来越喜欢静谧，不再喜欢张扬的事物。更多的时候，我只愿意独自一人去感受山的美丽、水的妩媚、花的娇俏和草的姿态。

在岁月的长河中，我们都在编织着属于自己的故事。告别昨日的繁华，告别青春的激情，告别往事的尘埃，告别那些曾经显得乏味的时光。然后，我们又如同风中的落叶，展开灵动的思维，在时光的飞梭中寻觅曾经走过的足迹。图片对逝去的时光轻轻回眸，对消逝的岁月轻轻挥手，对曾经的故事写下读后感，何尝不是一种洒脱。相信时光会铭记，走过的路程、温暖的时刻，甚至那些微凉的回忆。在未来的岁月里，只要我们始终相守，爱与温暖将相伴左右，感动将永远存在，人生路漫漫其修远兮，以最完美的篇章画上句号……